COMO
EU
ERA
ANTES

AMBER SMITH

COMO EU ERA ANTES

Tradução
Adriana Fidalgo

1ª edição
Rio de Janeiro-RJ / São Paulo-SP, 2023

VERUS EDITORA

Título original
The Way I Used to Be

ISBN: 978-65-5924-198-9

Copyright © Amber Smith, 2016
Todos os direitos reservados.

Tradução © Verus Editora, 2023
Direitos reservados em língua portuguesa, no Brasil, por Verus Editora. Nenhuma parte desta obra pode ser reproduzida ou transmitida por qualquer forma e/ou quaisquer meios (eletrônico ou mecânico, incluindo fotocópia e gravação) ou arquivada em qualquer sistema ou banco de dados sem permissão escrita da editora.

Verus Editora Ltda.
Rua Argentina, 171, São Cristóvão, Rio de Janeiro/RJ, 20921-380
www.veruseditora.com.br

CIP-BRASIL. CATALOGAÇÃO NA FONTE
SINDICATO NACIONAL DOS EDITORES DE LIVROS, RJ

S646c
Smith, Amber
   Como eu era antes / Amber Smith ; tradução Adriana Fidalgo. - 1. ed. - Rio de Janeiro : Verus, 2023.

   Tradução de: The Way I Used to Be
   ISBN 978-65-5924-198-9

   1. Ficção americana. I. Fidalgo, Adriana. II. Título.

23-84975   CDD: 813
             CDU: 82-3(73)

Meri Gleice Rodrigues de Souza - Bibliotecária - CRB-7/6439

Revisado conforme o novo acordo ortográfico.

Seja um leitor preferencial Record.
Cadastre-se e receba informações sobre nossos
lançamentos e nossas promoções.

Atendimento e venda direta ao leitor:
sac@record.com.br

Para Você.
Para cada *você* que já conheceu a
necessidade de novas maneiras de ser.

PARTE UM

Primeiro ano

NÃO SEI UM MONTE de coisas. Não sei por que não ouvi a porta se fechar. Por que não tranquei a maldita porta, para começo de conversa. Ou por que não me dei conta de que algo estava errado — tão impiedosamente errado — quando senti o colchão ceder sob o peso dele. Por que não gritei quando abri os olhos e o vi engatinhando pelos meus lençóis. Ou por que não tentei impedi-lo quando ainda podia.

Não sei quanto tempo fiquei deitada ali depois, dizendo a mim mesma: Feche bem os olhos, tente, apenas tente esquecer. Tente ignorar todas as coisas que não pareciam certas, todas as coisas que jamais pareceriam certas de novo. Ignore o gosto na sua boca, a umidade pegajosa dos lençóis, o fogo irradiando por suas coxas, a dor nauseante — a sensação de algo feito um projétil que te rasgou e, de algum jeito, se alojou na sua barriga. Não, não pode chorar. Porque não há motivo para chorar. Porque foi só um sonho, um sonho ruim. Um pesadelo. Não é real. Não é real. Não é real. É o que continuo pensando: *NãoÉRealNãoÉRealNãoÉReal*. Repita, repita, repita. Como um mantra. Como uma oração.

Não sei se as imagens que passam como flashes em minha mente — um filme de outra pessoa, em outro lugar — algum dia vão mesmo desaparecer, algum dia vão parar de se repetir, algum dia vão parar de me assombrar. Fecho os olhos de novo, mas é tudo o que consigo ver, tudo o que consigo sentir, tudo o que consigo ouvir: a pele dele, os braços, as pernas, as mãos muito fortes, sua respiração em mim, músculos se movendo, ossos estalando, o corpo se rendendo, eu ficando mais fraca, desaparecendo. Essas coisas... é tudo o que existe.

Não sei quantas horas se passam antes de eu acordar na confusão de sempre da manhã de domingo — o barulho de panelas e frigideiras no fogão. O aroma de comida se infiltrando por baixo da porta: bacon, panquecas, café da mamãe. Sons da TV — frentes frias e nuvens de tempestade atravessando a região por volta do meio-dia —, o canal meteorológico de papai. Ruídos da lava-louça. O chihuahua chorão do outro lado da rua latindo e ganindo provavelmente por nada, como sempre. E então há a quase imperceptível cadência de uma bola de basquete quicando no asfalto orvalhado e o guinchar do solado de tênis na entrada da garagem. Nosso subúrbio ridículo e sonolento, como todos os outros subúrbios ridículos e sonolentos, desperta grogue, indiferente à própria inconsequência, querendo mais um sábado, e temendo responsabilidades, igreja, listas de tarefas e a manhã de segunda-feira. A vida simplesmente segue, simplesmente acontece, continuando como sempre. Normal. E não consigo ignorar a certeza de que a vida vai simplesmente prosseguir, caso eu acorde ou não. Obscenamente normal.

Não sei, enquanto forço meus olhos a se abrir, que as mentiras já foram contadas. Tento engolir. Mas minha garganta queima. Parece uma infecção, digo a mim mesma. Devo estar doente, só isso. Devo estar com febre. Estou delirando. Não estou pensando com clareza. Toco meus lábios. Eles ardem. E minha língua tem gosto de sangue. Mas não, não poderia ter acontecido. *Não é real.* Então, enquanto olho para o teto, eu penso: devo ter problemas sérios se estou sonhando com coisas assim. Coisas horríveis assim. Com o Kevin. Kevin. Porque Kevin é o melhor amigo do meu irmão, praticamente meu irmão. Meus pais o amam, assim como todo mundo, até eu, e Kevin nunca... jamais seria capaz. Não é possível. Mas então tento mover minhas pernas para me levantar. Estão tão doloridas. Não, parecem quebradas. E meu queixo dói, como uma boca cheia de cáries.

Fecho os olhos mais uma vez. Respiro fundo. Estico o braço e toco a parte inferior do corpo. Estou sem calcinha. Eu me sento muito rápido e meus ossos protestam, como se eu fosse uma idosa. Estou com medo de olhar. Mas lá está ela: uma das calcinhas que uso nos dias úteis enrolada no chão. Era a de terça-feira, mesmo sendo sábado, porque, bem, quem iria saber? Era no que eu estava pensando quando a vesti ontem. E agora tenho certeza de que aconteceu. Aconteceu de verdade. E, como um sinal, a dor no fundo da alma, nas profundezas das minhas entranhas, recomeça sua tortura. Jogo as cobertas para o lado. Hematomas redondos marcam meus braços, meus quadris, minhas coxas. E o sangue... nos lençóis, no edredom, nas minhas pernas.

Mas este era para ser um domingo comum.

Eu devia me levantar, vestir alguma roupa e me sentar à mesa para tomar café com minha família. Então, depois do café, eu iria imediatamente para o quarto, terminar qualquer lição de casa que deixei de lado na sexta-feira à noite, sem esquecer de dedicar uma atenção especial à geometria. Eu iria ensaiar aquela nova música que aprendemos na banda da escola, ligar para minha melhor amiga, Mara, talvez até fosse à casa dela mais tarde fazer um monte de outras coisas bobas e fúteis.

Mas eu sei que não é o que vai acontecer hoje enquanto me sento na cama, observando, incrédula, minha pele manchada, a mão trêmula enquanto a pressiono contra a boca.

Duas batidas na porta do meu quarto. Dou um pulo de susto.

— Edy, já acordou? — grita a minha mãe.

Abro a boca, mas parece que alguém derramou ácido clorídrico na minha garganta e eu talvez nunca mais consiga falar.

Toc, toc, toc.

— Eden, café!

Depressa, puxo a camisola para baixo, o máximo possível, mas manchas de sangue também cobrem o tecido.

— Mãe? — enfim respondo, a voz rouca e horrível.

Ela abre a porta. Conforme coloca a cabeça no vão, seu olhar vai direto para o sangue.

— Minha nossa! — Espantada, ela entra e rapidamente fecha a porta atrás de si.

— Mãe, eu... — Mas como devo dizer as palavras, as piores palavras, aquelas que sei que devem ser ditas?

— Ah, Edy. — Ela suspira, virando a cabeça para mim com um sorriso triste. — Tudo bem.

— O qu... — começo a dizer. Como pode estar tudo bem? Em que mundo está tudo bem?

— Isso acontece às vezes, quando a gente menos espera. — Ela vai de um lado para o outro pelo quarto, arrumando tudo, mal me encarando enquanto explica sobre menstruação, tabelinha e contagem dos dias. — Acontece com todo mundo. É por isso que eu disse a você, precisa anotar. Assim você não tem que lidar com essas... surpresas. Você pode ficar... preparada.

É o que ela pensa que é.

Olha, já assisti a inúmeros filmes na TV para saber o que é esperado que você faça. É esperado que você simplesmente jogue a merda toda no ventilador.

— Mas...

— Por que não vai para o chuveiro, querida? — interrompe ela. — Vou arrumar essa, hã — continua, fazendo um círculo com o braço sobre minha cama, procurando a palavra certa. — Essa bagunça.

Essa bagunça. Ai, meu Deus, é agora ou nunca. Agora ou nunca. É agora.

— Mãe... — tento novamente.

— Não fique envergonhada. — Ela dá uma risada. — Está tudo bem, sério, eu juro. — Ela se aproxima de mim, parecendo mais alta que nunca, e me entrega o roupão, alheia à calcinha de terça-feira embolada a seus pés.

— Mãe, o Kevin... — começo, mas o nome em minha boca me faz querer vomitar.

— Não se preocupe, Ed. Ele está lá atrás com seu irmão. Estão jogando basquete. E seu pai está grudado na TV, como sempre. Ninguém vai te ver. Vai lá. Vista isso.

Quando olho para ela, me sinto tão pequena. E a voz de Kevin atravessa minha mente como um tornado, sussurrando. A respiração em meu rosto. *Ninguém nunca vai acreditar em você. Você sabe disso. Ninguém nunca vai acreditar.*

Então minha mãe sacode o roupão para mim, me oferecendo uma mentira pronta. Aquele brilho no seu olhar começa a despontar — aquele brilho de impaciência, de enfim-férias-não-tenho-tempo--para-isso. Obviamente era hora de eu sumir para que ela pudesse cuidar da bagunça. E obviamente ninguém iria me ouvir. Ninguém iria me enxergar, ele sabia disso. Ele frequentava a casa fazia tempo suficiente para saber como as coisas funcionam.

Tento ficar de pé sem demonstrar que todo o meu corpo está quebrado. Chuto a terça-feira para debaixo da cama para que mamãe não a encontre e se pergunte. Pego meu roupão. Pego a mentira. E, quando olho para trás, para minha mãe, observando-a recolher os lençóis sujos — a evidência —, de algum modo sei que... se não for agora, nunca vou falar. Porque ele estava certo, ninguém jamais acreditaria em mim. Claro que não. Nunca acreditariam.

ooo

No banheiro, tiro a camisola com cuidado, segurando-a longe do corpo enquanto a enrolo e enfio na lata de lixo sob a pia. Ajeito meus óculos e me examino mais de perto. Vejo algumas marcas leves no meu pescoço, no formato de dedos. Mas são menores, na verdade, em comparação com as que estão no corpo. Sem hematomas no meu rosto. Apenas a cicatriz de cinco centímetros acima do olho esquerdo, resultado do meu acidente de bicicleta, dois verões atrás. Meu cabelo está um pouco mais bagunçado que o normal, mas basicamente pareço a mesma. Dá para o gasto.

Assim que saio do banho, ainda suja, depois de esfregar o corpo até doer, pensando que talvez pudesse lavar os hematomas — ali está ele. Sentado à mesa, em minha sala de jantar, com meu irmão, meu pai, minha mãe, tomando suco de laranja diretamente no meu copo. Sua boca em um copo que eu teria de usar algum dia. Em um garfo que logo se misturaria a todos os outros garfos. Suas impressões digitais não apenas em cada centímetro de mim, mas em todas as coisas: esta casa, minha vida, o mundo, tudo infectado por ele.

Caelin levanta a cabeça e estreita os olhos para mim enquanto me aproximo cautelosamente da sala de jantar. Ele vê. Eu sabia que ele perceberia de imediato. Se alguém fosse notar, se eu pudesse confiar em alguém, seria no meu irmão mais velho.

— Tá bom, vai, você está agindo de um jeito muito estranho e dramático agora — anuncia. Ele sabe o que diz, porque sempre me entendeu, até melhor que eu mesma.

Então fico parada ali, na esperança de que ele tome alguma providência. De que abaixe o garfo, se levante e me puxe de lado, me leve pelo braço até o quintal e exija saber o que há de errado comigo, exija saber o que aconteceu. Então eu lhe contaria o que Kevin fez comigo, e ele soltaria uma das suas filosofias de irmão mais velho, como *Não se preocupe, Edy, eu cuido disso*. Do jeito como sempre fazia quando alguém pegava no meu pé. Em seguida, ele correria de volta para casa e esfaquearia Kevin até a morte com a faca de manteiga.

Mas não é o que acontece.

Ele simplesmente fica sentado. Me observando. Então, devagar, sua boca se contorce em um daqueles sorrisos maliciosos — nosso sorriso de piada interna —, à espera de que eu retribua, lhe dê um sinal ou apenas comece a rir, como se talvez tudo não passe de uma tentativa de zombar secretamente de nossos pais. Ele está esperando. Mas não entende. Então dá de ombros, volta a olhar para o prato e corta um pedaço grande de panqueca. O projétil perfura ainda mais minha barriga enquanto continuo ali, paralisada no corredor.

— Sério, está olhando o quê? — murmura ele, com a boca cheia de panqueca e num familiar tom fraternal de você-é-a-pessoa-mais-estúpida-da-face-da-Terra, que havia aperfeiçoado ao longo dos anos.

Enquanto isso, Kevin mal levanta os olhos. Nenhum olhar ameaçador. Nenhum gesto de advertência, nada. Como se nada tivesse sequer acontecido. A mesma indiferença descolada que sempre usou comigo. Como se eu ainda fosse apenas a irmãzinha boba de Caelin, com cabelo desarrumado e sardas, uma caloura insignificante, nerd de banda da escola, sempre atrás dos dois, estojo de clarinete a reboque. Mas não sou mais esta garota. Nem quero mais ser. Essa garota tão ingênua e estúpida — o tipo de garota que poderia deixar algo assim acontecer com ela.

— Vamos, Minnie — diz papai para mim, usando meu apelido carinhoso. Minnie como a rata, Minnie Mouse, porque eu era quietinha demais. Ele aponta para a comida na mesa. — Venha se sentar. A comida está esfriando.

Enquanto estou diante deles — a ratinha —, óculos tortos deslizando pelo nariz, sob o escrutínio de oito olhos à espera de que eu aja normalmente, enfim percebo do que se trata. Os catorze anos vividos tinham sido apenas um ensaio geral, os preparativos para saber como me calar de modo apropriado agora. E Kevin havia dito para mim, com os lábios quase tocando os meus ao sussurrar as palavras: *Você vai ficar de boca fechada*. Ontem à noite foi uma ordem, uma exigência, mas hoje é apenas a verdade.

Empurro os óculos para cima. E, com um embrulho no estômago, parecido com medo de palco, eu me movo devagar, com cautela. Tento agir como se cada parte do meu corpo, por dentro e por fora, não latejasse e pulsasse. Eu me sento na cadeira ao lado de Kevin, como fiz em inúmeras refeições em família. Porque nós o consideramos parte da família, mamãe sempre repetia, sem parar. Ele era sempre bem-vindo. Sempre.

A CASA ESTÁ EM TOTAL silêncio depois do café da manhã. Caelin saiu com Kevin para jogar basquete com alguns dos antigos colegas do ensino médio. Papai precisava de algum tipo de chave especial da loja de ferragens para instalar o chuveiro que comprou de presente de Natal para minha mãe. E mamãe estava no quarto, ocupada endereçando os cartões de Ano-Novo.

Sentada na sala, olho pela janela.

Uma fileira de luzes de Natal multicoloridas decora a garagem, piscando sem parar na luz cinzenta da manhã. As nuvens se aglomeram sem cessar, o céu se fechando. Na casa ao lado, um Papai Noel gigante, praticamente murcho, balança para a frente e para trás no centro do gramado branco de nossos vizinhos, com um movimento lento e doentio, semelhante ao de um zumbi. Parece aquela cena em *O Mágico de Oz* quando tudo muda de preto e branco para tecnicolor. Só que está mais para o inverso. Como se eu sempre enxergasse as coisas em cores, mas na verdade elas fossem em preto e branco. Percebo agora.

— Está se sentindo bem, Edy? — Mamãe aparece de repente na sala, carregando uma pilha de envelopes nas mãos.

Dou de ombros em resposta, mas acho que ela nem nota.

Observo um carro passar pelo sinal de pare na esquina, o motorista mal ergue o olhar para ver se há alguém ali. Lembro de como dizem que a maioria das pessoas se envolve em acidentes de carro a menos de um quilômetro de casa. Talvez seja porque tudo é tão familiar que você para de prestar atenção. Não percebe a única coisa que está diferente ou errada ou estranha ou perigosa. E penso que talvez tenha sido o que acabou de acontecer comigo.

— Sabe o que eu acho? — pergunta ela, em um tom que tem usado comigo desde o verão, quando Caelin foi para a faculdade. — Acho que você está chateada com seu irmão porque ele não passou tempo suficiente com você desde que voltou para casa. — Ela não espera eu negar para continuar a falar. Não espera que eu lhe diga que, na verdade, é ela que está zangada porque ele não tem parado em casa. — Eu sei que você gostaria que fossem só vocês dois. Como era antes. Mas ele está ficando mais velho, vocês dois estão ficando mais velhos... Caelin está na faculdade agora, Edy.

— Eu sei que... — começo a dizer, mas ela me interrompe.

— Não tem problema ele querer ver os amigos enquanto está em casa, sabe?

A verdade é que nenhuma de nós sabe como se comportar perto da outra na ausência de Caelin. É como se de repente tivéssemos nos tornado estranhas. Caelin era a cola que nos unia. Ele nos dava um propósito, uma razão, um jeito de existirmos juntas. Porque o que deveríamos fazer na companhia uma da outra, se não estamos mais torcendo por ele nos seus jogos de basquete? Como nossas conversas à mesa da cozinha deveriam soar, sem Caelin para nos presentear com suas atividades diárias? Sem dúvida, não estou à altura; todo mundo sabe. O que acontece de bom em minha vida para sequer ser comparável à emoção ininterrupta e extraordinária que é Caelin McCrorey? No início pensei que estivéssemos nos ajustando. Mas somos assim. Papai parece perdido sem outro cara por perto. Mamãe não sabe o que fazer consigo mesma sem Caelin para ocupar todo o seu tempo e atenção. E eu, eu só preciso do meu melhor amigo de volta. Simples, mas tão complicado.

— Também não seria ruim para você variar um pouco — continua ela, embaralhando a pilha de envelopes nas suas mãos. — Faça alguns amigos novos. É oficialmente Ano-Novo. — Ela sorri. Eu não. — Edy, você sabe que eu acho a Mara ótima. Ela tem sido uma grande amiga para você... mas uma pessoa pode ter mais de um amigo na vida, é isso que estou dizendo.

Eu me levanto e passo por ela em direção à cozinha. Encho um copo de água. Só assim para eu ter algo, qualquer coisa, em que me concentrar além da minha mãe, além da inutilidade desta conversa e do interminável turbilhão de pensamentos rodopiando na cabeça.

Parada ao meu lado no balcão da cozinha, eu a sinto encarar o meu rosto. O que me faz querer me enfiar em um buraco. Ela estende a mão para colocar minha franja atrás da orelha, como sempre faz. Mas eu me afasto. Não de propósito. Ou talvez seja. Não tenho certeza.

Sei que magoei minha mãe. Abro a boca para dizer a ela que sinto muito, mas o que sai é:

— Está muito quente aqui. Vou lá pra fora.

— Tudo bem... — diz ela lentamente, confusa.

Meus pés se movem depressa. Pego meu casaco do cabide perto da porta dos fundos, calço as botas e saio para o quintal. Limpo a neve de um dos balanços de madeira. Sinto os machucados em meu corpo pressionando a madeira fria e as correntes de metal. Só quero ficar parada por um segundo, respirar e tentar entender como as coisas puderam chegar àquele ponto. Descobrir o que devo fazer agora.

Fecho os olhos com força, entrelaço os dedos e — embora saiba que não faço isso tanto quanto provavelmente deveria — rezo, rezo mais do que jamais rezei na vida. Para desfazer o que aconteceu, de alguma forma. Para simplesmente acordar e ser de manhã outra vez, exceto que nada teria acontecido na noite anterior.

Eu me lembro de ter sentado à mesa com ele. Jogamos Banco Imobiliário. Mas não foi nada demais. Nada parecia errado. Na verdade, ele estava sendo bem legal comigo. Agindo como... se gostasse de mim. Agindo como se eu fosse mais do que só a irmãzinha de Caelin. Como se eu fosse uma pessoa de verdade. Uma garota, não só uma criança.

Fui dormir feliz. Fui dormir pensando nele. Mas em seguida me lembro de acordar com ele em cima de mim, colocando a mão em minha boca, sussurrando *caleabocacaleabocacaleaboca*. E de tudo acontecendo muito rápido. Se tudo pudesse ser um sonho, um sonho do qual eu conseguisse acordar, então eu ainda estaria segura em minha cama. O que faria muito mais sentido. E não vai haver nada errado. Nada será diferente. Vou despertar na minha cama e nada de ruim jamais precisará acontecer ali.

— Acorde — acho que sussurro em voz alta. Meu Deus, só acorde. Acorde, Edy!

— Eden! — chama uma voz.

Eu abro os olhos. Sinto um aperto no peito enquanto observo ao redor. Porque não estou na cama. Estou no quintal, sentada no balanço, os dedos sem luvas, dormentes, apertados em volta das correntes metálicas.

— O que está fazendo aí, dividindo átomos? — grita meu irmão da porta dos fundos. — Chamei você umas cem vezes.

Ele caminha em minha direção, os passos largos, rápidos e determinados, a neve fresca cedendo com facilidade sob seus pés. Eu endireito a postura, coloco as mãos no colo e tento não revelar nada que lhe dê uma pista do quanto meu corpo me parece errado agora.

— Então, Edy — começa Caelin, sentando-se no balanço ao lado do meu. — Ouvi dizer que você está com raiva de mim.

Tento sorrir, tento fazer a melhor imitação de mim mesma.

— Me deixe adivinhar quem te falou isso.

— Ela falou que é porque não estou passando muito tempo com você... — Seu meio sorriso me diz que ele meio que acredita em nossa mãe.

— Não, não é isso.

— Tá bom. Olha, você está agindo de um jeito estranho. — Ele me dá uma cotovelada no braço e acrescenta com um sorriso: — Até para os seus padrões.

Talvez seja minha chance. Kevin realmente me mataria se eu contasse — ele poderia mesmo me matar? Sim, poderia. Kevin fez questão de que eu entendesse que ele poderia, se quisesse. Mas ele não está aqui agora. Caelin está. Para me proteger, para me dar apoio.

— Caelin, por favor, não vá embora amanhã. — Deixo escapar, sentindo uma urgência repentina me invadir. — Não volte para a faculdade. Só não me deixe, está bem? Por favor — imploro a ele, as lágrimas prestes a transbordar.

— O quê? — pergunta ele, quase com uma risada na voz. — De onde saiu essa ideia? Preciso voltar, Edy, não tenho escolha. Você sabe disso.

— Sim, você tem, você tem uma escolha. Poderia vir para a universidade daqui... Você tinha aquela bolsa para estudar aqui, lembra?

— Mas eu não aceitei. — Ele faz uma pausa e me encara, hesitante. — Olha, não sei o que você quer que eu diga. Está falando sério?

— Só não quero que você vá.

— Tudo bem, apenas uma suposição, digamos que eu fique. Ok? Mas pense bem, o que eu devo fazer com a faculdade? Estou bem no meio do ano. Todas as minhas coisas estão lá. Minha namorada está lá. Minha vida está lá agora, Edy. Não posso simplesmente largar tudo e voltar para casa para que a gente possa passar tempo junto, ou seja lá o que for.

— Não é isso que eu quero dizer. Não fale comigo como se eu fosse uma criança — retruco baixinho.

— Odeio ter que te dizer isso, mas você é uma criança, Edy. — Ele sorri, batendo em meu ombro. — Além disso, o que o Kevin faria? Nós somos colegas de quarto. Dividimos um carro. Dividimos as contas... tudo. Meio que dependemos um do outro agora, Edy. Coisa de adulto. Entende?

— Também dependo de você... Preciso de você.

— Desde quando? — pergunta ele, com uma risada.

— Não tem graça. Você é meu irmão, não do Kevin — quase grito, a voz trêmula.

— Tudo bem, tudo bem. — Ele revira os olhos. — Pelo jeito você abriu mão do senso de humor como resolução de Ano-Novo. — Ele se levanta, como se a conversa tivesse acabado só porque ele disse o que queria dizer. — Venha, vamos entrar. — Ele estende a mão para mim. Sinto meus pés se firmarem na neve. Minhas pernas começam a segui-lo instintivamente, como sempre fizeram. Minha mão se ergue em direção à dele. Mas então, quando meus dedos estão prestes a tocá-lo, alguma coisa estala dentro de mim. Estala fisicamente. Se meu corpo fosse uma máquina, seria como se as engrenagens dentro de mim parassem de súbito, meus músculos entrassem em curto-circuito e proibissem meu corpo de se mover.

— Não — digo com firmeza. Minha voz parece a de outra pessoa.

Ele fica parado ali, olhando para mim. Confuso porque eu nunca lhe disse não em toda a minha vida. Ele muda o peso de um pé para o outro e inclina um pouco a cabeça, como um cachorro. Sopra um pouco de ar pelos lábios sorridentes e abre a boca. Mas não posso deixá-lo fazer qualquer comentário irônico que sua mente esteja pensando.

— Você não entende! — Eu teria gritado as palavras se meus dentes não estivessem cerrados.

— Entender o quê? — questiona ele, a voz num tom mais alto, olhando ao nosso redor, como se houvesse mais alguém ali que deveria lhe explicar.

— Você é meu irmão. — Sinto as palavras jorrando em minha garganta, como uma avalanche. — Não do Kevin!

— Qual é o seu problema? Eu sei disso!

Eu me levanto, não posso tentar deixar que tente fugir antes que saiba a verdade. Antes que eu lhe conte o que aconteceu.

— Se sabe, então por que ele está sempre aqui? Por que continua trazendo Kevin com você? Ele tem a família dele! — Minha voz falha, e não consigo impedir que as lágrimas caiam.

— Você nunca se incomodou com a presença dele antes. Na verdade, é quase como se fosse o contrário. — A frase paira no ar como um eco. Olho para ele. Mesmo enxergando embaçado por causa das lágrimas, noto que está irritado.

— O que você quer dizer com *o contrário*? — pergunto, estremecendo.

— Sei lá, talvez seja hora de parar com esse lance de paixonite de colégio. Foi fofo por um tempo, Edy. Engraçado até... mas já deu, não acha? Obviamente isso está te deixando, não sei, maldosa, ou alguma coisa assim. Você está agindo de um jeito diferente. — E então ele acrescenta, mais para si mesmo: — Sabe, acho que eu devia ter adivinhado. Chega a ser engraçado, porque eu e Kevin estávamos conversando sobre isso.

— O quê? — Respiro, mal conseguindo falar em voz alta. Não posso acreditar. Não posso acreditar que ele realmente fez isso. Conseguiu virar o meu irmão, meu melhor amigo de verdade, meu aliado, contra mim.

— Esquece — retruca ele, jogando as mãos para o alto enquanto se afasta de mim. E só posso vê-lo diminuir, vê-lo desbotar de colorido para preto e branco, como tudo mais. Fico parada ali por um tempo, na tentativa de descobrir como seguir, como me mover... como existir em um mundo onde Caelin não está mais do meu lado.

ooo

Naquela noite, fecho a porta do quarto com cuidado. Viro a fechadura noventa graus para a direita e testo a maçaneta com toda a força, só para ter certeza. Então me viro e olho para minha cama, os lençóis e o edredom limpos, perfeitamente arrumados. Não imagino como posso passar mais um minuto sequer sem contar a alguém o que aconteceu. Tiro o celular do bolso e começo a ligar para Mara. Mas paro.

Acendo a luz do teto e a luminária da mesa, então puxo o saco de dormir da prateleira mais alta do armário. Eu o desenrolo no chão e tento pensar em qualquer coisa, menos no motivo de eu não conseguir dormir na minha cama. Eu me deito, meio caindo, meio desabando, no chão do quarto. Tampo a cabeça com o travesseiro e choro tanto que não sei como vou parar. Choro pelo que me parecem dias. Choro até não sobrarem mais lágrimas, como se eu as tivesse esgotado, como se talvez tivesse quebrado a droga dos canais lacrimais. Então só emito os sons: ofegar e fungar. Sinto que posso simplesmente adormecer e não acordar; na verdade, quase espero que aconteça isso.

SE EXISTE UM INFERNO, deve se parecer muito com um refeitório de colégio. É o primeiro dia depois das férias de inverno. E estou me esforçando muito para simplesmente retomar minha vida. Como ela era antes. Como eu era antes.

Saio da fila do almoço e esquadrinho o refeitório à procura de Mara. Por fim a localizo, acenando com o braço do outro lado do barulhento salão lotado. Ela conseguiu descolar para nós um lugar no canto onde passa vento, perto das janelas. Cada passo que dou é interceptado por alguém se metendo na minha frente, alguém gritando numa tentativa de ser ouvido por cima do barulho, mas apenas aumentando a desordem.

— Ei! — Mara me chama quando me aproximo. — Stephen chegou cedo e guardou esta mesa pra gente. — Ela abre um sorriso enorme, gesto que repete o dia todo desde que tirou o aparelho, na semana passada.

— Legal — balbucio. Eu sabia que conseguir aquela mesa era como acertar na loteria. Ficaríamos discretos, não tanto o alvo de sempre. Mas só consigo recompensar Stephen com um pequeno sorriso.

Stephen Reinheiser, também conhecido como Gordo, é um garoto legal e tranquilo que conhecemos do anuário, que por acaso se senta conosco na hora do almoço. Não é, de fato, um amigo. Um conhecido. É um tipo de nerd diferente de Mara e eu. Somos nerds do tipo banda da escola, do tipo que se filia a clubes. Mas ele simplesmente não se encaixa, de verdade, em lugar nenhum. Não importa, porque há um acordo tácito entre nós. Nós o conhecemos desde o ensino fundamental. Sabemos que a mãe dele morreu quando estávamos no oitavo ano. Sabemos que sua experiência foi tão trágica quanto a nossa, se não mais. Então cuidamos uns dos outros. Ou seja, se um de nós consegue pegar uma mesa de almoço decente, ela é de todos nós e não precisamos comentar por que isso é importante.

— Edy? — Stephen começa, com seu jeito hesitante de sempre. — Hmm, eu estava pensando... você gostaria de trabalhar comigo no projeto de história da turma do Simmons?

— Que projeto?

— Aquele sobre o qual ele falou de manhã. Ele entregou uma lista com sugestões de tópicos — lembra ele. Mas não tenho nenhuma recordação disso. Minha confusão deve ficar evidente, porque Stephen abre o fichário, sorrindo enquanto puxa uma folha de papel e a desliza pela mesa.

— Eu estava pensando em "Colombo: Herói ou Vilão?".

Olho para o papel pelo que tenho certeza ser a primeira vez.

— Ah. Beleza. Sim, parece ótimo. Colombo.

Mara pega o espelho de bolsa e examina seus novos dentes pela milionésima vez, passando obsessivamente a língua por eles.

— Caramba, é assim que os dentes de todo mundo se parecem? — pergunta ela, distraída.

Mas, antes que qualquer um de nós tenha a chance de responder, uma chuva de grãos de milho despenca sobre nossa mesa.

— Eca, credo! — grita Mara.

Quando ela balança o cabelo, as bolinhas amarelas caem no chão uma a uma. Sigo a trilha amarela, que leva a uma mesa cheia de caras do segundo ano, cada um usando uma jaqueta ridícula do time júnior, debruçados sobre as cadeiras, rindo alto enquanto Mara penteia freneticamente o cabelo comprido com os dedos. Ouço sua voz, quase como um eco em meu cérebro.

— Saiu tudo?

Olho para ela, mas parece que tudo está acontecendo a distância, em câmera lenta. Stephen monta seu sanduíche de mortadela em cima do saquinho plástico e pigarreia como se estivesse prestes a fazer alguma coisa. Mas, então, simplesmente baixa o olhar, como se estivesse tão concentrado no maldito sanduíche que não sobra espaço para pensar em qualquer outra coisa.

— Preparar! — ouço alguém gritar.

Levanto a cabeça bem a tempo de ver um deles — aquele com um sorriso estúpido e o rosto cheio de espinhas — mirando a colher de metal barato e maleável curvada para lançar ervilhas verde-claras diretamente em mim. Seu dedo indicador puxa a ponta da colher mais um pouco para trás.

E algum tipo de luz branca e quente pisca na frente dos meus olhos, atrelada a meu coração, acelerando-o de um jeito incontrolável. Levanto da cadeira antes mesmo de entender como meu corpo se moveu tão depressa sem nem pensar. O Espinhento estreita os olhos para mim, o sorriso se alargando enquanto seus companheiros de mesa o encorajam. Seu dedo solta a colher. A saraivada de ervilhas me atinge bem no peito, depois cai no chão com sons abafados e secos, que, eu juro, ouço por cima de todos os outros ruídos.

De repente, o planeta para de orbitar, faz uma pausa e fica em silêncio por apenas um segundo, enquanto todos os olhos do mundo se concentram em mim, parada ali, com respingos pastosos de ervilha na frente da blusa. Em seguida, o tempo avança mais uma vez, o momento acabou. E a cacofonia irrompe no refeitório. A Terra retoma sua rotação ao redor do sol. Os sons das exclamações de todo o salão e gritos e risos inundam meu corpo. Meu cérebro superaquece. E eu disparo porta afora, simplesmente fujo.

Estou ciente de que Mara me observa enquanto saio do refeitório, suas mãos erguidas para as maçantes luzes fluorescentes, murmurando *O que você está fazendo?*. Ciente de que Stephen olha de mim para Mara, então para seu sanduíche de mortadela, com a boca aberta. Mas não posso parar. Não posso dar meia-volta. Não posso retornar.

Nunca. Sem uma autorização para estar fora da sala de aula, sem permissão, sem um pensamento coerente, exceto *Suma*, eu sumo.

No corredor, caminho depressa. Mal consigo respirar, algo me estrangula de dentro para fora. No piloto automático, meus pés correm pelo corredor e escada acima, procurando um lugar — qualquer lugar — para apenas ficar. Empurro as portas duplas da biblioteca, e é como se eu tivesse acabado de sair do prédio. De alguma forma, as coisas parecem mais leves ali, e consequentemente tudo se move em um ritmo mais normal, desacelerando meu coração enquanto fico parada na entrada. Há apenas alguns meninos e meninas espalhados por toda a biblioteca. Ninguém nem ao menos me olha.

A porta atrás do balcão de atendimento se abre, e a srta. Sullivan a atravessa, equilibrando uma pilha de livros nos braços. Ela sorri para mim de modo especialmente afetuoso.

— Olá. Como posso te ajudar? — pergunta, colocando os livros no balcão.

Me esconda, quero dizer a ela. Apenas me esconda do mundo. E nunca mais me faça voltar por aquela porta. Mas não. Não digo nada. Não consigo.

— Entre. — Ela gesticula para que eu me aproxime. — Aqui está a lista de visitantes — indica, colocando uma prancheta a minha frente.

Pego a caneta amarrada a um barbante preso no topo da prancheta. Parece um pauzinho entre meus dedos, minha mão tremendo enquanto apoio a caneta no papel. O aluno deve preencher a ficha com data, nome, hora e local de onde vem. Temos que atualizar o registro toda vez que entramos ou saímos de algum lugar da escola.

A srta. Sullivan olha para o rabisco que deveria ser meu nome.

— E qual é mesmo o seu nome? — pergunta ela, gentilmente.

— Eden — respondo, a voz baixa.

— Eden, tudo bem. E de onde você vem? — Deixei aquele campo em branco.

Abro a boca, mas a princípio nada sai. Ela me encara com outro sorriso.

— Almoço. Não tenho uma autorização de professor para estar aqui — admito, me sentindo uma fugitiva. Sinto meus olhos cheios de lágrimas enquanto olho para ela, do outro lado do balcão.

— Tudo bem, Eden — diz ela, com suavidade.

Enxugo os olhos com a manga.

— Sabe, acho que eu tenho alguma coisa para isso. — Ela acena com a cabeça para as manchas verdes na frente da minha blusa. — Por que você não me acompanha até a minha sala?

Ela abre a portinha na lateral do balcão e me leva para dentro.

— Pode se sentar — oferece, enquanto fecha a porta atrás de nós.

Ela vasculha uma das gavetas da sua mesa, tirando um punhado de canetas, lápis e marcadores. Sua sala é clara e acolhedora. Há uma mesa no canto, tomada por diferentes vasos de plantas. Ela tem aqueles pôsteres sobre livros e bibliotecários pendurados na parede, e um daqueles grandes cartazes LEIA, com o presidente sorrindo e segurando um livro nas mãos. Um deles diz: UMA CASA SEM LIVROS É UM CORPO SEM ALMA — CÍCERO.

— Arrá. Aqui está! — Ela me entrega uma daquelas canetas removedoras de manchas. — Sempre tenho um desses à mão... Sou muito desastrada, então estou sempre derramando coisas em mim mesma. — Ela sorri enquanto me observa pressionar a ponta esponjosa nas manchas da blusa.

— Por favor, não me faça voltar para lá — imploro, desesperada e exausta demais até mesmo para tentar passar a impressão de que não estou desesperada e exausta. — Você acha que eu poderia ser voluntária no horário do almoço de agora em diante? Ou qualquer outra coisa assim?

— Eu gostaria de poder dizer que sim, Eden. — Ela faz uma pausa com a testa franzida. — Mas infelizmente já temos o número máximo de voluntários para este período. Só que eu acho que você seria uma ótima opção aqui, de verdade. Existe outro horário que seria do seu interesse, talvez durante um tempo livre?

— Tem certeza de que não há nenhuma vaga? Porque eu não posso mesmo, de verdade, ir para o refeitório. — Sinto os olhos ficando quentes e marejados mais uma vez.

— Posso perguntar por quê?

— É... é pessoal, eu acho. — Mas a verdade é que é humilhante. É muito humilhante continuar a frequentar o almoço, ter que se esconder e, ainda assim, acabar como alvo de comida, e não ser capaz de fazer nada sobre o assunto, e seus amigos estarem com muito medo de defender você ou a si mesmos. Especialmente quando você acabou de ser atacada na sua própria casa — na sua própria cama — e não pode nem mesmo se defender ali, o único lugar onde deveria estar segura. Por todas essas razões, é pessoal. E perguntas como *por que* não podem ser respondidas de fato, não quando a bibliotecária está olhando para mim com uma expressão tão doce, esperando uma resposta com que possa trabalhar. Como não existe, limpo a garganta e repito: — É só uma coisa pessoal.

— Eu entendo. — Ela olha para as unhas e sorri com tristeza. Eu me pergunto se ela entende mesmo ou se é apenas uma resposta automática.

Quando estou prestes a me levantar e sair, sua expressão muda. Ela me encara como se estivesse pensando em me aceitar de qualquer maneira, como se tivesse pena de mim.

— Bem — começa ela. — Eu venho trabalhando em uma ideia... uma coisa em que você talvez esteja interessada.

Eu me aproximo, literalmente deslizando para a frente da cadeira.

— Estou pensando em tentar juntar um grupo de estudantes, um clube do livro que se reúna no horário do almoço. Seria aberto para quem está interessado em fazer um pouco de leitura extracurricular. Como um grupo de discussão informal, mais ou menos. Você gostaria de participar de alguma coisa assim?

— Sim! Com certeza, sim, sim. Eu amo livros! — Então, com mais calma, acrescento: — Quer dizer, eu adoro ler, então acho que um clube do livro, hã, seria ótimo. — Tenho de me forçar a parar de falar.

— Certo, então, que bom. Agora, de acordo com a política da escola, qualquer clube deve ter pelo menos seis membros para ser oficial. Então, antes de mais nada... você conhece mais alguém que poderia se interessar?

— Sim, acho que sim, duas pessoas, talvez... Uma com certeza.

— Já é um começo, um bom começo. Se quiser mesmo fazer isso, vou precisar que você cuide da parte prática, ok? Porque basicamente o meu único papel é ser uma orientadora acadêmica, uma mediadora. O grupo em si é essencialmente dirigido por alunos, organizado por alunos. O grupo é de vocês, não meu. Faz sentido?

— Sim, sim. Então... o que é preciso para fazer isso acontecer?

— Você pode começar fazendo e espalhando panfletos pela escola. Comece vendo se conseguimos despertar o interesse de um bom número de alunos.

— Eu posso fazer isso. Posso fazer isso agora mesmo!

Ela ri um pouco.

— Não precisa fazer agora... apesar de eu ficar contente com o seu entusiasmo. Na verdade você nem precisa fazer nada. Pode tirar um tempo para pensar no assunto, se quiser.

— Já tenho certeza. Eu quero, de verdade.

— Beleza. Tudo bem, então. Vou cuidar da papelada depois do meio-dia. O que você acha?

— Ótimo! — grito, a voz soando alta e trêmula enquanto luto contra a vontade de pular em cima da mesa e abraçar a mulher. — Acho ótimo!

Faço os panfletos na hora, e no final do dia já estavam colados nas paredes.

SÁBADO DE MANHÃ, ÀS dez em ponto, a campainha toca.

— Eu atendo — grito do quarto, mas mamãe é mais rápida. Chego à sala de estar no momento em que ela está abrindo a porta.

— Bom dia, você deve ser o Stephen! Entre, por favor, saia da chuva.

— Obrigado, sra. McCrorey — agradece Stephen ao entrar pela porta com cuidado, pingando água por todo o piso, o que sei que faz mamãe secretamente hiperventilar.

Parada ali, vejo quando Stephen Reinheiser entrega a mamãe a capa e o guarda-chuva. Vejo quando essa pessoa que me conhece de um jeito muito diferente cruza aquele limite tácito e começa a conhecer um lado meu totalmente diferente.

— Pode deixar seu tênis aí no capacho — avisa minha mãe, querendo se certificar de que ele tire mesmo os sapatos molhados antes de ousar pisar no tapete. Ele está entrando em uma casa onde se tira o sapato. Enquanto observo Stephen parado usando apenas meias na sala, parecendo pouco à vontade, percebo que ele também tem limites.

— Ei, Stephen — cumprimento enfim, tomando o cuidado de sorrir. Ele sorri em resposta, parecendo aliviado em me ver. — Então, hã, entre. Pensei que a gente podia trabalhar na mesa.

— Claro — murmura ele, me seguindo enquanto o levo até a sala de jantar.

Nos sentamos, e Stephen tira um caderno da mochila. Ajeito a pilha de livros sobre Colombo que peguei emprestada na biblioteca.

— Então, no que nós estamos trabalhando, Minnie? — pergunta papai num tom de voz muito alto, aparecendo de repente na porta que separa a cozinha da sala de jantar, segurando uma xícara fumegante de café. Stephen dá um sobressalto antes de se virar na sua cadeira para encarar meu pai.

— Pai, este é o Stephen. Stephen, meu pai. Estamos trabalhando em um projeto de história sobre Colombo.

Tento implorar silenciosamente para que papai seja breve. Tanto ele quanto mamãe estavam dando uma importância exagerada ao fato de eu ter convidado um garoto. Antes de Stephen chegar, eu disse a eles que não tem nada a ver. Nem mesmo penso em Stephen dessa maneira. Acho que nunca vou pensar em alguém dessa maneira.

— Herói ou vilão — acrescenta Stephen.

— Ah. Hmm. Ok — comenta papai, sorrindo para mim antes de voltar para a sala de estar.

— Quem é Minnie? — sussurra Stephen.

— Nem me pergunte — rebato, revirando os olhos.

— Então... você não almoçou esta semana? — diz ele, em tom de pergunta. — Desculpe.

— Pelo quê?

— Pelo que aconteceu na segunda-feira. No refeitório. Eu gostaria de ter dito alguma coisa. Devia ter dito alguma coisa. Odeio aqueles caras... são uns babacas.

Dou de ombros.

— Mara perguntou sobre o lance do clube do livro?

Ele assente.

— Você vai entrar? Precisamos que as pessoas participem. Pelo menos seis pessoas. A srta. Sullivan é muito legal. Ela tem me deixado ficar na biblioteca a semana toda. — Tento fazer isso soar mais legal do que provavelmente é. — Acho que ela entende, sabe?

— Entende o quê?

— Você sabe... Basicamente, ela entende como as coisas são. Como existem todas aquelas panelinhas ridículas, regras que você deve seguir e que não fazem sentido. Tudo, sabe? — Eu me interrompo porque às vezes esqueço que não devíamos falar sobre o assunto. Devíamos aceitar a situação. Dar a impressão de que todos nós temos o mesmo problema. E devíamos lidar com isso como se fosse um problema nosso, mesmo que não seja.

Ainda assim, ele fica me encarando de um jeito estranho.

— Você entende, né? — pergunto. Como ele poderia não entender, penso. Quer dizer, olhe para ele. Nerd total. Obeso. Sem amigos.

— Sim — responde ele, lentamente. — Sim, eu entendo. Na verdade, acho que ninguém nunca falou assim antes. — Ele me encara como nunca fez, como se eu tivesse contado a ele algum grande segredo sobre si mesmo de que jamais desconfiou.

— Bem, pense no assunto. Enfim... o clube do livro. — Faço uma pausa para tomar fôlego. — Então, Colombo?

— Certo — concorda ele, parecendo distraído.

— E aí, o que você acha? — Tento voltar a conversa para nosso projeto e longe de toda aquela sinceridade perigosa. — Herói ou vilão?

— Não sei — admite Stephen, ainda preocupado. — Eu estava lendo na internet que tinha todo tipo de gente na América antes de o Colombo chegar. Quer dizer, os nativos americanos, obviamente, sempre estiveram aqui. Mas também os vikings. E tinha ainda pessoas da África, e até da China, que chegaram aqui antes.

— Sim, também li sobre isso.

— Colombo está mais para o último a descobrir a América, não o primeiro — argumenta Stephen, com uma risada.

— Sim — concordo. — E tenho lido todos estes livros da biblioteca. — Abro um e o deslizo pela mesa até ele. — Você sabia que ele sequestrou um monte de gente e cortava as orelhas ou o nariz ou outra coisa, e mandava para as aldeias delas para servir como exemplo? — Aponto para uma das ilustrações. — Resumindo, eles simplesmente pegavam tudo o que queriam.

Stephen lê um trecho do livro.

— Exatamente: comida, ouro... escravidão... estupro... — Estremeço com a palavra, mas Stephen continua lendo: — Merda, aqui está dizendo que eles os obrigavam a trazer de volta uma certa quantia de ouro... que teria sido uma tarefa impossível para qualquer um... então, quando falhavam, as mãos deles eram cortadas para que sangrassem até a morte! E quando fugiam, soltavam os cachorros para caçá-los, depois os queimavam vivos! Doentio — termina Stephen, finalmente me encarando.

— Então acho que temos nossa posição... Vilão, certo?

— Sim, vilão — confirma ele. — Por que motivo mesmo nós começamos a comemorar o Dia de Colombo? — Ele sorri. — Devíamos cancelar o feriado.

— É verdade. Só porque alguém sempre foi visto como uma pessoa incrível, um herói, não quer dizer que seja verdade. Ou que ela seja isso mesmo — argumento.

Stephen assente.

— Sim, total.

— Na verdade, talvez seja uma pessoa horrível. Só que ninguém quer enxergar como ela realmente é. Todo mundo prefere simplesmente acreditar nas mentiras, e não ver todo o dano que ele causou. E não é justo que as pessoas possam só fazer essas coisas horríveis e nunca enfrentem as consequências. Elas saem numa boa, com todo mundo acreditando... — Paro porque mal consigo recuperar o fôlego. Enquanto olho para a expressão confusa no rosto de Stephen, percebo que provavelmente não estou falando apenas de Colombo.

— Sim — repete Stephen. — Eu... eu sei, concordo totalmente.

— Ok. Ok, beleza.

— Ei, sabe o que a gente devia fazer? — pergunta Stephen, os olhos brilhando. — A gente devia fazer tipo uns pôsteres de mais procurados para Colombo e todos aqueles caras. E tipo fazer uma lista dos crimes dele e outras coisas nos cartazes. — Ele sorri. — O que você acha?

Eu sorrio de volta.

— Gostei.

CLUBE DO LIVRO DA hora do almoço. Eu batizei. Na semana seguinte, temos nosso primeiro encontro. Levamos nosso almoço para a mesa nos fundos da biblioteca, perto dos materiais de referência desatualizados que ninguém jamais consulta. Somos eu, Mara, Stephen e mais duas calouras. Uma das garotas parece ter uns dez anos e veio transferida de uma escola católica no início do ano. Ela se veste como se ainda a frequentasse, sempre usando camisas de botão engomadas por baixo de suéteres ásperos e saias embaraçosamente compridas. A outra garota mastiga o cabelo. Parece tão fora de si que nem tenho certeza se ela sabe por que estamos ali.

— Falta um — anuncio, na esperança de que isso não estrague tudo.

A srta. Sullivan me observa como se soubesse muito bem, assim como eu, que aquilo basicamente significa o fundo do poço para o clube. Em seguida, ergue o olhar para o relógio. Os ponteiros marcam cinco minutos depois do começo da hora do almoço.

— Ainda dá tempo — comenta ela, lendo minha mente. — Além disso, tudo bem se não reunirmos todas as seis pessoas no primeiro dia.

E então um cara que eu nunca vi caminha em direção à mesa. Um cara de aparência séria. Magro, pele pálida e cabelo muito preto, com mechas azuis que combinam com seus brilhantes olhos azuis. Usa um daqueles óculos de armação grossa engraçados, e duas argolas de prata enfeitam seu lábio inferior.

— Uau! — sussurra Mara para mim, sorrindo de orelha a orelha.

— O quê? — sussurro em resposta.

— Só... uau! — repete ela, sem tirar os olhos do garoto.

— Cameron! — a srta. Sullivan o cumprimenta. — Estou tão feliz que tenha decidido vir.

— Ah — diz ele, puxando a cadeira ao lado de Stephen. — Sim. Oi.

— Tudo bem — começa a srta. Sullivan, claramente incentivada pelo recém-chegado. — Por que não começamos? Pensei que talvez pudéssemos apenas ir na sequência da mesa e nos apresentar, contar para os outros um pouco sobre os nossos interesses e por que estamos aqui. Vou começar. É óbvio, eu sou a srta. Sullivan. — Ela ri. — Sou a bibliotecária. Mas, quando não estou aqui, na verdade sou uma pessoa de verdade, acreditem ou não. Passo muito tempo como voluntária no abrigo de animais, e acolho temporariamente cães resgatados enquanto eles esperam para serem adotados. Quanto a este clube do livro, como expliquei a Eden, ele é de vocês, então quero que cada um dê uma contribuição a ele. Acho que vai ser uma ótima oportunidade de ler alguma coisa por diversão, fora do ambiente formal da sala de aula, um lugar onde podemos ter discussões e debates, falar de questões que normalmente não conseguimos abordar em aulas de quarenta minutos.

Ela acena com a mão em minha direção, como se dissesse *é sua vez*. Eu me encolho ainda mais.

— Sou Eden... Edy, quer dizer. Ou Eden. Hã, eu acho que só gosto de ler. — Dou de ombros. — E pensei que este clube do livro parecia uma boa ideia — murmuro. A srta. Sullivan faz um meneio encorajador com a cabeça. Eu me odeio. Olho para Mara, implorando silenciosamente que ela só, por favor, me interrompa, só comece a falar, que diga qualquer coisa.

— Meu nome é Mara — começa ela, com doçura, exibindo o novo sorriso para todos. — Sou caloura. Curto música... faço parte de uma banda da escola. Gosto de animais — acrescenta, com muita naturalidade. Por que eu não podia ter pensado em dizer uma coisa assim? Também estou na banda. Gosto de animais. Eu amo animais. — O que mais? Eu acho mesmo que o clube vai ser um ótimo jeito de passar a hora do almoço... É muito mais agradável e silencioso que o refeitório. — Ela adiciona uma risadinha no final da frase, e todos sorriem de volta. Em especial o cara novo. Mara chuta meu pé por baixo da mesa, tipo *Você viu?*.

— Isso é ótimo, Mara, há sempre lugar para mais voluntários no abrigo de animais, ok? — avisa a srta. Sullivan, com um sorriso. E eu sinceramente me pergunto como as pessoas conseguem ser normais assim. Como simplesmente parecem saber o que dizer e fazer, de um jeito espontâneo.

— Eu sou Cameron — se apresenta o cara novo, pulando as outras duas garotas. — Entrei no colégio este ano. Me amarro em arte. E música — acrescenta, sorrindo para Mara. — Também gosto de ler. — Ele desvia o olhar de Mara para fazer contato visual comigo. — E de cachorros. — Sorri, olhando para a srta. Sullivan.

A bibliotecária sorri em resposta, com sinceridade.

— Eu me chamo Stephen — murmura ele. — Quando Edy me contou sobre o clube, achei que parecia uma boa alternativa ao almoço no refeitório. Ah, e gosto de arte também — acrescenta, olhando para Cameron. — Melhor dizendo, fotografia. Eu trabalho no anuário.

— Maneiro, cara — diz Cameron, lançando a Stephen um daqueles sorrisos. Aquele Cara Novo... invadindo meu território... primeiro com Mara, depois com a srta. Sullivan, agora com Stephen. E ainda tenta sorrir para mim como se fosse um sujeito legal.

Ele me flagra observando, sondando que tipo de jogo está fazendo. Não sei qual é a expressão em meu rosto, mas seu sorriso diminui um pouco, e os olhos também me encaram com severidade, como se ele talvez estivesse tentando descobrir o motivo para eu tentar decifrá-lo. Em algum lugar, meu cérebro me diz que eu deveria prestar atenção enquanto as outras duas meninas se apresentam, mas não consigo.

— Obrigada pelas apresentações... Foi ótimo. Então, acho que o que temos que fazer nesta reunião é estabelecer uma logística. — A frase da srta. Sullivan invade a névoa em minha mente. Cameron desvia a atenção para ela, e eu o imito. — O que parece razoável para vocês? Dois livros por mês? Um? Três? Não sei. Podemos votar em quais livros gostaríamos de ler juntos... Vamos fazer a leitura em nosso próprio tempo, e então essas sessões do almoço seriam para o debate. Ideias?

— Dois por mês parece legal — sugere Cameron, pouco antes de eu dizer a mesma coisa.

— Sim, dois parece bom — concorda Mara, com um brilho estranho nos olhos.

— Por que não três? — pergunta a Colegial Católica.

— Não sei se tenho tempo para três livros extras por causa dos trabalhos da escola e tudo mais — argumenta Stephen, hesitante, olhando para todos ao redor da mesa em busca de apoio.

— Concordo — afirmo com segurança, só para ter algo a dizer. Stephen sorri para mim. Afinal, ele havia me apoiado no projeto Colombo.

— Tudo bem. Acho que temos maioria, então. Dois livros por mês! — conclui a srta. Sullivan.

ooo

— Edy, esse lance de clube do livro foi a melhor ideia que você já teve! — grita Mara, no segundo em que cruzamos o limiar do mundo exterior, quando nos preparamos para voltar para casa depois da escola. — Aquele cara hoje era, tipo, tão legal.

— Você quer dizer o cara de cabelo azul e todo cheio de piercings? — pergunto, incrédula.

— Não é azul. É preto com mechinhas azuis. É incrível... ele é incrível. *Certo*, murmuro silenciosamente.

— As coisas estão ficando boas, Edy, estou sentindo — diz ela, juntando as mãos.

— Do que você está falando?

— Esse é só o começo... Cameron e eu. Só podemos ficar mais próximos de agora em diante, né? — Ela para de falar, encarando o nada. E sei que a perdi; Mara entrou no seu estado obsessivo de fantasia. — Sim — continua ela, finalmente me encarando outra vez, de olhos arregalados. — Vamos poder conhecê-lo, agora que estamos nessa coisa de livros. Vamos ficar amigos primeiro. Sempre dizem que é melhor assim. Vai ser...

Mas tenho que ignorá-la, porque ela poderia continuar com o devaneio por horas, planejando o passo a passo das coisas.

— Você reparou no jeito como ele ficou olhando para mim, né, tipo *olhando* para mim? — Eu a ouço dizer.

Às vezes me pergunto se ela entende, como a srta. Sullivan e Stephen, como os dois simplesmente entendem. Na maioria das vezes eu acho que sim, mas em outras parece que habitamos planetas diferentes. Como agora.

— Será que eu devo pintar meu cabelo de azul? — conclui ela, depois de um monólogo que durou quase toda a caminhada da escola para casa.

— O quê? Não, Mara.

— Só queria ter certeza de que você estava ouvindo. — Ela sorri.

— Desculpe, estou ouvindo — minto. Estamos paradas no semáforo, na esquina da minha rua. É aqui que nos separamos. Sigo direto. Ela dobra à esquerda. Só que que não consigo forçar meus pés a se moverem nesta direção. É como se pisasse em areia movediça. Ela fica ali, olhando para mim, como se talvez entendesse, afinal. Como se soubesse que há algo errado.

— Quer vir comigo? — pergunta ela. — Minha mãe vai ficar fora até mais tarde.

Faço que sim com a cabeça e começamos a caminhar para a rua de Mara.

— Tudo bem, então não vou pintar meu cabelo de azul. — Ela sorri. — Mas vou comprar lentes de contato. Já manipulei meu pai usando a culpa. Vamos ao oftalmologista no fim de semana.

— Legal — digo a ela, enquanto ajeito meus próprios óculos no nariz.

Não temos escolha a não ser passar pela casa dele para chegar à de Mara. Pela casa de Kevin. Pouco importa que ele não esteja lá. Sinto as pernas cada vez mais fracas conforme nos aproximamos. De repente odeio este bairro, detesto, desprezo o jeito como vivemos todos tão próximos que não conseguimos nos desvencilhar da vida um do outro.

Vejo Amanda no jardim da frente ao nos aproximarmos da casa. A irmã. Ela sempre pareceu muito mais nova que eu; sempre a vi como uma garotinha, mas, quando a observo agora, ela não parece mais tão pequena. Está apenas um ano antes de nós na escola. Brincávamos muito juntas quando éramos menores, antes de Mara se mudar para cá no sétimo ano e ocupar o lugar da minha melhor amiga. A irmã caçula está com ela, junto de outra criança — provavelmente alguma vizinha — vestida com várias camadas de roupa, brincando na neve. Parece que estão tentando fazer um boneco de neve, mas na verdade é só uma grande massa de neve estranha, branca e fria. Amanda para ao lado da coisa, enrolando um cachecol no que seria o pescoço do boneco de neve, enquanto as duas crianças gritam e atiram bolas de neve uma na outra.

As crianças parecem distraídas, mas Amanda nos vê chegando. Ela amarra o cachecol com um nó e em seguida coloca as mãos enluvadas nos bolsos do casaco. Fica parada lá, nos observando. Não diz nada, o que é estranho. Mesmo que não fôssemos tecnicamente amigas, não como éramos antes, ainda conversávamos, ainda nos dávamos bem nos encontros familiares ocasionais.

Como também não digo nada, Mara rompe o silêncio.

— Oi, Mandy!

Mandy. Era como todos nós a chamávamos, depois que os Armstrong se mudaram para cá. Acabou não pegando. Lembro que foi como a apresentaram na primeira vez que nos encontramos. Foi na festa do meu aniversário de oito anos, quando nossas famílias começaram a comemorar tudo juntas, porque Kevin e Caelin se tornaram inseparáveis desde o início. Kevin sempre foi incluído, e, por tabela, sua família. Mas imagino que tenha sido há um milhão de anos.

— Oi, Amanda — cumprimento, tentando sorrir.

Ela cruza os braços e ajeita um pouco mais a postura.

— Oi — finalmente responde, com um tom monótono.

— E aí... como foi de Natal? — Por fim tento agir como se as coisas continuassem normais, mas só consigo pensa em Kevin.

Ela encolhe ligeiramente os ombros, olhando para mim. Os segundos se arrastam.

A questão envolvendo os Armstrong — a questão em que eu realmente nunca parei para pensar até o momento — é que, quando vieram para cá, não estavam simplesmente se mudando. Estavam deixando alguma coisa para trás. Alguma coisa ruim havia acontecido onde quer que vivessem antes. Eu tinha ouvido a sra. Armstrong contar à mamãe. Ela estava chorando. E depois tentei entreouvir quando mamãe contou a papai. Não entendi a maior parte, só que envolvia Kevin e o irmão do sr. Armstrong, o tio de Kevin.

— Quer saber? — Me viro para Mara. — Acho que vou para casa. Não estou me sentindo muito bem, na verdade.

— Sério? Que foi? — questiona Mara, a voz genuinamente preocupada.

—- Nada, eu só... — Mas não termino, porque estou literalmente me afastando. Eu me viro para olhar apenas uma vez, e as duas ficam ali, me encarando.

Mara levanta o braço para acenar e grita:

— Eu te ligo!

ooo

Começo a correr depois de virar a esquina, a cabeça latejando mais forte e mais rápido a cada passo, todo o meu corpo coberto de suor frio. Quando enfim chego em casa, me sinto tão enjoada que estou chorando. Corro até o banheiro e num instante estou no chão, ajoelhada na frente do vaso, ofegante.

Eu me deito no sofá depois, sem nem me importar em tirar o casaco. Fecho os olhos.

Quando me dou conta, minha mãe está inclinada sobre mim, tocando minha testa com as costas da mão.

— Ela está doente? — ouço papai perguntar enquanto joga as chaves na mesa da cozinha.

— Edy? — Mamãe coloca as mãos geladas em meu rosto. A sensação é tão boa. — O que aconteceu? Você está doente?

— Acho que sim — murmuro.

— Bem, deixa eu tirar seu casaco, aqui. — Ela coloca o braço em volta das minhas costas para me ajudar a levantar. E tudo o que mais quero agora é que ela simplesmente me abrace. Mas ela puxa meus braços para fora do casaco em vez disso.

— Eu vomitei — conto a ela.

— Você comeu alguma coisa diferente hoje? — pergunta mamãe.

— Não. — Na verdade, não comi nada. Estava muito ocupada tentando decifrar o tal Cameron durante o intervalo do almoço para de fato comer o sanduíche de manteiga de amendoim e geleia que eu mesma preparei.

— Ah, querida, sinto muito. — Ela se levanta e olha para mim como se estivesse mesmo triste. — Por que não vai vestir o pijama enquanto preparo um pouco de sopa para você?

— Está bem — respondo.

Vou até meu quarto para me trocar, tomando o cuidado de não olhar muito atentamente para os desbotados hematomas cinzentos que ainda marcam minhas coxas. Tomo o cuidado de não me demorar muito nos hematomas nos ossos do quadril e nas costelas. Logo vão sumir, de um jeito ou de outro. Visto a calça do pijama e abotoo até o pescoço a camisa de flanela combinando, para esconder as sombras dos machucados que ainda estão em minha clavícula.

— Canja de galinha? — grita mamãe da cozinha, enquanto ocupo meu lugar à mesa.

Antes que eu possa responder, ela coloca uma xícara de chá fumegante na minha frente.

Na verdade não estou com a menor vontade de tomar sopa, de canja de galinha ou de qualquer outro sabor. Mas ela está com um grande sorriso no rosto, do tipo que sempre exibia quando andava atrás de Caelin. Acho que deve gostar de ter alguém para cuidar, alguma coisa concreta para fazer por mim.

— Sim, canja de galinha — concordo, apesar da queimação no estômago.

— Certo. Agora beba isso — diz ela, apontando para o chá.

Eu assinto.

Papai se senta à mesa a minha frente. Juntando as pontas dos dedos, ele diz:

— É. Pelo visto tem algum tipo de virose circulando por aí.

Se pelo menos eu ficasse doente o tempo todo, talvez as coisas parecessem um pouco mais normais em casa.

NA SEMANA SEGUINTE, NOS sentamos à mesa que reservei no fundo da biblioteca, com nossos respectivos almoços. Mara se senta perto de Cameron, não ao meu lado. Sem querer, o braço dele esbarra no dela, e observo enquanto ela se vira ligeiramente para ele. Mesmo daqui posso dizer que Cameron não está a fim dela de verdade. O que me faz sentir bem demais.

— Então... o Clube do Livro da Hora do Almoço é uma democracia — começa a srta. Sullivan, enquanto empurra um carrinho de livros até a mesa. — Selecionei alguns títulos que têm pelo menos seis exemplares na biblioteca. Acredito que agora cada um de nós deve escolher um livro que gostaria de ler, e depois nós podemos fazer uma votação. O que acham?

Todos concordamos e começamos a vasculhar as fileiras de livros. Finalmente voltamos para nossos lugares com os exemplares.

Do outro lado da mesa, Cameron olha para o livro que peguei.

— Anne Frank? Excelente escolha.

— Eu sei, fui eu que peguei.

Olho para o dele: *Admirável mundo novo*.

— Meu favorito — explica ele.

— Nunca li — admite Mara.

— Ah, é muito bom. É sobre um cara... — explica ele, se aproximando de Mara. Todo mundo começa a prestar atenção, mas minha vontade é pegar o livro e o lançar na sua cabeça. Por que ele continua tentando dominar meu clube do livro?

— Bem, então podemos começar por esse — diz a srta. Sullivan. — Todos que forem a favor de *Admirável mundo novo* levantem a mão.

Eu me recuso a levantar a mão. Mas todos os outros erguem os braços rapidamente. Esperam que eu me junte a eles, olhando para mim como se eu não tivesse entendido quão legal é a trama que Cameron estava contando.

— Eu veto. — Tenho que me conter para não gritar com ele.

— Por quê? — indaga Cameron, com uma sugestão de risada na voz. Sinto o rosto enrubescer. Abro a boca, sem saber o que dizer a seguir.

— Porque... — Eu paro. — Porque todo mundo sabe que já vamos ser obrigados a ler quando formos veteranos.

— Ah, sim, é verdade — concorda Stephen, em um murmúrio, abaixando o braço. Quero cumprimentá-lo, mas me limito a sorrir. Ele devolve um sorriso tímido, antes de baixar os olhos para seu famoso sanduíche de mortadela, dobrando uma das pontas do guardanapo.

— E daí? *Anne Frank* não foi a leitura de verão? — pergunta Mara. Não estou acreditando. Ela está do lado dele!

— Sim, qual é a diferença? — pergunta Cameron, os dois contra mim.

— Foi leitura de verão — começo, tentando pensar em alguma outra razão além de *te odeio e não posso deixar você vencer.* — Mas a diferença é que nunca discutimos em sala de aula nem nada. E devíamos.

— Mas ainda não lemos *Admirável mundo novo* — acrescenta a Mastiga Cabelo. — Assim vamos estar preparados quando tivermos que ler este livro no último ano.

— Isso é verdade — concorda a Colegial Católica.

— Bem, acho isso uma besteira. — As palavras simplesmente escapam da minha boca como se fossem a coisa mais natural do mundo. Me calo depressa, mas é tarde demais.

Boquiaberta, Mara parece não acreditar que acabei de dizer isso. Em seguida, sua expressão fica severa, daquele modo que a faz parecer igual à mãe. Sinceramente, nem estou acreditando no que acabei de falar.

— Tudo bem, pessoal, não é uma coisa tão séria assim — intercede a srta. Sullivan. — A maioria manda. Então, vamos começar com *Admirável mundo novo* do sr. Huxley. — Depois ela aperta meu ombro gentilmente e sussurra: — Tenho certeza de que você vai gostar, Eden.

Todo mundo me olha como se eu fosse a maior babaca do mundo.

Mara respira fundo quando saímos da biblioteca.

Eu olho para seu rosto, enquanto ela me observa.

— Eu sei, eu sei... Não faço ideia do que aconteceu, Mara — confesso. — Foi muito ruim? — sussurro.

— Mais ou menos. — Ela faz uma careta. — Você está bem?

Faço que sim com a cabeça.

— Tem certeza de que não está doente desde a semana passada? Porque você está agindo de um jeito muito estranho.

— Acho que não.

Um silêncio incômodo nos acompanha enquanto caminhamos até nossos armários.

— Ei, podemos fazer alguma coisa neste fim de semana? — pergunto, por fim. — Só nós duas? — esclareço, pensando que realmente preciso contar a ela o que aconteceu com Kevin. Preciso contar a alguém. E logo. Antes que eu exploda.

— Não posso. Vou ficar com meu pai no fim de semana. Lembra? Vamos pegar minhas lentes.

Então vai ter que esperar.

NO DIA SEGUINTE DEPOIS da escola, os corredores estão lotados de gente tentando ir embora. Eu estava a caminho do ensaio da banda, Mara ao meu lado, falando por nós duas, preenchendo os momentos que eu deixava em branco. Sinto como se tivesse me teletransportado para outro lugar, como se tivesse caído em outro reino. Um mundo muito parecido com o real, só que um pouco mais lento. Uma realidade alternativa onde não estou exatamente no meu corpo, tampouco na minha mente; um lugar onde tudo o que faço é pensar em uma coisa, apenas nessa coisa.

— Preto — declara Mara, decidida. — Não, vermelho. Não sei. O que você acha? — pergunta, segurando uma mecha do cabelo castanho na frente do rosto. — Preto, acho. Com certeza — decide. — Eu sei que minha mãe vai pirar — comenta, como se eu tivesse tocado no assunto. — Bem, não tô nem aí. Só preciso de uma mudança.

— Outra mudança? — pergunto, mas ela não me escuta por cima do som de armários batendo e dos gritos, ou talvez eu apenas não esteja falando alto o suficiente.

— Ah! Eu te contei que meu pai quer que eu conheça a nova namorada dele neste fim de semana? — comenta ela, como se tivesse acabado de se lembrar, como se não tivesse repetido aquilo umas vinte vezes. — Acredita? — Ela pronuncia *namorada* como se fosse uma impossibilidade, como um unicórnio ou um dragão, ou algo do gênero.

Sei que isso está difícil para ela... O divórcio dos pais, a mudança do pai, a mãe cada vez mais desequilibrada, e agora essa suposta namorada. Sei que preciso, pelo menos, fazer uma tentativa de voltar a ser a melhor amiga que eu era há apenas um mês. Balanço a cabeça em um gesto para demonstrar descrença.

— Edy — diz ela. — Pode passar lá em casa hoje, depois da escola, se quiser.

Consigo abrir um sorriso. Mas é tudo de que sou capaz.

— Você pode me ajudar a escolher a cor. Poderíamos pintar seu cabelo também! — exclama ela.

Dou de ombros. Tento ficar perto da parede enquanto caminhamos. Nos últimos tempos, sinto como se minha pele, assim como minha mente, tivesse virado do avesso. Como se estivesse em carne viva e exposta, e até mesmo um toque é quase uma tortura. Aperto o estojo do clarinete junto ao peito para me tornar menor, para ser minha armadura.

É quando o vejo, um cara correndo pelo corredor, em nossa direção. Número Doze, é o que está estampado na jaqueta estúpida e pretensiosa do time da escola. Sinto um embrulho no estômago diferente enquanto o observo ganhar velocidade, ziguezagueando entre as pessoas como se estivesse na quadra de basquete, não no corredor. Alguém grita seu nome e alguma coisa sobre estar atrasado, e que o treinador o obrigará a dar voltas no campo. Ele vira a cabeça e olha para trás, rindo enquanto começa a berrar algo em resposta. Noto que não está olhando para a frente, que está prestes a colidir comigo. Abro a boca, mas nada sai.

Vi acontecer antes que de fato acontecesse.

E então acontece. *Plaft*: ele sobre mim, meu ombro na parede, estojo de clarinete no estômago, com tanta força que meu corpo se dobra de um jeito involuntário. Isso me traz de volta à realidade. O tempo retoma seu curso, meu cérebro e corpo sobrecarregados em apenas um instante. Curvada para a frente, abdome dolorido como se tivesse acabado de ser esfaqueada, olho para meu tênis sujo e genérico. O Número Doze segura meu antebraço. Sinto como se seus dedos queimassem e fizessem buracos em minha camiseta. Ouço sua voz, abafada, distante.

— Ah, merda... merda, me desculpe. Você está bem?

Mas não consigo ouvir até o fim porque apenas um pensamento resta. Apenas: *Morra cacete maldito idiota vou matar você maldito morra morra morra.*

Não sei bem o que fazer com isso. Com certeza não pode ser coisa minha. Mas como posso explicar as palavras? Estão na minha língua, prestes a se espalhar no ar. E eu nunca disse essas palavras em voz alta, para ou sobre outro ser humano, mas ali estão. Na verdade, não consigo pensar em nenhuma outra palavra em toda a minha língua nativa; de repente, meu vocabulário inteiro é composto de nada mais que uma sequência interminável de obscenidades pontuadas por palavrões.

Enquanto está ali na minha frente e eu parada diante dele apertando a barriga, o Número Doze examina minha roupa e meus óculos e meu cabelo ridículo, mas não olha para mim.

— Desculpe — repete e, quando ainda assim não respondo, acrescenta: — Eu não te vi. — Ele enuncia suas palavras pausadamente, como se de fato acreditasse que eu pudesse ser surda. Ele as repete, as quatro palavras: — Eu. Não. Te. Vi.

Cada palavra como um fósforo riscando aquela camada fina e áspera na lateral da caixinha, falhando uma, duas, três, quatro vezes.

Só mais uma palavra.

— Tudo beeeeem? — continua ele, lentamente.

Acesa. Em chamas. Meu Deus, eu queimo.

É algo novo esse sentimento. Nem raiva, nem tristeza, nem constrangimento. Queima tudo dentro de mim, cada pensamento, cada lembrança, cada sentimento que já tive, e preenche o espaço deixado vazio.

Raiva. Neste momento, não sou nada além de pura raiva.

Eu o vejo pegar meu estojo de clarinete no chão. Ele o estende para mim. Minhas mãos tremem quando o pego. Com cuidado, aperto o estojo junto ao corpo novamente, dessa vez por um motivo muito diferente. Porque tudo em meu cérebro e corpo está me dizendo para espancá-lo com aquilo, para acertá-lo repetidas vezes com a caixa dura de plástico preto.

— Acho que ela se machucou. Devia prestar atenção por onde anda! — ouço Mara dizer a ele. E então para mim: — Você está bem, Edy?

Mas também não consigo responder, porque a cena sangrenta da morte daquele jogador de basquete ocupa minha mente, de um jeito verdadeiramente aterrorizante. Porque eu não deveria ser capaz de ter pensamentos assim, não é da minha natureza. Mas sinto formigar em meus ossos, na pele e no sangue, alguma coisa selvagem, alguma coisa animal.

Eu me forço a começar a andar. Se não me mexer, temo que possa cometer uma loucura, alguma coisa muito ruim, e, se abrir a boca, vou dizer aquelas palavras horríveis. Depois de um instante, ouço os pés dele correndo de novo, para longe de mim. Ele deveria estar correndo; de fato, todos eles deveriam estar correndo. Sou perigosa, criminalmente perigosa.

Mara me alcança e diz uma única palavra, que resume tudo.

— Babaca. — Então ela olha por cima do ombro e acrescenta: — Se bem que eu não ia ligar se ele esbarrasse um pouco em mim. Só estou dizendo.

Eu a encaro e sinto os cantos da boca se curvarem para cima, de uma maneira que quase dói, mas uma dor diferente da do meu estômago. Dói como se fosse a primeira vez que eu sorrio em toda a minha vida. Ela solta uma risada, e então toca meu ombro gentilmente.

— Você está bem mesmo?

Faço que sim, apesar de não ter certeza se estou — se algum dia vou estar.

— **ESTÁ NA HORA** — **DECRETA** Mara. Sentadas no chão do seu quarto, acabei de cortar um pedaço de chiclete cor-de-rosa que alguém prendeu no seu cabelo em algum momento do dia. Tinha endurecido tanto que nem manteiga de amendoim nem desembaraço cuidadoso conseguia tirar.

O debate já vem levando meses.

— Então vai ser vermelho — confirmo, enquanto observamos a caixa de tintura entre nós. Eu não disse nada quando ela parou de comparecer ao ensaio da banda, ou quando começou a roubar cigarros da bolsa da mãe, mas preciso dizer qualquer coisa agora, antes que seja tarde. — Mara, você percebeu que é muito, muito vermelho? — pergunto, olhando para a foto da garota na caixa.

— Mirtilo vermelho — corrige ela, pegando a caixa gentilmente com ambas as mãos e analisando a foto. — Você acha que eu poderia cortar curtinho como o da garota da embalagem? — pergunta. — Estou tão cansada de ter cabelo comprido... É como se eu estivesse pedindo pro pessoal jogar coisas nele.

É verdade. Desde que me lembro ela usa o mesmo cabelo castanho comprido, batendo no meio das costas.

— Tem certeza de que precisa ser agora? — confirmo. — Porque, se você esperar só mais três semanas, vai ser verão, e se não der certo você vai ter tempo para...

— Não — interrompe ela. — Essa é mais uma razão para ser esta noite. Não posso passar por isso mais um ano. Não posso passar por isso por mais três semanas. Não posso passar por essa merda nem mais um dia! — Ela quase grita.

— Mas e se...

— Edy, pare. Você devia estar me ajudando.

— E estou, só... Você acha mesmo que pintar o cabelo vai mudar alguma coisa?

— Sim, vai *me* mudar. — Ela abre a tampa da caixa e começa a tirar o conteúdo, item por item.

— Mas por que agora? Aconteceu alguma outra coisa além do chiclete? — Era a pergunta que eu vinha esperando que ela me fizesse havia meses.

— Como se precisasse acontecer algo mais?! Foram anos assim... Todo dia. Apelidos estúpidos, chiclete no cabelo, cartazes de *otária* colados nas costas. Paciência tem limite — irrita-se ela, a voz entrecortada pelas lágrimas que tenta conter.

— Eu sei. — E sei mesmo. Eu entendo. Ela entende. Chegou a hora, e eu entendo o motivo.

— Bem, vamos nessa então — decidiu ela, erguendo a tesoura para mim.

Pego a tesoura das suas mãos, como uma boa amiga.

— Você tem noção de que eu não sei o que estou fazendo, né? — pergunto a ela, enquanto mechas de cabelo começam a cair no chão.

— Está tudo bem, confio em você — me tranquiliza ela, fechando os olhos.

— Não, não confie — argumento, com uma risada.

Mara sorri.

— Se eu te perguntar uma coisa, promete não ficar brava? — começo, com cautela.

Ela abre os olhos e me encara.

— Isso não é por causa do Cameron, é? Porque ele devia gostar de você do jeito que você é. Assim, se você está fazendo essa transformação para que ele se interesse, ou então para ele achar que você é mais descolada, não é...

Mas ela me interrompe.

— Edy, não. — Ela parece calma, nem um pouco brava. Então fala baixinho, explicando: — Sim, eu gosto de Cameron, mas não estou tentando ser como ele. Só estou tentando ser eu mesma. Ser meu verdadeiro eu. Se é que isso faz algum sentido — argumenta ela, rindo.

Nem preciso refletir sobre o assunto. Sei exatamente como ela se sente.

— Faz sentido, Mara.

— Que bom! — E então fecha os olhos novamente, como se o fato de eu cortar e pintar seu cabelo fosse a coisa mais relaxante do mundo. Ficamos caladas por um tempo.

— Posso te perguntar outra coisa? — digo por fim, rompendo o silêncio.

— Sim.

— Você não vai voltar para a banda, vai?

— Não.

— Foi o que pensei.

Ela se vira para me encarar.

— Desculpe, Edy. Não me representa mais. Estou interessada em outras coisas agora.

— Tudo bem, só sinto falta da minha parceira de partitura, é isso. — Tento fazer piada, mas a situação realmente me deixa triste. — Você sabe que vão me colocar com aquela garota fedorenta que desafina o tempo todo, né? — digo a ela, enquanto começo a misturar a tintura.

Ela ri.

— Desculpe. É só prender a respiração!

— Meio que preciso respirar para tocar!

— Verdade — concorda ela, ainda sorrindo.

Começo a aplicar a mistura no seu cabelo, mecha por mecha, tentando ser o mais criteriosa possível.

— Então... que outros interesses?

— Não sei. Acho que vou começar a fazer aulas de arte ano que vem. E sei o que você vai dizer, mas não tem a ver com Cameron. Mas minha amizade com ele me fez perceber que eu quero tentar coisas novas.

Nunca soube que Mara se interessava por arte.

— Bem, isso é legal. — Estou sendo sincera também. Porque não consigo pensar em nada no mundo que me interesse agora.

— Pareço ousada? — pergunta ela assim que terminamos, ensaiando olhares maliciosos no espelho.

Também examino seu reflexo.

— Você parece... uma pessoa completamente diferente — confesso, igualmente consumida por admiração e inveja.

Ela passa por mim, vai até a janela e a abre. Em seguida, pega um maço e um isqueiro do porta-joias cravejado de pedras na gaveta da escrivaninha, então observa atentamente seu reflexo no espelho, enquanto leva um cigarro até a boca.

— Pareço fodona, não pareço? — pergunta. — Pareço uma vadia — conclui devagar, o sorriso perfeitamente alinhado.

— Então você quer parecer uma vadia agora? — Dou uma risada.

— Não sei, talvez. Por que não? — Ela dá de ombros. — Estou me reinventando. Qualquer um pode mudar. — Sei que o que ela realmente quer dizer com *qualquer um* são os pais. Eles podem mudar de ideia, mudar as próprias vidas, a dela também.

— Imagino que sim. — Não tenho como argumentar, porque, sinceramente, a ideia de me reinventar parece bastante interessante. Porém, não tenho certeza de quem eu gostaria de ser.

— Não dou a mínima para o que as pessoas pensam de mim, desde que não pensem que vou ficar de braço cruzado, sem reagir! — Ela solta uma nuvem de fumaça com as palavras. — Estou cansada de ser intimidada, de ser tratada feito merda. Tipo, você não está?

Ela desvia o olhar do espelho para mim. Não posso mentir. Também não posso admitir a verdade. Então não digo nada. Em vez disso, caminho até ela e tiro um cigarro do maço. Eu o coloco entre os lábios.

Mara não diz uma palavra. Apenas sorri, comedida, e aproxima o isqueiro para acender para mim. Eu dou uma tragada. E então engasgo com a fumaça química. Rimos enquanto tusso e ofego.

— Isso é tão nojento! — digo a ela, engasgando com as palavras. Mesmo assim, levo o cigarro aos lábios de novo.

— Não trague com tanta vontade dessa vez — explica ela, com uma risada.

Não o faço. E não engasgo dessa vez. Reparo em Mara me observando, e acho que talvez eu possa mudar também. Talvez possa me tornar alguém que eu consiga aceitar. Tiro os óculos, dou outra tragada e encaro Mara.

— Sério, o que você acha? Devo usar lentes?

— Claro! — Com o cigarro pendurado na boca, Mara estende a mão e afasta meu cabelo do rosto. — Você devia fazer isso — incentiva ela, as palavras abafadas pela fumaça.

— Sério? — pergunto, sem saber exatamente o que ela quer dizer com *isso*.

Apenas o cabelo. As lentes. Ou tudo.

— Você podia ficar tão gata... tão linda... se parasse de se esconder.

— Acha mesmo?

— Sim, Edy. Tenho certeza de que sim.

Sorrio de novo, deixando as substâncias químicas subirem à cabeça, e imagino o que eu poderia ser, todas as coisas que poderia fazer.

O VERÃO DEMOROU UMA eternidade, mas agora chegou e está voando. Basicamente, tenho passado os dias refletindo sobre o que Mara me disse. Sobre o fato de que eu estava me escondendo. De que eu poderia ser bonita se parasse com isso. Tenho passado o verão inteiro tentando descobrir como fazer para não me esconder quando isso é tudo o que já fez na vida. Caelin não deu as caras. Estava fazendo algum tipo de curso especial de verão. Na verdade foi melhor assim, de qualquer jeito. Porque significava que Kevin ficaria longe também.

— Mãe? — Uso minha voz de quero-alguma-coisa-e-sou-uma-boa-menina-então-por-favor-me-ouça. — Eu estava pensando...

— Hmm? — murmura ela, ainda com pouca cafeína no corpo, sem levantar os olhos do encarte de promoções.

— O que você quer e quanto custa? — interfere papai, tentando se apoderar da conversa.

— O quê, do que você precisa? — pergunta ela, enfim me encarando do outro lado da mesa da cozinha.

Tiro os óculos, devagar.

— Você não acha que eu fico melhor sem óculos, mãe?

— Você fica bonita de qualquer jeito. — Ela já havia voltado a atenção para o jornal. Obviamente, essa abordagem não iria funcionar.

— Tudo bem, é que a escola vai começar daqui a, tipo, três semanas mais ou menos, e eu estava pensando, bom... Mara ganhou lentes, e ela acha... Digo, eu acho... eu acho que...

— Tudo bem, Minnie, vamos, desembucha. — Com a mão que não está segurando a xícara de café, papai gesticula para que eu me apresse.

— Ok. Então, hmm, eu queria saber se eu poderia ganhar lentes também.

Mamãe e papai trocam um olhar, tipo *Ah, Deus, por que ela não pode simplesmente nos deixar em paz?*

— Na verdade não são muito caras — insisto.

— Não sei, Edy — argumenta mamãe, com o nariz franzido, sem querer me decepcionar, porque, afinal, sou mesmo uma menina muito boazinha. Exceto pelo pequeno detalhe de fumar todos os dias com Mara, e gastar todo o dinheiro que ganhei para a volta às aulas em muitas roupas no shopping e em produtos de maquiagem e cabelo, mas não em material escolar, como meus pais queriam. Tirando isso, realmente sou ótima.

— Mas por favor. Por favor, por favor, por favor. Eu pareço uma bobona. Uma otária. Pareço integrante de banda da escola!

— Você está na banda — acrescenta papai, sorrindo, obviamente equivocado.

— Mas não quero parecer que estou em uma banda.

— Ah, sim, agora entendi. — Papai revira os olhos. Mamãe sorri. Ele balança a cabeça naquele costumeiro gesto condescendente de quando considera alguém estúpido.

— Mãe?

— Vamos ver. — Sua resposta padrão para tudo e qualquer coisa.

— Então a resposta é não? — tento deixar explícito.

— Não, eu disse que vamos ver — repete ela, com firmeza.

— Sim, mas isso significa não, certo? É tão injusto! Caelin pode ganhar um monte de coisa nova, e eu peço uma coisa, uma coisa, e você diz não!

— Caelin ganhou coisas novas quando foi para a faculdade — argumenta papai, como se Caelin tivesse saído de casa para erradicar a lepra. — Ele precisava de tudo aquilo. Você não precisa de lentes de contato. Você quer, mas não precisa delas.

— Eu preciso sim! — Sinto as lágrimas começando a arder nos olhos. — E, para sua informação — continuo, com voz entrecortada —, não vou mais usar óculos, mesmo que você não compre as lentes pra mim!

Jogo os óculos na mesa, depois sigo pisando firme até o quarto.

— Ah, pelo amor de Deus, ela tem que começar logo de manhã? — ouço mamãe dizer pouco antes de fechar a porta.

E ouço fragmentos da resposta de papai:

— Minha nossa... Melodramática... Garota... Mimada.

Mimada? Eu sou mimada? Nunca peço nada! Nem mesmo atenção. Agora deu. Foi a última maldita gota. Abro a porta com força e marcho de volta para a cozinha, então apoio as duas mãos na mesa. Abro a boca, sem medir o que vou dizer. Pela primeira vez não tenho um plano.

— Odeio vocês! — rosno entre dentes. — Lamento por eu não ser Caelin! Lamento por não ser Kevin! Lamento por vocês terem que me aturar. Mas também tenho que aturar vocês! — As palavras simplesmente saem uma após a outra, cada vez mais alto.

Meus pais estão atordoados. Chocados. Eu sequer olhei torto para eles antes.

Mamãe joga o jornal na mesa, sem palavras.

— Não se atreva a falar outra vez assim com sua mãe e comigo! — Papai se levanta, apontando o dedo na minha cara. — Entendeu? Vá para o seu quarto!

— Não! — A palavra arranha ao se libertar da minha garganta. As cordas vocais doem no mesmo instante, nunca tendo falado nesse volume.

— Agora! — exige ele, dando um passo à frente.

Eu me afasto, os pés batendo feito tijolos. Bato a porta do quarto de novo o mais forte possível, depois pressiono a orelha contra ela. Meu peito sobe e desce com respirações ofegantes enquanto escuto.

— Tudo bem, Conner — ouço minha mãe dizer, em voz baixa, tentando sussurrar. — Temos que tomar alguma providência. Isso é absurdo! O que vamos fazer?

— São os hormônios, Vanessa. Ela é uma adolescente. São todos iguais. Nós também éramos assim quando tínhamos essa idade — argumenta ele, tentando acalmá-la.

— Eu jamais teria dito *odeio vocês* para meus pais — contesta mamãe.

— Sim, você teria. E tenho certeza que o fez. Assim como eu. E Caelin também, lembra? Eles nunca falam sério.

Exceto que talvez eu odeie. Um pouco, pelo menos. Porque permito que me controlem, assim como deixo todo mundo me controlar. Permito que me transformem em uma pessoa que não sabe quando se impor, uma pessoa que desiste do controle da própria vida, e, acima de tudo, do próprio corpo. Faço o que eles me mandam fazer, o que todos me dizem para fazer. Por que nunca me ensinaram a me defender?

Ainda que não saibam o que aconteceu, o que ele fez comigo, meus pais ajudaram a criar a situação. De certa forma, eles a permitiram. Deixaram aquilo acontecer ao permitir a presença dele em nossa casa e ao me fazer acreditar que todos, no mundo inteiro, sabem o que é melhor para mim mais do que eu mesma. Se os odeio, é por isso. E odeio Caelin também. Só que o odeio porque sua lealdade está com Kevin, não comigo. Eu sei. Todo mundo sabe. Especialmente Kevin.

E quanto a Mara? Por que ela não pode ser o tipo de amiga que iria arrancar essa informação de mim? Por que sinto que, depois de todo esse tempo, ainda não posso contar a ela, que ela nem mesmo acreditaria em mim, ou que, se o fizesse, iria de alguma forma me culpar? Por que me sinto tão completamente sozinha quando estou com ela às vezes? Por que sinto que, às vezes, não tenha ninguém no mundo inteiro que me conheça, mesmo da maneira mais superficial e insignificante?

Por que tenho a impressão de que... Nossa, me dá até nojo admitir. Às vezes tenho a impressão de que a única pessoa no mundo que me conhece — me conhece de verdade — é o Kevin? Isso é doentio. Loucamente doentio. Doentio tipo eu-deveria-estar-no-hospital--psiquiátrico. Mas ele é o único que sabe a verdade. Não apenas a verdade sobre o que aconteceu, mas sobre mim, sobre quem realmente sou, do que realmente sou feita. O que dá a ele o domínio absoluto sobre tudo no mundo.

A maior fração desse ódio, porém, guardo para mim. Não importa o que qualquer outra pessoa tenha feito ou não, no fundo fui eu que dei permissão a ela. Sou eu que estou mentindo. A covarde com muito medo de simplesmente pôr fim ao fingimento.

Não tem a ver apenas com as lentes de contato. Não tem a ver com o clarinete, o Clube Ambiental, os Futuros Líderes da América, o Clube de Francês, o Clube do Livro da Hora do Almoço, o Clube de Ciências, o anuário ou qualquer outra coisa que risquei da lista na minha cabeça, coisas das quais eu não iria mais participar. Tem a ver com minha vida, minha identidade, minha sanidade. Essas são as coisas em jogo.

Quando saio do quarto mais tarde naquela noite, me esforço para não pedir desculpa. Porque quero desesperadamente a aprovação dos meus pais. Anseio por ela. Mas preciso começar a me defender. E tem que começar por eles, porque foram o pontapé inicial.

Na semana seguinte, eles me dão as lentes. É a primeira pequena vitória na batalha pelo controle da minha vida. Chega de ser chamada de ratinha. Chega de charadas. Chega de brincadeiras de criancinha.

PARTE DOIS

Segundo ano

É SURPREENDENTEMENTE FÁCIL SE transformar por completo. Eu tinha minhas lentes de contato. Tinha roupas novas que não foram escolhidas com a ajuda da minha mãe na loja de departamentos. Finalmente entendi meu cabelo, depois de catorze anos de frizz e tiaras. Finalmente deixei a franja crescer, em vez daquela indefinida de sempre que mantive por anos. Furei as orelhas numa ida ao shopping por causa da volta às aulas, colocando brinquinhos de strass que brilham apenas o suficiente para serem notados. Mara fez o segundo furo antes que eu furasse, só para eu perder o medo.

Não exagero na maquiagem. Apenas o suficiente. Brilho labial, rímel. Não pareço vulgar, apenas descolada. Apenas normal. Em meu jeans normal, fashion, que cai bem no corpo. Uma camiseta simples e um cardigã que não escondem as curvas que eu enfim pareço ter desenvolvido durante o verão. Simplesmente pareço alguém que não é mais uma criança e pode tomar as próprias decisões, alguém prestes a começar o segundo ano; alguém que não está mais se escondendo.

Calço sandálias novas antes de sair pela porta.

— Ah, meu Deus! — exclama mamãe, me puxando pelo braço antes que eu consiga sair de casa. — Não acredito no quanto você está linda — grita, me segurando diante de si pelos ombros.

— Você não acredita?

— Não, eu acredito. Só quero dizer que tem alguma coisa diferente. Você parece tão... tão confiante. — Ela sorri enquanto seus olhos me analisam. — Tenha um ótimo primeiro dia, tá bem?

Mara pegou carona com Cameron, com quem começou a andar novamente no fim do verão. Então espero por ela nos degraus da frente da escola. As pessoas olham para mim quando passam. O que é estranho. Jamais fui encarada assim. Como uma pessoa normal. Esboço um sorriso para uma garota que nunca vi antes. Tipo um experimento. Ela não apenas sorri de volta como também diz *oi*.

Avisto outra garota solitária subindo os degraus. No momento em que vou testar meu sorriso na nova cobaia, travo de repente quando ela ergue o olhar para mim, seus olhos muito escuros, iluminados em contraste com a pele quente, queimada de sol, o cabelo preto brilhoso ao sol da manhã.

— Amanda, oi — cumprimento por fim, surpreendida por sua presença, pela desagradável sensação que provoca em mim, por todas as lembranças do passado, de crescermos juntas, ela e Kevin, e Kevin, e Kevin, e Kevin.

Pare, ordeno a meu cérebro.

O choque não se esvai por completo, mas diminui o suficiente para que, pelo menos, eu tente sorrir. Porque tudo aquilo está no passado, lembro a mim mesma. Não é uma coisa em que eu precise pensar outra vez. Afinal, Amanda não tem nada a ver com o que aconteceu.

— Acho que esqueci que você iria estudar aqui este ano. — Sorrio.

Ela se aproxima de mim, tão perto que quero recuar. E então, baixinho, mas com firmeza, ela sussurra:

— Você não precisa falar comigo.

— Não, eu quero...

— Nunca precisa — interrompe ela.

— Eu não... eu não entendo.

Ela balança a cabeça de leve, como se eu estivesse deixando escapar algo muito óbvio, então sorri com frieza, antes de passar por mim com um esbarrão. Eu me viro e observo incrédula enquanto ela se afasta.

Mal tenho tempo para me preocupar com isso, porque, no segundo em que viro de volta, ouço Mara gritar:

— E aí, garota! — Cameron a segue de perto. Mara me beija na bochecha e sussurra em meu ouvido. — Você está MA-RA-VI-LHO-SA. Sério!

— Oi, Edy — cumprimenta Cameron, olhando para algum lugar atrás de mim.

— Oi — murmuro de volta.

Mara franze um pouco a testa, mas já está acostumada. Cameron e eu jamais seremos amigos.

— Beleza, está pronta? — ela me pergunta, o rosto radiante de excitação, o cabelo curto emoldurando perfeitamente suas feições.

Inspiro fundo. E expiro. Faço que sim com a cabeça.

— Vamos lá — diz ela, enganchando o braço no meu.

Depois da orientação é aula de trigonometria, o que já me deixa com vontade de gritar. Então, depois da trigonometria vem biologia. Stephen Reinheiser está na minha turma. Eu o sinto me observando, me encarando com óculos e corte de cabelo moderno e roupa nova — ele está se esforçando bastante —, esticando o pescoço ansiosamente, implorando para que eu o note quando for a hora de escolher um parceiro de laboratório. Depressa, me viro para a garota ao meu lado e sorrio, como se dissesse: sou amigável, sou normal, inteligente. Seria uma ótima dupla de laboratório. Ela devolve o sorriso. E acenamos com a cabeça uma para a outra. Pronto! A última coisa de que preciso este ano é outro projeto Colombo com Stephen Reinheiser. A última coisa de que preciso em minha nova vida é um Stephen Reinheiser. Quando o sinal toca, estou pronta para fugir. Porque sei que ele está morrendo de vontade de dizer oi e perguntar como foi meu verão.

No corredor, me apresso para minha nova sala de estudo. Nunca tive tempo para uma antes, porque sempre fui da banda. Sempre envolvida com aulas, treinamentos, ensaios. Nunca tive tempo livre. Enquanto caminho, continuo sorrindo para pessoas aleatórias. E a maioria sorri de volta. Até acho que notei alguns caras sorrindo para mim primeiro. Não, definitivamente não preciso de um Stephen Reinheiser me empatando este ano.

Enquanto estou meio desligada, ouço alguém me chamar. Paro e dou meia-volta. É o sr. Krause, meu professor de música. De repente, a gravidade me puxa um pouco mais para baixo.

— Edy, estou feliz por ter te encontrado. Fiquei surpreso de verdade por não ver seu nome na lista este ano. O que aconteceu? — pergunta ele, parecendo quase magoado por eu ter desistido.

— Ah, certo. Eu só... — Escolho as palavras. — Eu fiquei muito tempo na banda. Meio que queria diversificar este ano, eu acho. Tentar algumas coisas novas — justifico. Ele ainda me olha como se não estivesse entendendo. Então experimento sorrir para ele. E, de repente, sua expressão se suaviza.

Ele assente.

— Bem, acho que eu consigo entender. — E então o segundo sinal toca. Abro a boca para dizer que estou atrasada, mas ele me interrompe. — Não se preocupe, vou assinar uma autorização para atraso. — E, enquanto rabisca sua assinatura no pedaço de papel, ele me diz: — Vamos sentir sua falta. É bem-vinda a qualquer hora, você sabe.

— Obrigada, sr. Krause. — Sorrio mais uma vez.

Ele sorri em resposta.

É assim que o mundo funciona, aparentemente. Não acredito que só estou descobrindo agora. Eu me pergunto, enquanto caminho para a sala de estudo, se as outras pessoas sabem. É muito simples: tudo o que você precisa fazer é agir como se fosse normal e de boa, e as pessoas começam a te tratar normal e de boa.

Chego atrasada a minha nova sala de estudo. Há um burburinho. O que é bom. Nunca é fácil para mim estudar se estiver muito silencioso. Abro caminho até a frente da sala para entregar minha autorização para atraso.

Então esquadrinho a sala em busca de um lugar vazio enquanto perambulo pelas mesas. Avisto aquele cara — o Número Doze. Sentado no fundão, atrás de um grupo de atletas, usando a tal jaqueta com o número doze. Não há lugar vazio em canto nenhum. Começo a entrar em pânico quando noto mais e mais olhares se erguendo para mim, com medo de que talvez enxerguem que, por baixo da minha roupa nova, do cabelo, da maquiagem e do corpo, talvez eu realmente não seja tão normal ou descolada. Começo a caminhar pelo corredor seguinte quando ouço uma voz.

— Tem um lugar aqui atrás.

Eu me viro. É o Número Doze. Ele tira uma pilha de livros da mesa ao lado da sua, depois me encara. E preciso de fato olhar para trás para ter certeza de que está mesmo falando comigo. Aquele é o mesmo cara que não me viu naquele dia, no ano anterior; ele poderia ter me machucado de verdade. O Número Doze aponta para mim e articula a palavra *você*, com um sorrisinho torto.

Caminho na sua direção lentamente, meio que imaginando se isso é algum tipo de pegadinha, me atrair para território desconhecido só para fazer alguma coisa humilhante, como jogar bolas de papel mastigado em meu cabelo. Eu me sento com cuidado, tentando não fazer barulho enquanto pego caderno, caneta e agenda. Abro a agenda na data de hoje e anoto: Sorria.

— Mm-hmm. — O Número Doze pigarreia alto ao meu lado.

Apenas rabisco sobre a palavra com a caneta, repetidas vezes, desenhando ramificações que contornam as letras até que mal sejam visíveis. Cogito fazer meu dever de trigonometria, mas isso só iria me chatear, e na verdade estou me sentindo bem. Quase normal.

— Hmmm. — O Número Doze, novamente.

Eu me viro para longe dele.

— Hmm. — Ele repete. — Hmm! — Ergo o olhar, me perguntando se ele está engasgando ou algo assim. E ele está virado para mim, me encarando, com um sorriso.

— Ah! — exclamo, realmente sem saber o que mais há para dizer. — O quê? — sussurro. Talvez ele tenha me falado alguma coisa e eu simplesmente divaguei.

— O quê? — ecoa ele.

— Ah. Você disse alguma coisa?

— Não.

— Ah, tudo bem. — Começo a voltar para meus rabiscos.

— Eu não *disse* nada — sussurra ele.

Eu o encaro. Ele se inclina para mim. Então me inclino para ele um pouco, e tento ouvir com o máximo de atenção. É quando reparo nos seus olhos. São de um castanho intenso, tão profundos que me dá vontade de mergulhar por completo ali.

— O quê? — insisto na pergunta.

Ele solta uma risada alta demais. Seus colegas atletas se viram e olham para mim por alguns segundos, antes de voltarem a atenção para o grupo.

— Falei que eu não disse nada. Só estava tentando chamar sua atenção.

— Ah. — Hesito. — Por quê?

— Não sei. — Ele dá de ombros. — Para dizer oi.

— Ah. Oi? — O cumprimento sai como uma pergunta, só porque estou realmente confusa com o que está acontecendo aqui.

— Oi. — A palavra soa como uma risada.

Olho para minha agenda. A palavra *Sorria* me encara em meio aos rabiscos. Então eu o encaro mais uma vez, e abro o sorriso que vinha funcionando para mim até então este ano. Ele chega a mesa mais para perto de mim, fazendo um barulho estridente, chamando a atenção dos amigos mais uma vez.

— Então — sussurra ele. — Você é nova?

— Nova? — repito.

— Tipo, nova este ano? — pergunta ele.

— Não.

— Sério?

Assinto.

— Ah. Uau, está bem. — Ele estreita os olhos e inclina a cabeça ligeiramente, como se não acreditasse muito em mim.

É quando percebo que ele não faz a mínima ideia de quem eu sou. Não faz ideia de que era eu aquela garota que ele quase atropelou no corredor no ano passado. Não faz ideia de que segurou meu braço e me perguntou se eu estava bem. Nem mesmo faz ideia de que existo. E, de algum jeito, na verdade gosto da sensação. Sorrio novamente.

Ele sorri de volta.

— Qual o seu nome?

— E... den. — Quase respondo Edy, mas me controlo bem a tempo. — Eden — repito, de um jeito mais fluido. Porque posso ser qualquer uma para aquele garoto. Posso realmente ser uma nova pessoa. Porque ele não sabe de nada.

— Eden? — confirma o Número Doze. E, de repente, soa como o melhor nome no mundo.

— Sim. — Eu sorrio. Começo a vasculhar a coleção de fatos aleatórios, as pequenas coisas que sei sobre ele. Por exemplo, seu nome e o fato de que é veterano, estrela do basquete e que já namorou líderes de torcida. O termo aluno-atleta me vem à cabeça. Sei quem ele é, óbvio. Seria impossível não saber uma coisa dessas. Quando seu nome é anunciado nos anúncios matinais da escola por liderar o time masculino do colégio até a vitória sobre sei-lá-quem, ou por marcar vários pontos em qualquer quarto de jogo na noite anterior contra um adversário aleatório, obviamente tenho uma imagem na cabeça de quem estão falando. Mas é diferente, de algum modo, sentar ao lado dele.

Seus olhos encontram os meus. Eu o estou encarando. Baixo o olhar e penso: chocolate. É o que seus olhos me lembram. Ergo o olhar de novo. Cor de chocolate amargo. E me dou conta de que esses pequenos fatos aleatórios realmente não acrescentam nada quando você está tão perto assim. Quando alguém como ele te olha do jeito que está olhando para mim.

— Josh — diz ele. E, então, faz uma coisa simplesmente... bizarra. Estende o braço até mim, oferecendo a mão para um cumprimento. Parece um pouco bobo, mas levanto a mão para encontrar a dele. Sua pele é quente, assim como sua voz, seus olhos e sua risada. Tenho a impressão de que estamos apertando a mão um do outro por muito tempo, mas ele apenas sorri, como se não houvesse nada de estranho nisso.

E então o sinal toca. Solto sua mão, e sou arremessada de volta a um mundo que não é feito apenas pelos olhos de chocolate deste cara. Recolho minhas coisas rapidinho para poder sair de lá, porque não sei o que acabou de acontecer — o que está acontecendo. Não sei se é assustador ou emocionante. Não me atrevo a encará-lo. Então corro para a porta.

NO DIA SEGUINTE É como se todo o meu mundo girasse em torno da preparação para a sala de estudo, embora eu saiba que é a parte menos importante da agenda. Eu deveria estar preocupada com meu teste de trigonometria na próxima semana, e o fato de ainda não ter ideia de como usar direito a calculadora. Não sei dizer se estou obcecada por rever Josh porque é uma coisa que me aterroriza, ou porque é uma coisa pela qual mal posso esperar. Ou ambos, de algum jeito.

Quando chego à sala, ele já está sentado com os amigos. Fico parada na porta, sem saber o que fazer. Não posso simplesmente entrar e sentar ao lado dele. Entretanto, se eu sentar em outro lugar, não quero que pareça que não estou com vontade de sentar com ele de novo. Josh está rindo com o cara da frente, que, virado na cadeira, gesticula freneticamente.

Mas, então, o segundo sinal toca. As pessoas continuam entrando e se desviam de mim, parada no meio do caminho. Meu coração começa a acelerar enquanto tento me decidir. Se pelo menos ele me visse e me desse um sinal, um convite para me sentar ali novamente. Mas ele não está prestando atenção. Não me vê. Com certeza nem se lembra de ontem.

— Ok, sentem em seus lugares, pessoal! — grita o professor. Então afundo na carteira mais próxima da porta. Mantenho os olhos grudados na nuca do garoto a minha frente enquanto o professor faz a chamada. Sou a maior covarde do universo.

— Eden McCrorey?

Levanto o braço, mas ele me ignora.

— Eden McCrorey? — repete, mais alto.

— Aqui — respondo. E não consigo evitar olhar para trás, para o canto da sala onde Josh está sentado. Ele está olhando para mim. Volto para a frente rapidamente. Quando o professor termina de fazer a chamada, disparo até a frente da sala para que ele assine minha autorização para a biblioteca. Quando me viro na direção da porta, Josh acena e aponta para a carteira vazia ao seu lado. Quando chego mais perto, ele faz sinal para que eu me sente ali. Porém, na verdade, só quero fugir. Mas me lembro de agir normalmente e sorrir, então caminho até ele. Seus amigos se viram para me observar. É como se estivessem me avaliando, me inspecionando em busca de defeitos.

— Ei, Eden, guardei seu lugar — diz Josh, baixinho.

— Ah. Bom, obrigada. Mas vou para a biblioteca.

Ele parece desapontado.

— Amanhã, então — comenta, dando de ombros, me dispensando.

— Com certeza.

E então ele me encara com um sorriso, e sinto seus olhos me observando enquanto saio. Mal respiro. Meu coração bate leve e acelerado... acelerado demais.

ooo

Atravesso as portas da biblioteca, caminhando em silêncio até o escritório. Eu a vejo, sentada à mesa, examinando alguns papéis. Bato suavemente.

— Eden, entre! — Ela sorri, a voz afetuosa.

Eu me sento em uma das cadeiras.

— Oi, srta. Sullivan.

— Então... a que devo esse prazer?

— Só queria dizer oi. — Eu só precisava de um lugar para me esconder. De novo.

— Isso é tão meigo. Obrigada, Eden. — Há uma pausa, um silêncio que dura muito tempo. Por sorte, ela o rompe. — Sabe, eu estava justamente pensando no ano passado. Eu lembro que, num primeiro momento, você queria ser voluntária?

— Ah, sim, eu queria. — Quase tinha me esquecido.

— Bem, ainda temos algumas vagas abertas... Isto é, se você estiver interessada.

— Sério? Sim, estou. Quer dizer, sim. Com certeza absoluta!

— Ok. Quando você está livre? — pergunta ela, abrindo a agenda no computador.

— Agora mesmo, eu acho. Tenho sala de estudo, e logo depois o almoço, então posso ajudar até no terceiro e quarto tempos de aula. Tipo, se você precisar de mim. Digo, se precisar de ajuda.

— Bem, preciso de ajuda, sim, mas eu quero você — afirma ela, de maneira incisiva, traçando o dedo ao longo dos espaços da sua agenda. — Beleza! Estamos com sorte. Parece que vai encaixar certinho!

— Ótimo. Quando eu começo?

— Você chegou na melhor hora — responde ela, abrindo os braços em um gesto de boas-vindas. A srta. Sullivan me explica o processo de empréstimo de um livro e me ensina sobre o banco de dados e sobre como localizar os títulos nas prateleiras. Ela observa enquanto faço o primeiro atendimento de aluno.

— Você nasceu para isso! — elogia ela. Sorrio em resposta, não com meu novo sorriso, mas com o verdadeiro. Estou feliz por estar perto da srta. Sullivan outra vez. Ela me faz sentir como se eu talvez fosse realmente alguém normal. Como se as coisas realmente estivessem bem.

— ENTÃO... UMA COISA MUITO estranha aconteceu ontem — conto a Mara, quando começamos nossa caminhada da escola para casa.

— Aaah, o quê? — pergunta ela, ansiosa.

— Assim... você conhece aquele cara, Josh Miller? Ele é um veterano no time de basquete?

— Lógico.

— Sim. Lógico. Bem, ele ficou falando comigo. Tipo *falando* comigo. Quase parecia... Não sei. Não, esquece. É ridículo. — Solto uma risada.

— Não o quê? Agora você tem que me contar. Estou curiosa!

— Está bem. Mas primeiro acredite em mim: sei muito bem que isso vai parecer ridículo — eu alerto.

— Ah. Meu. Deus... Desembucha! — exige ela, rindo.

— Bem, lembra que eu larguei a banda? Então, fui colocada na sala de estudo em vez disso. E ele está lá... Josh... e ele ofereceu o lugar ao lado para eu sentar. E depois ele ficou tentando conversar comigo, quase como se estivesse... interessado de verdade. — Espero que ela comece a rir, mas Mara só continua a olhar para mim. — Tipo, interessado em mim — explico.

— Certo, em primeiro lugar, por que eu acharia ridículo? Em segundo lugar... UHUUUUL! — grita ela, pulando bem no meio da rua. — SIIIIIM!

— Ah, meu Deus, pare! Você não existe! — exclamo. Mas nós duas estamos rindo descontroladamente.

— E aí, o que aconteceu depois? — pergunta ela, a risada morrendo enquanto tenta recuperar o fôlego.

— Como assim? Nada. Devia acontecer alguma coisa depois?

— Tipo, como ficaram as coisas? O que ele te falou exatamente?

— Ele falou que ia guardar um lugar para mim amanhã.

— Perfeito! — exclama. — Então amanhã você...

— Espere aí — eu a interrompo. — Na verdade, não vou estar lá amanhã.

— Por que não?

— É que eu meio que me ofereci como voluntária na biblioteca no mesmo horário — confesso.

Ela me encara, sem piscar, seu sorriso murchando rapidamente.

— Desculpe, mas onde você bateu a cabeça?

— Você acha que eu devia ter continuado na sala de estudo?

— Dã! — grita ela. — Óbvio, Edy. Você não aprendeu nada nesse verão?

Fico pensando no assunto por alguns instantes enquanto caminhamos. Mara fica suspirando, olhando para mim e balançando a cabeça, suspirando de vez em quando.

— Ah, Edy.

— Você está certa — admito, quando chegamos à esquina onde precisamos seguir caminhos diferentes. — Você tem toda razão. Não sei por que eu fiz isso. Acho que só fiquei com medo.

— Medo de quê? É Joshua Miller! É uma coisa maravilhosa, Edy.

Eu me limito a dar de ombros. Porque não posso dizer a ela exatamente o que quero dizer. Porque, mesmo que eu pudesse, sei que ela não conseguiria entender.

ESTOU TRABALHANDO NA BIBLIOTECA faz uma semana. Gosto de estar perto da srta. Sullivan novamente. E tinha quase esquecido tudo sobre Josh Miller e o lugar que ele estaria guardando para mim. Quer dizer, esquecido tudo, exceto aqueles olhos.

Estou tranquila e segura neste cantinho do mundo. É como tirar uma folga da vida. Percebo rapidamente que, na verdade, adoro guardar os livros, colocando as coisas de volta na ordem correta. Tudo tem um lugar — um jeito certo de ser. Aqui não preciso me preocupar com quem sou ou se estou sendo quem sou da maneira correta. Ninguém me incomoda, nem mesmo eu.

— Você é uma pessoa muito difícil de achar, sabia? — diz alguém, de repente, muito perto de mim.

Eu me viro. Quase não consigo acreditar. É ele. Josh. E seus olhos, me observando. Ele se encosta na estante e sorri. Não percebi o quanto ele era alto quando estávamos sentados juntos, e naquele dia, no corredor, acho que estava transtornada demais para perceber muita coisa. Para perceber como ele é irresistível quando está parado assim, na minha frente. Estamos tão próximos um do outro, escondidos neste corredor silencioso. É como se não houvesse mais ninguém no mundo inteiro. Ainda assim, dou um passo curto na sua direção, porque é como se ele fosse algum tipo de ímã, e eu não conseguisse não me aproximar.

— Você estava tentando me achar? — pergunto.

— Bem, fiquei guardando lugar para você, e as pessoas começaram a me olhar de um jeito estranho. — Ele sorri, aquele sorrisinho torto novamente. — Meio que comecei a pensar que você não ia voltar nunca mais. — Ele corre o olhar pela biblioteca e depois para a pilha de livros em meus braços. — Parece que eu estava certo?

— Achei que você não estava falando sério. — Sinto minhas mãos apertarem mais os livros quando meu coração começa a acelerar.

— Por que as pessoas nunca pensam que estou falando sério? — pergunta ele, com uma risada.

Talvez porque você tenha essa aparência, tenho vontade de dizer. Talvez porque você esteja sempre com um sorriso absurdamente charmoso no rosto. Talvez as pessoas não queiram te levar a sério porque aí você seria de verdade. Então não seria apenas o Número Doze. Ou talvez seja só impressão minha.

— Não sei — respondo, em vez disso.

— Bem, eu estava falando sério.

E simplesmente ficamos parados ali, nos encarando. Por fim ele diz, inclinando a cabeça para mim, desconfiado:

— Você não gosta de mim ou coisa parecida?

— Não — respondo de imediato. — Digo, não não. Melhor dizendo, sim. Assim, eu não não gosto de você.

— Tudo bem. Eu acho — diz ele, rindo. — Bom, agora que está tudo resolvido, estava pensando que talvez a gente devesse fazer alguma coisa qualquer hora dessas.

— Tipo o quê? — pergunto.

— Tipo o quê? — repete Josh. Ele abre aquele sorriso mais uma vez. — Ah, não sei, pensei em arrombar uns caixas eletrônicos, um ou outro ato de vandalismo, roubar umas identidades e atravessar a fronteira. Portando substâncias ilegais, óbvio. — Ele ri. — Ou nós podemos perder o juízo de verdade e ir ver um filme. Quem sabe até comer em um restaurante.

Não posso deixar de sorrir.

— Isso é um sim? — pergunta ele.

— Não sei — respondo. — Talvez.

Ele me olha mais sério agora.

— O quê, você tem namorado ou...?

— Não.

Simplesmente ficamos ali, sem dizer nada.

— Tudo bem — diz ele enfim, com um suspiro. — Então, a gente vai se falando.

Ao vê-lo ir embora, minha nossa, me pego querendo ter dito sim. Saio do corredor para ver se ainda consigo alcançá-lo. Mas, quando ele sai pela porta, vejo Amanda parada ali, perto de uma das prateleiras, tocando distraidamente as lombadas dos livros. Ela está olhando de mim para Josh. Dessa vez eu a fuzilo com o olhar. Fingindo não me ver, ela pega um livro e começa a folhear as páginas de um jeito casual.

SENTADA NA GRAMA AO lado das quadras de tênis, arranco alguns dentes-de-leão brancos e felpudos, soprando distraidamente as pequenas sementes ao vento. Já é quase outubro, e este é, sem dúvida, um dos últimos dias de fato agradáveis do ano. Faz frio, mas o sol está tão quente que torna a frieza do ar irrelevante. Quero respirar tudo. Guardá-lo nos pulmões para sempre.

Mara vai ficar até mais tarde com Cameron, para trabalhar em um projeto para a aula de arte. Acho que eu poderia voltar para casa, mas na verdade também não quero ficar lá. Então, em vez disso, aguardo até que ela saia, quer queira ou não.

— Espero que você esteja fazendo um pedido quando sopra isso — ouço alguém dizer atrás de mim. Eu me viro, protegendo os olhos do sol. É a silhueta de um garoto em contraste com um céu rosa brilhante e laranja. Um garoto alto, usando camiseta, short de ginástica e uma joelheira, carregando mochila e garrafa de água. Ele usa um boné preto surrado, o que torna difícil ver seu rosto, mas, quando se aproxima, suas feições entram em foco aos poucos. — Caso contrário, você só está espalhando as sementes — conclui.

Limpo a garganta, tento soar casual.

— Você sempre chega de surpresa, né?

— Nem *sempre*... só duas vezes. — Ele sorri.

Fazia quase duas semanas que eu o tinha visto na biblioteca. Estou chocada por ainda falar comigo. Achei que tivesse estragado tudo.

— Então... o que você está pedindo? — pergunta ele, tirando o boné enquanto desaba no chão ao meu lado, sem ser convidado. Seu rosto está corado, o cabelo, úmido. E seus olhos parecem ligeiramente vidrados, como se estivesse, de fato, cansado. Eu me lembro do meu irmão sempre com essa aparência quando chegava em casa do treino.

Penso na resposta por um segundo, enquanto o observo se ajeitar ao meu lado.

— Não estou pedindo nada — decido. Pelo menos nada que possa ser concedido por delicadas fadinhas luminosas, dardejando sem rumo em correntes aleatórias de ar. Ele parece desapontado. Não estou brincando direito. Eu deveria inventar alguma coisa fofa, que desejo mais que tudo no mundo. E então ele deveria me convencer de que poderia tornar meu desejo uma realidade de muitos jeitos. Óbvio que não poderia. E eu não pediria. Então ficamos cada um na sua.

— Todo mundo deseja alguma coisa — insiste.

— Eu não. — Eu iria parecer muito mais empoderada se tivesse um cigarro na boca. Não estou para brincadeira, é a impressão que quero dar a ele. Não sou ingênua nem estúpida. Na verdade, nem mesmo sou legal.

Agora ele parece mais que desapontado. Parece querer fazer um pedido a uma erva daninha para que não tivesse acabado de se sentar ao meu lado. Ele não diz nada enquanto olha para o nada, para todas as pessoas que não estão presentes e que, portanto, não podem resgatá-lo.

— Bem, é que... — começo. Com um olhar de esguelha, noto que ele parou de procurar um jeito de escapar e está me encarando. — Mesmo que eu desejasse alguma coisa, e não estou dizendo que é o que eu estava fazendo, não iria te contar. — Olho para ele de relance. Josh está sorrindo. Ele é fofo e sabe disso. A luz do sol reflete suas íris, ressaltando todo um caleidoscópico de caramelo e tons de marrom, até então escondidos sob o chocolate. Tenho que me esforçar para não olhar. Ele se aproxima. E sinto meu coração acelerar.

— Porque aí não vira realidade, né? — pergunta ele.

Eu assinto.

— Exatamente.

— Sim, mas eles chegam mesmo a se realizar, até quando você não conta?

Tática interessante jogar com meu cinismo. Ele é bom.

— É um bom argumento — admito. Consigo ver sua mente trabalhando enquanto ele me olha, decidindo que cartada, que jogada fazer para ganhar, para me vencer.

— Sabe, uma vez eu fiz um projeto sobre o ciclo de vida dos dentes--de-leão — revela Josh, apontando para o caule agora sem pétalas em minha mão. — Segunda série, se não me engano.

Acho que isso não está no roteiro. Fico quebrando a cabeça. Não, não tenho nada a acrescentar. Ele estica a mão para algum lugar atrás de nós e arranca algo do solo. Ouço o estalo frágil da haste. Apenas bato o sapato em silêncio em cima das flores amarelas a meus pés.

— Bem, você sabia que eles são amarelos no começo? E então, depois que as pétalas caem, aquela coisa branca e fofa surge para que as sementes possam flutuar? — pergunta, examinando o dente-de-leão que acabou de arrancar do gramado.

Assinto.

— Veja, este aqui... é um espécime intermediário. — Ele o segura perto do meu rosto para que eu possa ver melhor. — As pétalas amarelas já caíram, e o branco está começando a aparecer, mas ainda não são leves o suficiente para começar a voar. — Ele sopra, mas nada acontece.

Estamos tão próximos, posso sentir sua respiração na pele, sentir o calor emanando do seu corpo. Ele sustenta meu olhar enquanto espera por algum tipo de resposta da minha parte. Mas sua respiração, o calor e os olhos afetam minha capacidade de pensar ou falar ou entender qualquer coisa além da sua respiração, calor e olhos. Finalmente eu me forço a desviar o olhar.

— Bem — continua ele, quando não respondo. — Eles são muito difíceis de encontrar. Tive que rastrear um dente-de-leão em cada estágio de crescimento para aquele projeto. E você ficaria surpresa de saber como estes são raros.

Eu me atrevo a encará-lo mais uma vez, mas não consigo sustentar seu olhar por muito tempo, então volto a focar o dente-de-leão.

— Acho que isso não é muito interessante, né? — Ele apoia os cotovelos nos joelhos e deixa a flor balançar entre os dedos.

Eu sorrio. Na verdade achei um pouco interessante, mas não quero admitir.

— Dia agradável — comenta ele, olhando para o céu.

— Pois é — concordo.

— Pois é. — Ele suspira.

Eu me sinto mal por ele; provavelmente é muito bom em puxar conversa com garotas. Não é culpa dele.

— Então... o que você ainda está fazendo aqui? — pergunta Josh, o silêncio se tornando insuportável.

— Só esperando uma amiga. E você?

— Esperando minha carona. Acabei de sair do treino.

— Você, sei lá, se machucou ou algo assim? — Aponto para a atadura em torno do seu joelho.

— Não, meu joelho só dá um showzinho às vezes. Mas está tudo bem. — Ele sorri lentamente ao me encarar.

— Ah. — Concordo com a cabeça, desviando o olhar, atenta para não parecer muito preocupada com ele... ou qualquer coisa do tipo.

— Então — diz ele, girando nervosamente o dente-de-leão entre o polegar e o indicador. — Você sabe que está me deixando na expectativa, né?

— Ah — repito. — Desculpe.

— Então, devo considerar isso um não? — pergunta ele, ainda sorrindo. — Está tudo bem. Só não quero continuar me sentindo um trouxa. — Ele ri.

E eu quero rir do fato de que é ele quem está se sentindo um trouxa ali. De alguma forma, gostaria de ser capaz de fazê-lo entender que quero dizer não tanto quanto quero dizer sim.

— Não, não é isso. Eu só... — Mas não consigo terminar porque nem mesmo eu entendo completamente.

— Bom, o que é, então?

— Não sei — murmuro.

Sua expressão parece um pouco confusa, incerta se deve sorrir ou fazer uma careta.

— Você está fazendo de propósito? De verdade eu não sei.

— Fazendo o quê?

— Zoando comigo... Não me dando uma resposta direta.

— Não, sério, não estou. Juro.

Suas sobrancelhas se juntam, uma linha no centro da testa. Ele me olha com desconfiança.

— Esquece — cede ele, enfim. — Acho que eu simplesmente não consigo te entender. — Ele dá um sorriso triste, constrangido, e um aceno. — Esquece, sério.

— Sim. — Eu me escuto dizer. Porque talvez seja minha chance, uma segunda chance, para ser iniciada em todo esse lance de menino e menina.

— Espere aí. Sim? — Ele me observa com atenção, olhos brilhantes. — Então você está mesmo dizendo sim?

Respiro fundo e repito:

— Sim.

— Finalmente! — grita Josh, levantando os braços para o céu, rindo. — Amanhã à noite, você está livre?

— Sim, eu acho.

Quando ele está prestes a dizer mais alguma coisa, um carro para do outro lado do estacionamento. Parece um carro funerário azul-marinho, definitivamente o carro dos pais.

— Merda, é minha carona. Aqui. — Ele pega minha mão.

— Espere. — Eu me afasto. — O que você está fazendo?

— Calma — diz ele, com uma risada. — Está tudo bem, não vai te matar. Só relaxe — continua, no tom suave e encantador que com certeza faz as outras garotas se derreterem. Ele abre meus dedos e coloca alguma coisa na palma.

Olho para baixo. É o dente-de-leão, o intermediário.

Josh se levanta e ajeita a mochila no ombro.

— Então, vamos nos encontrar aqui amanhã, depois da escola?

Eu assinto.

— Legal. — Ele sorri. — Tudo bem.

Ele entra no carro com uma mulher que suponho ser sua mãe no banco do motorista. Ela acena em minha direção. Eu me viro para olhar para trás. Mas me dou conta de que ela está acenando para mim enquanto Josh se senta no banco do passageiro, parecendo envergonhado. Levanto o braço e aceno de volta.

— Ela precisa de carona? — Eu a ouço perguntar pela janela aberta.

Ele diz *Não* ou *Vai*. Não consigo entender perfeitamente.

Depois que o carro se afasta, pego minha agenda e a abro nesta semana. Depois, cuidadosamente, coloco a flor branca e delicada dentro e a fecho com gentileza entre as páginas.

Ouço um barulho nas quadras de tênis. Olho para trás, em seguida checo mais uma vez. É Amanda. Parada ali, com os dedos enfiados na cerca de arame, me observando.

— Ei! — chamo. Mas ela se vira e começa a andar. — Ei! — Eu me levanto e corro até o portão que leva para dentro da quadra. — O que você está fazendo parada aí? — grito, alcançando-a rapidamente. — Me espionando?

— Não. E eu posso ficar onde eu quiser. — Ela cruza os braços e me olha de cima a baixo, a expressão mudando lentamente, o lábio superior franzido com um grunhido de desgosto.

— Por que você não cuida da sua vida, Mandy? — Ameaço passar por ela, mas dou meia-volta, reunindo coragem. — Espere aí, qual é exatamente o seu problema?

— Não *tenho* nenhum problema — responde ela.

— Não parece. — Também cruzo os braços, tentando me acalmar, tentando, de algum modo, parecer tão intimidante quanto ela.

Amanda se aproxima de mim, como naquele dia nos degraus da escola. Se não a conhecesse bem, eu pensaria que estava realmente prestes a me bater.

— Meu nome não é Mandy — rosna.

Ela deixa a quadra de tênis sem dizer mais nada.

QUASE NÃO DORMI NAQUELA noite. Então me levanto cedo e me arrumo. Antes mesmo de mamãe e papai. Quando chego na escola, não há ninguém ainda. O cheiro de café barato queimado exala da sala dos professores, mas não tem ninguém à vista. Entro no banheiro das meninas no primeiro andar e abro a janela para fumar um cigarro escondido, enquanto não há ninguém por ali.

Tento organizar as ideias. Estou tão apavorada de o encontrar mais tarde, mal consigo pensar direito. Penso em voltar para casa, fingindo que estou doente. Seria uma boa desculpa. Se eu realmente não quisesse vê-lo mais tarde.

Ouço alguém se aproximar. Jogo fora o cigarro e fecho a janela com força. A esta hora da manhã, deve ser uma professora. Disparo até uma das baias e tranco a porta atrás de mim. Subo no vaso sanitário, prendo a respiração e espero.

A porta se abre e duas vozes sussurram freneticamente entre si.

— Rápido, rápido. Tranque, tranque agora.

— Tá, entendi. Aqui, aqui.

— Depressa! Depressa — sussurram, ofegantes.

Aquela excitação absoluta me incita a saber mais. Cautelosa, eu me posiciono para olhar pela fresta entre a porta e a parede do cubículo, com cuidado para não fazer barulho. É quando a vejo: Amanda. Não consigo ficar longe dela ultimamente.

86

— Tudo bem, aqui — diz ela, entregando uma caneta permanente para a outra. Mais uma caloura que vi pela escola, sempre com uma expressão sarcástica no rosto.

— Tá bom, e o que nós vamos escrever mesmo? — pergunta a Garota Sarcástica, encarando a parede.

— Você sabe... Vagabunda, puta, vadia, cadela, tanto faz. É tudo verdade, então você escolhe — responde Amanda.

Armadas com duas canetas permanentes de ponta grossa, as meninas se aproximam da parede do banheiro. Amanda começa. Ela pressiona a ponta esponjosa do marcador nos azulejos rosa-pálido sujos e a caneta guincha enquanto a observo escrever cuidadosamente as palavras:

EDEN MCCROREY É UMA PUTA

Mal consigo acreditar. Mal consigo respirar.

Em seguida, a Sarcástica avança e desenha uma pequena seta entre as palavras UMA e PUTA, e escreve, com um rabisco autoconfiante de um jeito doentio:

Vadia Nojenta e Totalmente

— Que tal? — pergunta ela para Amanda, com um sorriso.

— Perfeito!

— E por que ela é uma vadia nojenta e totalmente puta mesmo? — Ela solta uma risada.

— Pode acreditar, ela é de verdade — assegura Amanda, enquanto as duas se afastam e admiram o próprio trabalho. — Além disso, ontem depois da aula, ela praticamente transou com um cara perto das quadras de tênis! — mente.

Cubro a boca com a mão. Eu a teria matado, teria a empurrado pela janela. Eu teria gritado com ela. Só que estou paralisada.

— Nojento! — grita a Sarcástica.

— Sim, totalmente — concorda Amanda. — Tudo bem, vamos, não temos muito tempo.

Então elas saem. Eu as deixei ir. Mas ainda não consigo me mover. Estou congelada, agachada em cima do vaso sanitário, a boca aberta, minha mão ainda a cobrindo.

Não sei quanto tempo se passa antes de eu cair em mim. Empurro a porta do cubículo e caminho até a parede em absoluta descrença. Toco as palavras pretas, rabiscadas e odiosas com os dedos. Ouço uma voz no corredor. E um armário se fecha. As pessoas estão chegando. Depressa, arranco um punhado de toalhas de papel do suporte e as encharco com água e sabonete. Então vou até a parede e esfrego, esfrego, esfrego aquelas palavras, usando a força do corpo todo, até ser incapaz de recuperar o fôlego, até perceber que estou chorando. Observo a parede. As palavras ainda me encaram. Do mesmo jeito. Deixo as toalhas de papel encharcadas caírem no chão. Cerro os punhos, cravando as unhas nas palmas da mão, querendo socar a parede, querendo esmurrar qualquer coisa.

Só então três garotas bonitas e populares do último ano entram pela porta, conversando. Elas se reúnem em frente ao espelho. Viro de costas para o trio enquanto enxugo os olhos. Em seguida, caminho até a pia para lavar os resquícios de papel-toalha molhado das mãos.

— Ah, nossa! — grita uma delas. Minha cabeça se levanta para encará-la. Ela aponta para a parede com o aplicador de rímel e diz:

— Alguém anda fazendo besteira.

Todas riem. Meu coração parece um pássaro preso em uma gaiola no peito. As asas batendo violentamente contra as barras de osso. Quero tanto esmagar o rosto bonito daquela garota no espelho.

— Quem será Eden McCrorey? — pergunta outra, por fim.

— Uma puta, pelo jeito — responde a terceira garota, rindo.

— Não — corrige a primeira garota. — Uma vadia nojenta e totalmente puta, você quer dizer.

Então elas cacarejam como bruxas, saindo uma atrás da outra para o corredor. Simplesmente fico parada ali, e permito que se safem depois de terem me difamado assim.

Irrompo no corredor, com a cabeça em um turbilhão, determinada a encontrar aquelas garotas e dizer a elas que não podem me tratar assim. Determinada a dizer a elas que é tudo mentira. Determinada a encontrar Amanda e jogá-la no chão. Mas paro depois de apenas alguns passos. Os corredores estão começando a se encher de pessoas e de burburinho. E aquelas meninas já sumiram.

Em vez disso, sigo até meu armário. Tento agir como se nada tivesse mudado. Tento passar o dia como se não soubesse, como se não houvesse nada *para* saber. Consigo evitar todas as pessoas que me conhecem. Mara, porém, me encontra na biblioteca, na hora do almoço.

— Oi — sussurra ela, chegando por trás enquanto estou arquivando os livros. — Posso falar com você um segundinho?

Era inevitável. Deixo que ela me puxe pelo braço até o fundo do corredor.

— Então, Edy — começa —, preciso te contar uma coisa. É ruim. Mas, antes que eu fale, lembre-se de que vai ficar tudo bem. Eu só... acho que você devia saber.

— Eu já sei — confesso.

— Você sabe? — pergunta ela, o rosto em uma careta.

Faço que sim com a cabeça, tento sorrir, dou de ombros como se não me importasse.

— Isso é bizarro! Não sei quem começaria um boato desses. Sobre você, ainda por cima!

— Não sei — minto.

— Bem, Cameron e eu passamos por *todos* os banheiros e tentamos apagar as pichações. Fizemos isso a manhã *toda*, então está tudo bem. Mas eu tinha esperança de que você não precisasse descobrir — admite ela.

— Cameron foi ao banheiro feminino?

— Não, ele vistoriou os banheiros dos meninos.

Eu nem tinha cogitado que elas poderiam também ter ido aos banheiros dos meninos.

— Obrigada por fazer isso, Mara. De verdade. Mas acho que todo mundo já viu — comento. — Não dá para desfazer. — Solto uma risada amarga.

— Bem, que se foda todo mundo! — diz ela muito alto, e um monte de cabeças se volta para nós. — Sinto muito, Edy — sussurra. — Não entendo mesmo. — Ela parece tão triste que é quase como se aquilo estivesse acontecendo com ela, e não comigo. — Quer ficar lá em casa hoje à noite? Podemos comer todo tipo de porcaria e simplesmente vegetar? — sugere.

— Não posso. Na verdade, eu tenho um compromisso.

— Você tem? Com quem? — pergunta ela, chocada.

Olho ao redor para me certificar de que ninguém consegue ouvir, e abaixo o tom de voz de modo que mal me escuto.

— Josh. Joshua Miller.

— Ai, meu Deus! Está falando sério? — sussurra ela, seu sorriso se abrindo. — Como isso aconteceu?

— Sei lá, só... aconteceu. Ele me chamou para sair.

— Edy? — O sorriso de Mara se fecha de repente. — Você não acha que foi ele, acha? Porque, se foi, então você definitivamente não quer sair com ele, né?

— Não foi ele.

— Sim, mas como você pode ter certeza? — pergunta ela, realmente desconfiada.

— Tenho certeza — garanto, mas Mara não parece convencida.

— Edy, agora fiquei preocupada. Você vai ter muito cuidado, não vai? — pergunta, a voz levemente trêmula. — Porque ele é meio que de um mundo totalmente diferente. Ele é mais velho. Sei lá, e se ele estiver esperando alguma coisa, sabe?

— E daí se ele estiver? — retruco, de imediato. — Não sei, talvez não seja uma coisa tão ruim.

— Sério? — pergunta ela, incrédula. — Mas... mas você não está com medo?

— Não — minto. Estou com medo. Por outro lado, também tenho mais medo de *ter* medo. Medo de não fazer nada também. Medo de que talvez tenha muito medo para sequer fazer isso algum dia. De que Kevin continuasse a me controlar de maneiras com as quais eu jamais havia sonhado. E, de repente, o pensamento de ter alguém no lugar dele é algo que exijo-quero-preciso, do jeito mais intenso possível. E realmente não me importa quem, qualquer outro vai servir. Esse cara, Josh, ele é bom o bastante. Afinal, ele me deu uma flor.

— Talvez os boatos não sejam tão mentirosos, afinal — reflito.

— Cale a boca, Edy — avisa Mara, o semblante muito sério. — Nunca mais diga isso. Não é verdade, e você sabe!

— Desculpe — lamento. Ela me encara por um segundo a mais, como se quisesse prolongar o assunto, mas não o faz. — Desculpe — repito.

— Edy, você precisa ter certeza — insiste ela, com firmeza. — Se vai fazer alguma coisa, tipo ter certeza, certeza de verdade. Não dá para voltar atrás se...

Mas preciso interrompê-la.

— Não se preocupe, está bem? Quem pode saber se alguma coisa vai mesmo acontecer? — minto, tentando fazê-la se sentir melhor.

— Ah, minha nossa — geme, horrorizada e encantada até mesmo com essa possibilidade. — Joshua Miller... Isso é incrível. Tipo, sensacional.

Eu sorrio apesar do medo, sorrio com a ideia de as coisas serem diferentes... com a ideia de eu ser diferente.

— Sim, acho que é.

DEPOIS DA ESCOLA FICO aguardando parada na calçada, perto das quadras de tênis. Parece que estou esperando há horas, mas só se passaram sete minutos. Vou dar a ele mais três, depois vou embora. Ajeitei o cabelo e a maquiagem no banheiro, antes de sair. Escovei os dentes. Até coloquei meu vestido novo de seda florida, que ganhei antes do início das aulas. Corro as mãos pelo cabelo mais uma vez. Quando penso em desistir, eu o vejo caminhando em minha direção.

— Oi! Você está aqui mesmo? — pergunta ele, me cumprimentando com aquele sorriso.

— Eu disse que estaria. — Sorrio em resposta.

— Eu sei. Exatamente. Por isso mesmo eu não tinha certeza — argumenta ele, com uma risada. — Vamos. — Ele pega minha mão e meu coração para. Josh parece não notar, enquanto andamos pelo estacionamento, que todos nos encaram. Ele para ao lado do utilitário azul da carona do dia anterior, e me deixa entrar primeiro. Quando entra pelo lado do motorista, liga o carro e me olha com doçura. — Você está muito bonita, Eden.

— Obrigada — resmungo, e olho pelo vidro para que ele não me flagre corando. Mas acabo notando alguns caras, caras que tenho certeza serem amigos de Joshua, olhando, apontando e rindo.

— Então, aonde você quer ir? — pergunta ele, claramente não percebendo o mesmo que eu. Desligado do mundo em que estou vivendo.

— Qualquer lugar exceto aqui.

— Tá bom — diz ele, com uma risada. — Está com fome?

Dou de ombros. Não sinto vontade de comer depois do dia que tive.

— Tudo bem. Cinema, então?

— Existe algum lugar aonde a gente possa ir sem que tenha outras pessoas em volta? — Tento rir, embora fale muito sério.

— A maioria dos lugares tem pessoas por perto hoje em dia. — Ele sorri, ainda esperando uma resposta. — Meus pais saíram hoje à noite, então peguei emprestado o carro da minha mãe só para poder te levar para algum lugar. Então vai, me fale um lugar, qualquer lugar, e nós vamos.

— O que seus pais estão fazendo? — pergunto, uma ideia se formando em minha mente.

Ele me encara como se eu estivesse perdendo o juízo.

— Garanto que eles não estão fazendo nada que a gente quisesse fazer, se você estiver procurando inspiração.

— Não, o que eu quero dizer é: e se a gente fosse para a sua casa? Não tem ninguém lá, não é?

Ele parece confuso por um momento, mas então um lampejo de compreensão ilumina seu rosto.

— Hmm, certo. Acho que tudo bem. Mas não tem outro lugar aonde você preferiria ir? — pergunta Josh, engatando a marcha.

— Não, a não ser que você conheça alguma ilha desabitada que possamos visitar e voltar às dez, a tempo da hora que eu preciso chegar em casa.

Ele sorri enquanto sai com o carro.

ooo

Quando me dou conta, estamos de pé no seu quarto, um diante do outro.

— Então — diz ele, mexendo em uma pilha de CDs na sua cômoda. — Quer ouvir alguma coisa? — Ele ainda escuta CDs, o que é incomum. Mas minha mente está acelerada demais para analisar essa informação.

— Claro.

— Do que você gosta? — pergunta ele.

— Qualquer coisa.

Ele escolhe um. A música começa baixa e lenta. Ele olha para mim. Põe as mãos nos bolsos. E as tira de novo. Eu alterno o peso de um pé para o outro.

— Você gosta disso? — pergunta. Imagino que ele esteja falando sobre a música, mas também me pergunto se com *disso* ele quis dizer estar ali com ele.

A resposta é a mesma, de qualquer modo, então digo a verdade:

— Ainda não tenho certeza.

Ele se senta na cama e, com um gesto, me convida a fazer o mesmo. Sinto tudo dentro de mim começar a acelerar e pulsar enquanto ando até a cama. Jamais poderia imaginar, um ano antes, que estaria no quarto do garoto que despertou em mim o desejo brutal de o espancar até a morte naquele dia, no corredor. Eu me vejo avaliando cada detalhe da situação: ele, eu, a distância entre nós, a maciez do seu edredom embaixo das minhas pernas, como tudo cheira a roupa limpa, os pôsteres esportivos nas paredes, o piso de madeira, as cortinas apenas ligeiramente abertas. Eu me esforço para continuar a respirar enquanto o medo aperta meu coração. Os lábios dele também estão ligeiramente entreabertos. Espero que ele fale, mas não fala. Meu maxilar está tão apertado que os dentes doem.

Estudo seu rosto com um cuidado que não tive antes. A princípio, o nariz parecia grande, mas na verdade não é — *aquilino*, sussurra meu cérebro, relembrando o oitavo ano, quando tive de pesquisar a palavra depois de lê-la em *Sherlock Holmes* —, mas agora não consigo imaginar um nariz que combine mais perfeitamente com um rosto. E de novo seus olhos, as cores parecem diferentes toda vez. Baixo o olhar para minhas mãos em meu colo, os dedos se retorcendo, e me pergunto se sua mente está acelerada como a minha, se seu cérebro entrou em curto só de assimilar meu rosto. De algum modo, acho que não.

— Então — começa ele. — Você é a irmã de Caelin McCrorey? Ou da família, né?

— Sim, e o que tem isso?

— Não sei. — Ele dá de ombros. — Só estou puxando conversa. Nós jogamos juntos. Ele parecia um cara legal. Na verdade eu não sabia que ele era seu irmão. Perguntei sobre você por aí. Só conseguiram me dizer isso. Você é um mistério. — Ele sorri, erguendo as sobrancelhas.

Nem sei como devo responder. Não sou um grande mistério? Não sou tão difícil de desvendar? E quanto a meu repentino status de vagabunda, ele não havia sido informado?

Ele sorri com o canto da boca e me pergunta:

— O quê... você não quer conversar?

— Não sobre meu irmão.

Ele faz um som como *pffff*, e não sei dizer se é uma risada ou apenas uma expiração, mas então acrescenta baixinho:

— Sim, eu também não. — Ele tem esse jeito rouco de falar, juntando as palavras, como se não desse muita importância à própria fala. Não como Kevin. Kevin sempre enuncia as palavras de maneira que saiam suaves, duras, precisas e no limite do exagero. A voz de Josh é diferente. Mas tudo sobre ele é diferente. Vai dar tudo certo. Eu vou ficar bem. Ele sorri mais uma vez, e estende a mão para tocar minha bochecha, muito de leve. Acho que meu coração parou. Acenando com a cabeça para o espaço entre nós, ele diz: — Por que você está aí?

Lentamente, deslizo na sua direção. Ele se inclina. Fecho os olhos. É intenso demais, assustador demais para assistir. Sinto seus lábios pressionarem os meus. Ele está me beijando. Tento deixar, tento não pensar na última vez que a boca de um cara estava colada à minha. Tento corresponder, como se esse não fosse meu primeiro beijo. Porque nunca fui beijada, não de verdade.

Eu me forço a corresponder ao beijo, a beijá-lo com tudo o que tenho em mim. Porque eu consigo. Eu consigo. Eu consigo fazer. Mas, antes mesmo de me dar conta, ele de algum jeito consegue me deitar na cama, e estou de costas. Ele coloca a perna em cima da minha, mudando agilmente seu peso; seu corpo desliza bem próximo ao meu. Quando começo a acreditar que isso realmente pode ser algo bom, como se talvez realmente tivesse o potencial de parecer algo além de aterrorizante, sinto seus dedos acariciarem meu pescoço. Meu estômago se contrai porque não consigo esquecer o fato de que, da última vez que um menino colocou as mãos em meu pescoço, ele estava me sufocando.

Normalmente, aja normalmente, digo a mim mesma. *Isto é diferente.*

Mas sua mão em minha coxa... me deixa rígida. Não consigo afastar o pensamento, porque tecnicamente ele poderia — e daí se ele tem olhos de chocolate ou um nariz aquilino ou um sorriso sedutor —, ele poderia fazer aquilo, poderia fazer qualquer coisa que quisesse, e eu não seria forte o suficiente para impedi-lo, e ninguém saberia, porque estamos aqui sozinhos, e como vim parar aqui? No que eu estava pensando? Sua mão se move mais para cima em minha coxa; meu vestido sobe ainda mais. Quero empurrá-lo para longe de mim, quero fugir. Meu coração está surrando, martelando, golpeando minhas costelas. Ele afasta a boca e me encara. Tento não parecer assustada. Mas congelo.

— Que foi? — pergunta ele, baixinho. — Quer que eu pare?

Não posso dizer que sim, mas também não posso dizer que não. Fecho os olhos, tentando encontrar as palavras. Mas, no instante em que o faço, volto para lá. Com Kevin.

Kevin segurando meus braços contra a cama. E suas mãos e seus dedos como facas cegas, lentamente abrindo caminho até o osso. Quanto mais eu tentava fugir, mais ele me prendia. Eu não podia acreditar em como ele era forte. Em como eu era fraca.

Abro os olhos. Mal consigo respirar. Muito tempo se passou. É pior que o silêncio, esta quietude. Sei que preciso dizer alguma coisa, mas não sei o quê. Então, simplesmente olho para o teto e sussurro as palavras, baixo demais até mesmo para ele ouvir:

— Tenho que ir.

— O quê?

— Não sei — balbucio. Porque eu *não* sei... eu não sei de nada neste momento.

— Não... eu... eu sei — murmura ele. Mas, quando levanto a cabeça para estudar seu rosto, ele não parece saber ou entender. Parece tão confuso quanto eu. Seus dedos acariciam meu cabelo enquanto ele se inclina para me beijar novamente.

— Preciso mesmo, hmm... — começo a dizer, empurrando seu peito com as mãos. — Tenho que ir. — Mas minhas mãos não fazem nada. Não podem movê-lo. Nem mesmo um centímetro. — Eu tenho que ir! — grito então. Ele arregala os olhos enquanto tira seu peso de cima de mim. Eu me sento depressa e deslizo para a beira da cama.

Ele pega meu braço e me puxa para trás.

— Espere...

— O que... — Minha voz soa muito aguda, mas não posso evitar. Meus instintos me dizem que eu deveria começar a gritar, começar a bater em Josh. Que eu deveria serrar, cortar e roer, amputar o braço que ele está segurando se isso me ajudasse a escapar. Mas, novamente, meus instintos estão meio na merda agora, então ajusto o tom e repito, com mais calma. — O quê?

— Nada, só... O que está acontecendo? Por que você tem que ir? — Olho para aquela mão, ainda segurando meu braço, e ele me solta. — Pensei que a gente fosse...

— Pensou que a gente fosse *o quê*? — interrompo, sentindo meus olhos se arregalarem.

— Nada... Não aquilo! — diz ele, rapidamente. — Achei que a gente fosse sair, fazer alguma coisa. Pensei que a gente tivesse tempo. Só estou confuso. Num segundo você está a fim, no outro está de saída? Tipo, eu fiz alguma coisa? — pergunta ele, falando depressa.

Eu o observo com atenção. Nem sei como responder. Ele *fez* alguma coisa? Ou isso é simplesmente normal? É exatamente o que as pessoas fazem? Meus pensamentos estão em um turbilhão. Não sei o que sinto, ou penso, ou quero.

— Foi você quem quis vir para cá — argumenta ele, mas não de forma cruel, como se realmente estivesse me lembrando do fato.

— Mudei de ideia, tá bom?

— Tudo bem — diz ele, como se realmente estivesse tudo bem.

Nós dois ficamos sentados um ao lado do outro no pé da cama. Ajeito meu vestido. Ele, a camisa. E então aquele silêncio horrível se instaura mais uma vez. Olho pela janela do quarto. O sol está começando a se pôr.

— Acho melhor ir embora.

ooo

— Aqui está bom — digo a ele quando nos aproximamos da esquina da minha rua. Ele para o carro e olha em volta, confuso.

— Onde fica a sua casa?

— Logo ali. Aqui está bom.

Ele estaciona perto do meio-fio e desliga os faróis.

— Então, nós estamos bem? — pergunta ele.

— Sim. Acho que sim.

Ele assente.

— Ok. Mesmo eu não considerando isso um encontro de verdade, já que tecnicamente nós não fomos a lugar nenhum, ainda posso te dar um beijo de boa-noite? — pergunta ele, com aquele sorriso.

Olho ao redor um instante, para me certificar de que não há ninguém por perto. Quando viro a cabeça de volta, ele já está se inclinando em minha direção. Ele me beija, apenas uma vez, suavemente.

— Amanhã à noite — começa ele —, você sabe, nós temos aquele jogo fora importante. Mas depois vai rolar uma festa. Você topa?

— Acho que não. — Posso imaginar os sussurros e as reações de todos os amigos dele apontando e sussurrando, as risadas das garotas bonitas do banheiro. O Josh como testemunha de tudo isso. Ou pior, como participante.

— Por que não? — pergunta ele, ofendido. Afinal, é um convite que todo mundo quer. É uma chance de socializar com antigos e futuros reis e rainhas de bailes e de formaturas. E eu, uma humilde camponesa mortal, tenho a ousadia de recusar.

— Porque eu — como dizer? — não quero ser sua namorada.

Ele revira os olhos, balança a cabeça e abafa uma risada.

Aparentemente, não é assim que se diz.

Ele olha para a frente por alguns segundos, então se vira para mim.

— Tudo beeeeem — diz ele, lentamente, do jeito que fez naquele dia, no corredor, um ano antes, quando eu ainda era simplesmente uma ratinha invisível. — Não pedi para você ser minha namorada. Só perguntei se queria ir a uma festa.

— Bom, eu não quero. — Há uma firmeza em minha voz que eu jamais soube que tinha.

— Está certo. — Ele tenta demonstrar indiferença. Mantenho os olhos no painel. O relógio muda de 18:51 para 18:52. — Então é isso? — pergunta.

Dou de ombros.

— Talvez sim. Talvez não. — Tão descolada. Tão calma. Tão controlada. Como estou fazendo isso?

— Desculpe, eu não... eu não entendo você. O que exatamente nós estamos fazendo? — argumenta ele, com uma pontada de irritação na voz.

— Não sei. Não poderíamos simplesmente nos encontrar às vezes? Só, sei lá, uma coisa casual? — pergunto a ele, as palavras fluindo da minha boca como se, de fato, me pertencessem.

Ele parece cético enquanto leva alguns momentos para considerar.

— Acho que talvez essa seja a coisa mais estranha que uma garota já me disse. Você não quer mesmo ir ao lance da festa comigo amanhã à noite? — insiste ele mais uma vez, incapaz de entender. — Não precisa significar nada.

— Olha, eu não vou discutir. Se você não quiser me ver de novo, tudo bem, ok? Mas, se quiser, então é assim que vai ser. É assim que é.

Ele inspira pelo nariz, expira lentamente pela boca. Suspiro de um jeito exagerado. Finjo impaciência, dedos na maçaneta, formigando, pronta para abrir a porta e sair.

— Não sei — finalmente responde ele, hesitante.

Saio sem dizer mais nada. Sei que ele está me observando enquanto caminho em direção a minha casa. Faço questão de não me virar até ouvir o motor se dissipar no silêncio que me cerca. Olho para trás e não vejo nada além de duas lanternas traseiras vermelhas, brilhando ao longe.

NA SEGUNDA-FEIRA COMEÇO A notar o jeito como as pessoas olham para mim. Como se, de repente, o mundo se dividisse em dois grupos distintos. O primeiro é aquele ao qual estou acostumada, aquele em que ninguém sabe que estou viva. Mas então há esse outro novo grupo que lança olhares de todo tipo em minha direção: nojo, piedade, intriga. Não tenho certeza se é por causa da pichação ou se é por ter ido embora em público com Josh, na sexta-feira. Ou ambos.

Mas não aqui na biblioteca.

Aqui eu estou segura. Com todos os assuntos, letras e números para manter as coisas em ordem: filosofia, ciências sociais, línguas, tecnologia, literatura, A-B-C-D, ponto um, ponto dois, ponto um, dois, ponto três. Faz tanto sentido que não há espaço para erros ou mal-entendidos.

— Ei — diz ele, subitamente ao meu lado no corredor estreito.

Dou um sobressalto, quase deixando cair o livro que estou segurando.

— Você me assustou! — sussurro.

— De novo — comenta ele, com um sorriso. — Desculpe. — Ele está completamente imóvel, como se tivesse medo de se aproximar. — Ainda está brava comigo? — pergunta.

— Você era o único que estava bravo, não eu. — Embora isso também não seja completamente verdade.

— Eu nunca fiquei bravo. Só confuso.

Quero confessar que também estava confusa. Quero confessar o quanto estou feliz em vê-lo, o quanto estou agradecida por ele não me encarar do jeito que todo mundo está me encarando nesses dias. Mas não posso admitir. Eu preciso ser tranquila, firme e forte, porque Josh tem alguma coisa — não sei exatamente o quê — que me faz tanto querer ser vulnerável.

— Olha, podemos começar de novo? — tenta ele.

Se alguém tem a chance de recomeçar, sou eu, e recomeçaria naquela noite, em meu quarto. Já que isso é impossível, digo a ele:

— Não, na verdade não.

Ele olha para as mãos, como se realmente se sentisse mal ou chateado, desapontado ou coisa parecida.

— Certo — sussurra, se virando para ir embora.

— Mas nós podemos só... — Toco seu braço. Ele se vira. — Continuar. Não podemos? — termino.

Ele dá um passo em minha direção com um novo brilho nos olhos.

— Sim, acho que podemos.

Faço que sim com a cabeça. E sorrio para mim mesma. Porque acabei de consertar a situação... eu mesma.

— Isso significa que nós estamos na fase de sabermos o número um do outro? — pergunta Josh.

— Acho que sim — respondo, com uma risada.

Ele ri também, enquanto pega o celular. Falo meu número para ele, desejando que este momento — ele parado perto de mim assim, sorrindo — nunca chegue ao fim.

ooo

Já que agora temos o telefone um do outro, decido que é hora de estabelecer algumas regras básicas quando ele me liga para me convidar mais tarde naquela noite.

— Antes de voltar para a sua casa, só quero ter certeza de que você entendeu de verdade que isso não vai ser como um lance namorado--namorada.

— Sim, você já deixou isso bem claro.

— Assim, nós não vamos sair em encontros ou nada do tipo. Não quero conhecer os seus amigos. Não quero desfilar de mãos dadas pelos corredores, ou que você me espere perto do armário. Definitivamente não vou ser a garota na arquibancada torcendo por você, nos seus jogos.

— Uau, você sabe mesmo fazer um cara se sentir especial, né? — ironiza, com humor na voz.

— Não tem a ver com você — argumento, e não acredito no quanto pareço absurdamente egoísta, no quanto *sou* absurdamente egoísta.

— Tuuudo bem. Mais alguma coisa?

— E eu não quero, nunca, jamais, conhecer seus pais.

— Bem, nisso nós podemos concordar.

— Ah. — Uau, isso dói. Acho que é uma amostra de como eu devo o estar fazendo se sentir.

— Não tem a ver com você — repete ele, incisivo.

— Tudo bem.

Há uma pausa.

— Eden, quantos anos você tem?

— Por quê?

— Não sei, só curiosidade. Não dá pra saber. Você parece... — Ele se segura para não terminar.

— Pareço o quê?

— Você parece... Não sei. Tudo parece maduro demais ou totalmente o oposto.

— Você acha mesmo que me chamar de imatura vai te ajudar de algum jeito? — Solto uma risada. — Quase achei graça. Ou fiquei completamente ofendida, não dá pra saber.

— Não, não, não, não é o que estou dizendo! — Ele recua. — Na verdade, quero dizer que você parece madura.

— Ou o oposto — lembro a ele.

— Eu me expressei mal. — Ele ri. — Sério, quantos anos você tem, afinal? Tipo dezesseis?

— Óbvio — minto. Tenho catorze. Mas meu aniversário está chegando, e então vou ter quinze. O que é tipo *dezesseis*. — Agora é a sua vez de responder. Sim ou não, o que você acha? — pergunto a ele.

Depois de considerar minhas exigências por vários segundos, ele inspira e expira.

— Acho você muito estranha. — Ele hesita. — Mas ainda quero que venha de novo.

Sinto minha boca se curvar em um sorriso.

ENTÃO, NAQUELA NOITE, JOSH me leva escondido até seu quarto, no andar de cima. E na noite seguinte. E praticamente todas as noites da última semana. E a cada dia as coisas parecem avançar um pouco mais, suas mãos vagando pelo meu corpo com só um pouco mais de liberdade, como se ele testasse meus limites.

Mas chegou a hora... a grande noite. Decidi antes mesmo de chegar a sua casa. Ele me disse antes que os pais estão fora da cidade para o casamento do primo. Perfeito. Porque eu não aguento mais a expectativa. Precisa acontecer logo. Para que eu deixe de sentir medo a cada segundo que passamos juntos. Preocupada com o que vai acontecer, com o que ele vai fazer, como vai agir, se vai me machucar. E eu... o que vou fazer, como vou me sentir.

Só que esta noite, agora que a decisão está tomada, estou mais do que assustada. Estou tão apavorada que mal consigo respirar. Acho que sinto uma coceira subir dos dedos para a mão, para o pulso, para o antebraço, para todo o corpo até meu cérebro, e, ah, minha nossa, é como se um projétil estivesse preso dentro de mim e pode ser que eu vomite.

Nós ficamos de pé, ao lado da sua cama. Ele se inclina para me beijar.

Aja normalmente. Aja normalmente, Edy, digo a mim mesma. *Aja normalmente*, repito em minha mente. Agora. Respiro fundo e me afasto do seu beijo. Começo a desabotoar a blusa. Um, dois, três, quatro, cinco, seis botões. Minhas mãos estão trêmulas. Quase nem se movem. Meu Deus, por que fui escolher uma camisa de botão? Ergo o olhar. Ele está encarando meu sutiã novo. É rendado e roxo, e combina com minha calcinha. Deixo a camisa cair. E tento, discretamente, dar uma olhada no meu braço. Parece bem, sem alergias. Eu estou bem. Eu estou bem e está tudo bem — expiro —, está tudo bem, bem, bem. Tiro o tênis com os dedos dos pés e o chuto para o lado. Eu desabotoo meu jeans, abro o zíper, deslizo a calça para baixo.

Olho para meus pés. As meias. Não se pode fazer sexo de meias. É ridículo. Tento não cair enquanto as tiro e as enfio nos tênis. O piso parece gelo sob meus pés. Josh ainda está totalmente vestido, apenas me observando, me fazendo sentir feia e estúpida.

Eu começo a pensar que talvez esteja desapontado com o que vê. Eu sei, é óbvio, que não sou a mais bonita, nem a mais sexy. Sinto meus braços se cruzarem na frente do peito. De repente, quero fugir. Fugir sem hesitação e depressa, para longe dele, de mim mesma, da minha vida, meu passado, meu futuro, tudo.

Josh desperta imediatamente do estupor. Sua camisa roça em minha pele enquanto ele a puxa por sobre a cabeça e a deixa cair em cima das minhas roupas. Suas meias saem com os tênis. O espaço entre nós está diminuindo depressa. Suas mãos, de repente em minha cintura, me fazem me retrair, não — pular, não é isso — me *afastar* com brusquidão, como um animal selvagem, raivoso e perturbado. Tropeço em meus sapatos, e minhas pernas batem na madeira da cama. Ele recua, parecendo confuso. Sou tão estúpida. Sinto o rosto queimar. Quero morrer-me-esconder-desaparecer.

— Desculpe — dizemos ao mesmo tempo.

— Você está bem? — Ele estende um braço como se para me ajudar no equilíbrio, mas não se atreve a me tocar outra vez.

— Estou bem — disparo.

Ele dá um passo atrás, põe as mãos nos bolsos e se esforça muito para não olhar para meu sutiã.

— Olha, você não precisa... Nós não... precisamos... se...

Ele para de falar, porque estou desabotoando sua calça. Ele para de pensar, porque agora estou abrindo o zíper. Ele para de respirar, porque tiro suas mãos dos bolsos e coloco em minha cintura de novo. E então meu coração, pulmões e cérebro também param, porque de repente minha calcinha está em volta dos meus tornozelos, assim como sua cueca, e sinto seu corpo junto ao meu, e então estamos na cama, as pernas entrelaçadas, e as coisas parecem acontecer rápido demais, e suas mãos estão por toda parte, e as minhas estão trêmulas e não sei onde colocá-las, e espero que ele não perceba.

Josh para de me beijar. Abro os olhos. Ele está olhando para meu corpo nu. Também olho para meu corpo. Mas tudo o que vejo é somente uma enorme ferida aberta que, de algum jeito, às vezes ainda parece doer. Espero que ele também não perceba isso.

Ele toca minha pele suavemente, como se fosse algo que devesse ser tocado suavemente, então fala devagar quando diz:

— Eden, você realmente é...

— Shhh, por favor, por favor. — Eu o interrompo antes que possa terminar. — Não diga nada. — Porque, o que quer que Josh pense que sou, eu não sou. E o que quer que pense que meu corpo é, não é. Meu corpo é uma câmara de tortura. É a merda de uma cena de crime. Coisas horríveis aconteceram aqui, não há nada para falar, nada para comentar, não em voz alta. Nunca. Não vou ouvir nada. Não consigo.

Ele olha para mim como se eu fosse louca, cruel e grosseira.

— Eu só ia dizer que você é...

E, como talvez seja mesmo louca, cruel e grosseira, eu o interrompo novamente.

— Eu sei, mas simplesmente não diga. Por favor, não diga, seja lá o que for, só...

— Tudo bem, tudo bem. Não vou. — Ele parece pensar que talvez isso tenha de fato deixado de valer a pena.

Eu me concentro muito em fazer tudo direito. E tento não olhar para seu corpo, porque me apavora. Mas ergo os braços e envolvo suas costas, os dedos trêmulos na sua pele, traçando contornos de ossos e músculos. Eu o puxo para baixo a fim de que seu peito e sua barriga toquem os meus. Ele me beija com cuidado, como se eu fosse algo frágil, que precisa ser manuseado com delicadeza. Mas é muito bom, muito doce, muito destinado a outra pessoa, alguém mais parecido com o que eu era antes, ou melhor, com quem eu teria sido.

Ele pega algo na mesa de cabeceira ao lado da cama. Só percebo o que é quando Josh rasga a embalagem. O som dilacera meu cérebro. Sacode algo solto dentro de mim. E é esse lugar conturbado lá no fundo que eu quero que ele conheça. Conheça tudo. Quero parar o tempo e contar a ele cada momento da minha vida até então. Porque Josh não faz ideia de quem eu sou de verdade. Quero que ele saiba quão inocente ainda me sinto agora, de alguma forma. Que saiba exatamente o que estou lhe confiando. Mas é demais para ser contido neste espaço pequeno e urgente.

Não consigo manter os pensamentos em ordem por tempo suficiente para sequer compreendê-los.

Meu coração dispara perigosamente. Minha pele queima. Meu peito se contrai, meus pulmões parecem ficar rígidos. Não consigo respirar direito, tenho plena consciência disso. Meus dedos das mãos e dos pés formigam. As coisas começam a sair de foco, depois entram e saem de foco mais uma vez. É como olhar através de um caleidoscópio, me deixa tonta — o quarto, a maneira como está girando —, a maneira como o mundo deixa de fazer qualquer sentido. Ouço um zumbido ao fundo, como estática. Ela pulsa através de ondas cerebrais, correntes elétricas flutuando neste lugar estranho, tornando o ar nervoso, inflamado de alguma forma.

— Você está bem? — pergunta Josh, com suavidade. Eu assinto. Lógico que estou bem, lógico. — Certo. — Ele respira em minha boca, enquanto se aproxima para me beijar de novo, acariciando meu rosto e cabelo com muita delicadeza. Esse, tenho certeza, é o modo como ele sempre beijou as ex-namoradas perfeitamente respeitáveis, perfeitamente normais e bem ajustadas, aquelas criaturas frágeis e delicadas, que nunca abrigaram projéteis secretos nas suas entranhas.

Ele tira o peso de cima de mim. Em todo o planejamento, preparação e imaginação, a realidade deste momento me escapou. Apenas um ano antes, eu ainda usava aquelas malditas calcinhas de dias da semana, e agora estou deitada de costas, nua em uma cama, vendo um cara que mal conheço colocar uma camisinha. Isto é real. Esta é minha vida real. E está acontecendo. Está acontecendo agora. Não tem volta. Não que eu queira. Não há nada para o que voltar — nada de bom, pelo menos. Quero ficar o mais longe possível do passado, ser tão diferente daquela garota quanto puder.

— Tudo bem? Tem certeza?

Faço que sim com a cabeça.

Eu só estive tão apavorada assim uma única vez. Sinto meu coração bombeando. Sinto o sangue, a princípio, correndo em minhas veias, mas depois tenho a nítida sensação de que parou de correr, parou de pulsar, parou de fluir e está apenas se dispersando, incontido, inundando todo o meu corpo, e certamente logo estarei morta.

Concentro o olhar em uma pequena rachadura no teto. Começa no canto da porta e se ramifica como um raio, congelada naquele nanossegundo da sua existência, terminando diretamente acima do centro da cama. Tento me acalmar, tento não ter medo. Eu me concentro em Josh, no jeito como ele respira. E então penso em todas as diferenças entre ele e ele, as diferenças entre isso e aquilo, as diferenças entre mim e ela. E, então, alguém desarma o disjuntor em minha cabeça e tudo simplesmente para. Como se os fios fossem cortados em algum lugar. Estou desconectada, off-line. E depois as coisas desvanecem até um imóvel, calmo e silencioso nada.

ooo

Eu estou meio ciente de quando acaba. Meio ciente de Josh tocando meu rosto, meio ciente das palavras que saem da sua boca. Estou viva. Eu consegui. Eu estou bem.

— Você estava tão quieta, linda — sussurra ele, com suavidade.

É como se eu abrisse os olhos de repente, só que eles já estavam abertos. E há aquele relâmpago indicando para onde eu devo olhar, então é o que faço.

— Eu não sabia se você... sabe? — Ele desliza os dedos para cima e para baixo em meu braço; e eu aperto o lençol um pouco mais ao redor do corpo. Não sei dizer se a sensação é boa ou não.

Eu o sinto me encarando, esperando que eu diga alguma coisa, parecendo esperançoso.

— Sim — sussurro, tentando soar segura. Sei que é a coisa certa a dizer. Parece que ele tenta colocar o braço ao meu redor, mas não cedo. Eu não me mexo. Não sei o que deveria acontecer a seguir.

Ele parece estudar meu rosto por mais tempo do que seria confortável, em seguida finalmente diz:

— Não sei... você parece estranha ou chateada, ou sei lá.

— Não estou chateada — contesto no mesmo instante. Mas, quando ouço a pontada de pânico em minha voz, eu pareço mesmo chateada, então acrescento, mais suave: — Sério, não estou.

— Por que você está agindo assim, então?

— Assim como? O que eu estou fazendo?

— Nada — responde ele, depressa.

— Então por que está com raiva de mim? — Sinto o coração bater mais acelerado de novo.

— Não, quero dizer que você não está fazendo nada.

— O que você quer que eu faça? — Eu me sento depressa, subitamente ciente de que ele poderia tirar algo de mim que eu não estivesse disposta a dar. E parece que eu não tinha lhe dado algo que ele queria. Tateio freneticamente a cama em busca de qualquer peça de roupa. — Não sei o que mais você quer de mim, mas... — Não vou esperar para descobrir.

Agora ele se senta também.

— Espere, o que está fazendo? Você vai embora?

Eu encontro meu sutiã.

— Sim. Pode se virar?

— O quê? — Ele ri.

— Pode não olhar enquanto me visto? — Minhas mãos estão trêmulas. Não consigo enganchar o fecho.

— Está falando sério? — pergunta ele, um sorriso perplexo nos lábios.

— Sim. Você pode, por favor, não olhar?

— Não olhar... Do que você está falando? Espere. Espere um minuto, ok? — pede ele, colocando a mão sobre a minha, abrindo meus dedos. — Pare um pouco. Só por um minuto. O que está acontecendo? — pergunta, os olhos fixos nos meus.

Não sei dizer que tipo de expressão distorce minhas feições. A indiferença, o ódio presunçoso, talvez.

— Está na hora de ir embora — aviso, a voz soando realmente impassível e indiferente. — Tudo bem por você? — Saboreio a crueldade em minha boca enquanto as palavras passam pelos lábios. E nem tenho certeza do porquê.

— Você está brava? — pergunta Josh, incrédulo. — Está puta comigo?

Estou brava? Talvez, mas não é só isso. Estou triste. E também com medo. E confusa, pois não entendo por que ainda estou com medo, por que ainda estou triste, por que estou com raiva. Isso devia consertar as coisas. Devia ajudar.

— Uau! Bem, isso é simplesmente perfeito, né? — murmura Josh para si mesmo, sorrindo, mas nitidamente furioso. — O quê, você está usando a situação contra mim ou coisa parecida?

— Do que você está falando? Não estou usando nada contra você!

Ele cruza os braços, parecendo estranhamente vulnerável. Eu encolho os joelhos junto ao peito e os abraço.

— Olhe, eu não... eu não... eu não sei o que é isso. — Ele parece tropeçar nas palavras. — Digo, é um jogo doentio para você ou alguma coisa do gênero? Algum teste? Ou você sempre faz isso com os caras? Porque é bem merda. — Ele está ofegante, a voz trêmula, como se estivesse mesmo chateado.

— Jogo doentio? Não. — Teste? Hum, talvez. — Achei que estivesse fazendo um favor a você, está bem? — digo a ele, mesmo que seja uma mentira deslavada.

— Me fazendo um favor como? Me fazendo sentir como se estivesse te forçando a fazer uma coisa que você não quer fazer? — Então ele acrescenta, em tom mais baixo: — É mais o contrário, se você quer saber.

Levo um segundo para entender o insulto.

— Espere, quer dizer que eu estou forçando você? Ah, meu Deus, eu não acredito nisso! — Parece que minha mente está sendo virada do avesso, a situação tomando um rumo completamente inesperado.

— Não é isso que estou dizendo, tá bom? Só... quer dizer... você age como...

— Tenho um compromisso — minto, interrompendo-o. Eu me levanto e enrolo o lençol no corpo, me vestindo o mais depressa possível. — Não vou ficar aqui pra isso!

Visto a camisa pela cabeça enquanto calço o tênis. Baixo o olhar para Josh, sentado imóvel e quieto, só me observando. Depois ele fala, sem gritar, quase em um sussurro.

— O que tem de errado com você?

— Não tem nada de errado comigo! — Ouço o tom da minha voz se elevar; sinto todos os meus músculos tensos e pesados. — Eu só não curto ter que adivinhar o que você está pensando de verdade, o que quer de mim de verdade!

— Como — começa ele, mas depois para. — Como você pensa que eu me sinto?

— Esquece! — Tento manter a calma, muito embora esteja tão furiosa que estou toda trêmula. Eu me dirijo para a porta, mas me viro para encará-lo, sentindo algum tipo de pressão aumentando na garganta. Palavras latejantes querendo ser gritadas: — Esquece, foda-se!

É a primeira vez que falo a palavra com f para outra pessoa assim, em voz alta. Enquanto olho para ele, me encarando como se eu estivesse louca, sinto meus olhos saltarem. E então sua silhueta diante de mim começa a ficar borrada e a tremeluzir, como uma miragem. Eu preciso ir embora, porque as lágrimas, eu sei, estão chegando. E não choro na frente de garotos. Não mais. A partir de agora.

Saio do quarto em um rompante. Ele chama meu nome uma vez, sem entusiasmo, por obrigação, não porque realmente deseja que eu volte. Eu bato a porta com toda a força atrás de mim. Enxugo os olhos. E vou caminhando para casa.

ooo

No dia seguinte, na escola, eu o vejo atravessando o corredor no meio do seu grupinho. Então, claro, finjo estar distraída em encontrar alguma coisa no fundo do armário, finjo nem perceber. Eles são o tipo de pessoa que tem sempre de chamar atenção, falando um pouco alto demais, ocupando um pouco a mais de espaço, rindo feito malditas hienas, esse jeito que sempre me faz pensar se, na verdade, estão rindo de mim. Odeio esse tipo de pessoa, no entanto não consigo me forçar a não olhar quando passam.

Não há chance de salvar os destroços da noite passada. Eu o observo enquanto ele diz algo para o Cara Atlético ao seu lado, que em seguida olha para mim. Ele olha para mim como se estivesse analisando alguns critérios desconhecidos na sua mente. Deixo meus olhos encontrarem os de Josh por uma fração de segundo. Mas sinto que estou prestes a morrer ou vomitar, então rapidamente volto a examinar o conteúdo do meu armário, tentando me lembrar de como respirar.

— Ei — diz ele, de repente encostado no armário ao lado do meu, próximo demais. Com certeza as pessoas nos observam agora.

— Oi — respondo, mas me sinto tão estúpida, estúpida, estúpida, pelo jeito como gritei com ele, o jeito como saí. O jeito como ele ficou sentado na cama, olhando para mim.

Ficamos simplesmente parados ali, um na frente do outro, sem nada para dizer, ambos tentando fingir que não notamos os olhares curiosos. Fecho meu armário, esquecendo a única coisa de que realmente precisava para a aula seguinte. Eu mexo na combinação da fechadura, girando e girando, incapaz de parar.

— Então... — começa ele enfim, mas não continua.

E mais silêncio.

— Ah, se beijem logo e façam as pazes! — grita o Atlético do outro lado do corredor. Josh acena com o braço para ele, em um gesto de cai-fora.

— Desculpe — balbucia ele. — Olha, eu sei que você ainda está chateada, mas...

— O que você contou para ele? — interrompo.

— O quê? — Ele se vira para ver o amigo indo embora. — Nada.

— Bem, nada não. Obviamente você contou alguma coisa para ele. Eu vi o jeito como ele olhou para mim agora pouco.

— Eden, eu não contei nada. Só estou tentando me desculpar.

— Não. Não se desculpe, está tudo bem, é só... Tanto faz. — A verdade é que não quero ter que me desculpar.

— Bem, me desculpe. — Ele faz uma pausa, esperando que eu diga a ele que está tudo bem, esperando que eu me desculpe também. Depois que fica evidente que não vou, ele acrescenta: — Não tenho certeza pelo quê, mas de qualquer maneira... aqui. — Ele estende um pedaço de papel dobrado para mim.

— O que é? — pergunto.

Ele revira os olhos; está ficando muito bom nisso.

— Não é veneno. Poxa, Eden. Pega logo.

Eu pego.

Ele se afasta sem mais uma palavra, sem sequer um olhar.

Eden,

Estou me sentindo mal por ontem à noite. Ainda não sei bem o que aconteceu, mas me desculpe. Meus pais ainda estão fora da cidade, então, se quiser aparecer mais tarde, pode ir. Eu quero que você vá, mas vou entender se não quiser. Você pode até dormir lá. Não precisamos fazer nada, eu juro. Só passar um tempo juntos. Não faz diferença para mim... Só quero ver você. Temos um jogo hoje à noite, mas vou estar em casa às oito. Espero te ver mais tarde.

J

EM CASA NAQUELA NOITE, eu seguro o pedaço de papel com cuidado entre os dedos. Li o bilhete vezes suficientes para recitá-lo de cor. Ainda assim, eu o desdobro mais uma vez: *Espero te ver mais tarde Espero te ver mais tarde Espero te ver mais tarde.*

Mas eu havia me decidido. Não. O lance com ele não podia seguir adiante. Era para ser simples, fácil e descomplicado, mas de repente uma noite se torna um labirinto apertado, inavegável. E eu estou perdida ali dentro. Só preciso sair. De qualquer jeito. Fui uma boba em pensar que estava pronta para isso.

Enquanto dobro o bilhete mais uma vez em um quadrado perfeito, mamãe grita meu nome da sala, como se fosse uma questão de vida ou morte, como se fosse seu último desejo. Corro para destrancar a porta, deixando o bilhete cair. Quando abro, quase a atropelo, parada a minha frente com os braços cruzados, as mãos cerradas e os nós dos dedos tensionados.

— Que foi? — pergunto, meu cérebro processando a postura rígida, a severidade no seu rosto.

— Você não está sentindo este vento, Eden? — pergunta entre dentes. Mas, antes que eu possa responder ou mesmo tentar entender o que ela está, de fato, dizendo, mamãe continua: — Venho implorando há semanas, semanas, Eden, para você colocar as janelas contra tempestades. É pedir muito? É isso? É demais para você? — A cada palavra, o volume da voz aumentando.

— Ah, meu Deus, quem liga pra isso? — suspiro.

Seus olhos se arregalam enquanto nos encaramos. Ela olha para trás, para papai sentado no sofá da sala, como se pedisse apoio. Mas ele se limita a apontar o controle remoto para a TV e as barras de volume dançam na parte inferior da tela, 36-37-38-39, mais alto, mais alto, mais alto. Revirando os olhos para ele, mamãe volta o olhar para mim. Ela inspira pelo nariz e expira com força.

— Como é? — ela finalmente consegue retrucar, as palavras firmes e duras. — Eu *ligo*. Seu pai *liga*. Deveríamos ser uma família... ou seja, é preciso colaboração! Você entende?

— E por algum motivo as janelas, do nada, viraram uma emergência? — rebato.

— Não sei com quem você pensa que está falando, Eden. E não sei o que deu em você nos últimos tempos, mas já chega! — Ela dá um passo à frente, seu corpo bloqueando minha saída.

Nós nos encaramos, a invisível bola de agressividade quicando de um lado para o outro. Mas não há palavras para explicar a mamãe o que deu em mim. Nem eu sei o que é. Não consigo dizer ou fazer nada direito, pelo visto. Eu dou meia-volta para examinar meu quarto. Por um segundo, cogito se consigo alcançar ou não a janela, de tão desesperadamente que quero fugir. Mas ela agarra meu braço antes que eu possa decidir.

— Não dê as costas para mim enquanto estou falando com você — rosna ela, me puxando de volta para o ringue. — Já lhe ocorreu que eu posso precisar de uma ajudinha por aqui de vez em quando?

— Olha, vou colocar as malditas janelas, eu só não tive tempo ainda! — Eu me desvencilho facilmente e dou um passo para trás. — Andei ocupada, tá bom?

— E me diga, por que mesmo você tem estado tão ocupada, Eden? Onde você tem passado todo o seu tempo? Não aqui, disso eu tenho certeza.

Ela fica parada ali, esperando uma resposta.

Eu reviro os olhos e desvio o olhar. Sinto o sorriso em meus lábios, de alguma maneira, apesar da iminente ameaça de lágrimas. Balanço a cabeça.

Ela entra em meu quarto agora, totalmente dentro do meu espaço.

— Preste atenção. Estou cansada disso, Eden, e seu pai também — diz ela, naquele tom incisivo que sempre usa com papai para deixar óbvio que o acha um completo inútil.

— Qual é a merda do problema aqui? — eu a desafio, dando um passo à frente. E, antes que eu possa entender o que está acontecendo, sinto um estalo alto e oco, que ecoa dentro da minha cabeça. E a lateral do meu rosto parece queimar.

Minha mãe diz alguma coisa, mas sua voz é abafada pelo zumbido em meus ouvidos.

E como eu sinto que poderia revidar, me afasto. Pego tudo o que consigo e enfio na mochila. Pego o bilhete de Josh do chão do quarto e o guardo no bolso.

— Saia da minha frente — resmungo, passando por ela.

— Edy? — choraminga mamãe, a voz tensa, como se não lhe restasse ar no corpo. — Não vá. Por favor.

— Vou dormir na casa da Mara — anuncio, com a mão na porta da frente. Eu me viro, vejo-a parada ali, na porta do quarto, destroçada, vejo papai fingir que nada está acontecendo, e digo: — Eu odeio este lugar, odeio de verdade este lugar! — Então bato a porta com toda a força. Lágrimas quentes embaçam meus óculos enquanto me distancio.

ooo

Quase desisto quando chego à rua de Josh. A única luz acesa em toda a casa vem do brilho fraco da TV na sala de estar, tremeluzindo através das cortinas. Subo os degraus da frente e guardo meus óculos no bolso do casaco. Meu celular diz 23h22. Fico parada ali, atenta a qualquer movimentação vinda do interior. Tento pensar no que eu poderia dizer, sobre mais cedo, sobre a noite anterior. Eu me sinto tonta de repente, pois tudo dentro de mim parece aflorar na superfície da pele de uma só vez. Eu me sento nos degraus da frente. Só preciso organizar os pensamentos por um minuto, só isso.

Às 23h46, a gata dele avança pela calçada. Corre até mim como se estivesse esperando a minha chegada. Esfrega o corpo em mim, ziguezagueando com agilidade entre as minhas pernas, cutucando a palma da minha mão com o focinho. A gata pula em meu colo e fica ali, me deixando acariciá-la. Mesmo que eu seja apenas uma ratinha estúpida, ela me faz companhia. Seu ronronar envia vibrações calmantes pelo meu corpo, aquecendo minhas mãos na noite gelada. Olho mais uma vez para o telefone: 00h26. Ele escreveu *Espero te ver mais tarde*. Eu sei o que diz o bilhete. Mudo de posição para tentar tirá-lo do bolso, e a gata me olha acusadoramente.

A porta se abre. Eu me viro.

Ela pula do meu colo e entra na casa com um movimento rápido. Respiro fundo em busca de uma explicação, mas a porta já está se fechando. Ele nem me vê. Josh só estava deixando a gata entrar. Preciso dizer alguma coisa. Agora.

— Josh, espere! — Minha voz soa tão baixa na vastidão da noite vazia.

— Merda! — Ele pula para trás, com os olhos arregalados. — Merda — repete, com uma risada insegura. — Você me assustou.

— Desculpe. Eu só estava... Oi.

— Hmm, oi... Está um gelo. Há quanto tempo você está aqui? — Ele sai para o frio, deixando a porta de tela bater atrás de si. Está vestindo calça de moletom e uma camiseta suja, com os pés descalços. Ele esfrega os olhos, como se estivesse dormindo. E cruza os braços enquanto o vento forma um pequeno redemoinho com as folhas e as deixa cair a meus pés.

— Não muito — minto, entre dentes que batem. Afinal, o que é muito? Uma hora e quatro minutos parecem, na verdade, pouco tempo, relativamente falando.

Ele olha ao redor, para o silêncio da rua escura, para o nada além. Estende a mão. Eu a pego. Sua pele parece fogo, mas imagino que seja só porque estou com muito frio.

— Por que você não entrou ou tocou a campainha ou sei lá? — pergunta ele, assim que entramos.

Eu dou de ombros.

— Você está bem?

— Sim, estou bem. — Mas sai muito rápido, muito brusco. Obviamente uma mentira.

— Espere, não entendi. Por que você estava sentada lá fora? Eu estava te esperando... Bem, parei de esperar faz algumas horas.

— Não sabia se você ainda queria que eu viesse, então eu só... — Meu olhar se desvia para a TV. Em seguida, olho ao redor. Ele bagunçou toda a sala de estar. A manta que geralmente fica no encosto do sofá está caída e embolada, presa nas frestas entre os assentos. As almofadas do sofá estão no chão e no lugar estão dois travesseiros da sua cama, posicionados em um ângulo para assistir TV. A mesa de centro está uma zona: uma caixa entreaberta de pizza, várias latas de refrigerante, um prato com metade de uma borda de pizza, três controles remotos diferentes.

— Eden? — chama ele, devagar.

Volto minha atenção a Josh.

— O que está acontecendo? — pergunta ele, me encarando, desconfiado. — Você... está chapada?

— Não. — Não fico chapada. — Por que está me perguntando isso?

— Seus olhos... — Ele segura meu rosto com as mãos, me examinando. — Estão vidrados e injetados, como...

Desvio o rosto para não ter que encará-lo enquanto admito.

— Não, eu só estava... — Mas paro antes de dizer a palavra. Porque talvez eu prefira que ele pense que eu estava chapada, não chorando.

— Olha — começa ele —, estou feliz que você tenha vindo. E provavelmente vai achar isso uma babaquice, né? Mas, se você está chapada mesmo, não quero você aqui. Não estou tentando ser grosseiro. Eu só não curto essas coisas, ok?

— Bem, eu também não! E não estou tomando nada, juro. — Ele não acredita em mim, obviamente. — Meu Deus, o que você acha, que eu sou tipo uma pessoa ferrada da cabeça e horrível, tipo isso?

— Não. — Ele suspira. — Mas você está noiada, Eden? Sério, pode ser honesta.

— Não estou noiada! Eu estava só — limpo a garganta — chorando. — Tento balbuciar em apenas uma sílaba, o mais baixo possível. — Antes. Tá?

— Ah. — Acho que ele não sabe o que responder diante disso. Sua expressão oscila entre o ceticismo e a piedade, ambos igualmente indesejáveis.

— Hmm...

— Se você quiser que eu saia... — começo.

— Não, fica. Sério. Pode ficar. — Ele pega a mochila do meu ombro e a coloca no chão.

Olhando para meus pés, eu mexo no zíper da jaqueta, me sentindo tímida e constrangida — vulnerável — agora que ele já vislumbrou outra brecha em minha armadura.

— Então, está a fim de fazer o quê? — Deixo o braço balançar para a frente até que meus dedos tocam os dele. É uma pergunta retórica. Eu sei o que ele quer fazer. Qual seria a outra razão para me pedir para ficar?

— Tanto faz — responde ele, pegando minha mão. — Vem cá. — Ele me puxa na sua direção e só me abraça. Ele cheira a sabonete, lenços umedecidos e desodorante.

Eu me afasto rápido demais porque, que droga, simplesmente não consigo entender bem certas coisas. Eu me sinto tonta quando ele me solta, como se estivéssemos girando em círculos, mas só estávamos ali parados.

— Está com fome? Tem pizza. — Ele aponta para a caixa quadrada de pizza, o papelão manchado de gordura, sobre a mesa de centro. — Tem outras comidas também, se você quiser alguma outra coisa.

Abro a boca. Estou prestes a dizer não, por hábito, mas sinto uma pontada bem no fundo do estômago. Estou com fome. Sei que não devia precisar de nada. Não devia querer nada. Mas, na verdade, não comi desde aquela barra de granola no almoço. Eu pigarreio.

— Talvez. Sei lá, pizza meio que parece uma boa. Assim, só se você for comer um pouco. Vai?

Ele sorri.

— Lógico.

E estou pensando: *Ele é legal, muito legal.* Acho que sorrio também quando Josh leva a caixa de pizza para a cozinha. Ouço o tinir de pratos e, em seguida, bipes aleatórios quando ele pressiona os botões do micro-ondas, depois o zumbido familiar. Ele aparece na soleira da porta que leva à sala, e se apoia no batente. Josh fica me encarando, do outro lado da sala. Parece um pouco embaçado sem meus óculos. Não consigo dizer o que está pensando, mas, pela primeira vez, não conseguir não parece tão assustador. Nós não falamos. Está tudo bem. *BipeBipeBipe.*

— Já volto — sussurra ele.

Respondo que tudo bem, mas acho que ele não me ouve.

Josh volta para a sala, equilibrando dois pratos descombinados nas mãos, enquanto apaga a luz da cozinha com o cotovelo. Colocando os pratos na mesa de centro, ele se senta ao meu lado e pergunta:

— Quer assistir alguma coisa?

Eu concordo, assentindo com a cabeça.

— Com certeza.

Ele zapeia pelos canais, sem nem mesmo esperar para ver o que está passando antes de mudar. Caelin faz isso o tempo todo. O que me irrita pra cacete, mas não agora, não com Josh.

— Não tem nada de bom, desculpe. — Ele suspira. — Que tal isto?

Não tenho ideia do que é, parece algum seriado com risadas gravadas. Bobo. E perfeito.

— Sem problemas. Está ótimo.

Sei que me sinto mais normal agora — sentada no seu sofá, comendo um pedaço de pizza borrachuda e requentada, ele de pijama surrado, eu sem maquiagem, cabelo bagunçado, assistindo a algo tosco na TV — do que tenho me sentido em muito tempo.

Ele termina a fatia em, sei lá, quarenta e cinco segundos. Jamais entendi como os meninos podem comer assim. Não se sentem uns porcos? Acho que não, porque Josh simplesmente se recosta nos travesseiros e alterna entre me observar e assistir à TV, sorrindo.

— O quê? — finalmente pergunto a ele.

— Está se sentindo melhor?

— Aham. — Assinto.

— Ótimo. Você sempre come assim devagar, ou é só porque estou aqui? — Ele sorri.

— Isso se chama saborear, já ouviu falar? — Devo estar me sentindo melhor, bem o bastante para bancar a espertinha, pelo menos.

— Nunca vi você comer antes. Que fofa. — Ele ri. A risada soa tão real que me dá vontade de rir também.

Enfio o último pedaço na boca, pensando que essa talvez seja a melhor pizza que já comi na vida.

— Mesmo com a cara cheia de comida? — pergunto, de boca cheia. Ele faz que sim com a cabeça.

— Você está, hã, tipo, com molho. — Ele toca o canto da boca. — Bem aqui.

— Eca, pare de me olhar comendo! — Limpo a boca com as costas da mão. — Saiu?

— Não, vem cá, eu tiro. — Eu me inclino, ainda limpando o rosto. — Mais perto — diz ele. — Deixe eu ver. — Estou praticamente em cima de Josh quando me dou conta de que ele está me zoando. Ele sorri enquanto se aproxima para beijar minha boca. — Pronto.

Empurro seu braço de leve, e me aconchego junto a ele. E Josh coloca o braço em volta do meu ombro. Na TV, um homem caminha por uma cidade vestindo uma fantasia ridícula de coelho.

— O que é isso que nós estamos assistindo? — Ele solta uma risada.

— Não faço ideia.

Ele pega o controle remoto e desliga a TV, depois afunda no sofá e puxa a manta debaixo de nós, e a ajeita sobre o meu ombro, de forma que eu acabo deitada com a cabeça no seu peito.

— Então... por que você estava chorando? — pergunta ele, enfim.

— Não sei — sussurro.

— Foi por minha causa, quer dizer, por causa de ontem à noite?

— Não. Não, não teve nada a ver com você. — Eu o sinto expirar debaixo de mim. — Aliás, sinto muito por tudo aquilo. Nem sei o que aconteceu. — Fico espantada com a facilidade com que o pedido de desculpas simplesmente escapa dos meus lábios.

— Sinto muito também.

Nossas respirações se misturam, e a cada expiração sinto como se ficasse mais leve, mais limpa, como se o resquício de todas aquelas velhas emoções estagnadas estivessem saindo de mim. Começo a desenhar linhas invisíveis no seu antebraço, conectando as constelações de minúsculas sardas espalhadas.

— Tive uma briga feia com a minha mãe — revelo.

— Por quê?

Inspiro fundo e começo a contar a Josh a discussão ridícula. Mas, então, continuo a falar. Conto a ele que as coisas em geral andavam ruins com meus pais, especialmente desde que Caelin foi embora. Que eles pensavam que eu estava na casa de Mara. Que às vezes eu sentia que Mara não era minha amiga de verdade. Que eu achava que, para ser sincera, tinha passado a odiar meu irmão. Palavras, tantas palavras.

Tenho uma imagem do Homem de Lata, em *O Mágico de Oz*, presa na cabeça. Dorothy e o Espantalho o encontrando enferrujado na floresta, lubrificando sua boca e maxilar, e então, magicamente, guincho, guincho, guincho, igual a um rato, ele diz, *M-m-m-m-meu Deus, eu posso falar de novo*. É exatamente assim. Catártico. Eu sinto que nunca mais vou me calar.

Ele ouve pacientemente enquanto as palavras fluem sem esforço, oferecendo até murmúrios e sins nos momentos apropriados.

— Às vezes — não tenho certeza se devo dizer algo tão terrível em voz alta — às vezes acho que não acredito em Deus. — Porque que tipo de Deus permite que coisas ruins aconteçam com pessoas que tentam desesperadamente ser boas? — Sei que antes eu acreditava, mas agora... não tenho certeza. Isso é muito ruim, não é?

— Não. Todo mundo pensa assim — responde ele, casual.

— Sério?

— Sim, sério. Também penso igual. É difícil não ter esse pensamento quando você vê como as coisas são. Como o mundo está na merda, quer dizer.

— Hmm, sim — concordo. Mas a verdade é que agora, neste momento, o mundo parece incrível para mim.

— Todos nós pensamos coisas que não devemos pensar às vezes — continua ele. — Tipo, nem sempre eu gosto de basquete.

— Pensei que você *vivesse* para o basquete.

— Na verdade, eu às vezes odeio basquete — ele admite, com uma risada. — Sabe, pensando bem, é simplesmente uma estupidez... sem sentido mesmo. Não é como se você estivesse, de fato, fazendo alguma coisa ou ajudando alguém. Na verdade, é uma grande perda de tempo. Odeio o fato de que, só porque você é bom em alguma coisa, as pessoas automaticamente acham que é isso que te faz feliz, mas não é bem assim, sabe? Não é tão simples.

— Sim — concordo, meio que admirada. Eu sabia que Josh era inteligente, digo, ele tirava boas notas, mas não fazia ideia de que refletia tão profundamente sobre as coisas, que talvez fosse mais complexo do que imaginei, mais que apenas um cara legal, com olhos incríveis.

— Sabe, eu ganhei uma bolsa de basquete e nem quero ir para a faculdade. Quero tirar um ano sabático. Viajar ou algo assim. Nem sei o que quero cursar, mas meus pais não me ouvem. Querem que eu seja um cara importante. Tipo um médico ou um advogado ou um CEO, sei lá. Não que eles tenham a menor ideia do que está em jogo... Nenhum dos dois sequer foi para a faculdade. — Ele ri e depois diz: — Meus pais.

Aí está.

— O que tem eles? — pergunto.

— Eles só... — começa ele, mas hesita. — Sabe, eles não foram realmente no casamento do meu primo. Acreditam que é onde eu acho que estão. — Ele abafa outra risada, o que a faz soar como uma leve bufada. — Minha mãe não sabe limpar o histórico do navegador, foi assim que eu descobri aonde eles foram...

— Bem, onde eles estão?

— Eles foram para um retiro. Acho que dá para chamar de um lance de aconselhamento.

— Tipo para casais, você quer dizer? — pergunto, só para esclarecer.

— Tipo reabilitação — explica ele, categórico. Nós paramos, nenhum dos dois capaz de entender como o ar de repente se tornou tão denso e pesado. Noto que minha mão não toca mais seu braço. Seus dedos não acariciam mais minhas costas. Ele prende a respiração. Escuto seu coração através da camisa, sinto o ritmo acelerar. — Meu pai — continua ele, inseguro, respondendo à pergunta que eu silenciosamente fazia. — Ele entra e sai da reabilitação desde... bem, desde sempre, na verdade... enfim, a minha vida inteira.

Eu levanto a cabeça para encará-lo. Josh olha para o teto, seu pomo-de-adão se mexe enquanto engole em seco, sem me encarar.

— Ele simplesmente não consegue ficar limpo — continua, como se estivesse conversando com outra pessoa que só ele pode ouvir. — Eu não entendo por quê. As coisas vão muito bem por um tempo, às vezes por até um ano ou mais, mas depois ele acaba tendo uma recaída. Nada funciona, isso também não vai funcionar.

— Reabilitação — repito, como uma boba estranhamente despreparada para a honestidade que esta conversa exige. — Por quê? — pergunto.

— Não sei direito. Ele já se envolveu com drogas antes... nada ilegal... tipo remédios controlados. Assim, não que ele tenha receita nem nada. — Ele ri amargamente. — Mas beber é sempre, tipo, o maior problema.

— Ah — murmuro.

— Eu lembro de uma vez, quando era criança, meu pai supostamente estava em uma viagem de negócios, e para mim parecia que ele estava fora fazia muito tempo. — Ele faz uma pausa, como se estivesse se lembrando de tudo de novo. — Mas depois eu ouvi minha mãe no telefone com minha única tia, dizendo alguma coisa sobre o meu pai estar em uma casa de passagem. — Ele ri novamente. — E pensei que era tipo uma casa móvel, ou sei lá. Então lembro que desenhei meu pai sentado em uma casa que era tipo com rodas — diz, a mão fazendo círculos no ar na frente do rosto. — Quando mostrei para a minha mãe, lembro que ela começou a chorar, e eu não sabia por quê. Acho que foi a primeira vez que entendi, de um jeito bem confuso, mesmo assim, que tinha alguma coisa errada com ele.

Eu peço — peço a Deus — uma luz para saber o que responder. Abro a boca, mas não há nada em meu cérebro, então simplesmente toco seu rosto, seu cabelo, tento ajudá-lo a relaxar.

— Eu estava limpando as folhas da calha outro dia — continua Josh. — E encontrei cinco garrafas simplesmente enfileiradas lá. Cheias. Eu não entendo, não entendo mesmo. Quer dizer, quando? Por quê? Quando ele escondeu aquilo? Por que na calha? Quem faz esse tipo de coisa?

— Ah, nossa, não sei — sussurro. Exceto que acho que talvez eu entenda. As garrafas estavam lá para qualquer eventualidade. E me assusta que eu talvez meio que entenda.

— Eu sabia que aquilo era grave, então contei à mamãe e, quando vi, os dois estão saindo da cidade para um casamento. Só queria que falassem a verdade para mim, não sou mais criança. Não é como se eu já não soubesse o que está acontecendo. — Ele reposiciona seu corpo junto ao meu, e, enquanto o escuto, também estou ciente do fato de que nunca me senti tão completamente segura na vida. — Quando quebrei o joelho no segundo ano, me deram uma receita de analgésicos e minha mãe me fez escondê-los do papai. Meu próprio pai.

Abro a boca. Estou prestes a dizer algo inútil, como *Sinto muito* ou *Isso é mesmo um saco*, mas felizmente ele continua falando:

— A questão é, quando está sóbrio, ele é ótimo. De verdade. Tipo, nós fazemos coisas juntos e tudo, sabe? Ele me leva para os jogos, para acampar e pescar, tudo isso. Melhor dizendo, ele é basicamente um bom pai, mas tem essa coisa que, sei lá, o controla. Todos os meus amigos dizem que gostariam que ele fosse pai deles. Óbvio, eu jamais deixaria que o vissem quando ele está na merda. Então, de verdade, eles não sabem nada sobre isso.

Quando começamos a conversar, eu estava nos braços dele, e, de algum jeito, agora é o contrário.

— Então é por isso que você queria que eu fosse embora agora pouco, quando você pensou que eu estava chapada? Por causa do seu pai?

— Ah, talvez — responde Josh, como se não tivesse percebido a conexão. — Mas não é só com você. Também não gosto de ficar perto dos meus amigos quando eles estão fazendo essas coisas. Nem gosto de ficar perto quando estão bebendo. Porque você nunca sabe o que pode acontecer. As pessoas fazem coisas e dizem coisas que simplesmente são... O negócio pode sair do controle bem rápido. E isso me deixa... não sei, nervoso, ou sei lá — balbucia ele.

— Eu quero que você saiba que eu não faço nada disso. Sério. Eu fumo, só isso... cigarro. Eu nem bebo.

— Desculpe ter pensado assim. Acho que é a primeira coisa que me vem à cabeça sempre que alguém está agindo de um jeito estranho. Bom, não que você estivesse agindo esquisito. Assim, é que às vezes você parece, sei lá, distraída. Como se não estivesse realmente no momento, ou sei lá. E é assim que ele fica o tempo todo, com essa expressão, e você sabe que ele está em outro lugar. É a impressão que você me passa na maior parte do tempo.

— Ah.

— Ou tipo hoje — continua ele. Realmente não pensei que eu precisasse de mais exemplos da minha própria esquisitice, mas ele continua falando: — Não sei... me pareceu familiar, só isso.

— Ah. — De repente, parece ser a única palavra que sou capaz de pronunciar.

— Desculpe, eu devo estar piorando as coisas. Não é a minha intenção. Só estou tentando explicar. Não estou tentando fazer você se sentir mal. Desculpe, vou calar a boca.

— Não. Tudo bem. Eu sei. — Sei que ajo como uma completa aberração, só não imaginei que houvesse atingido esse nível de proporção. O bastante para fazer a pessoa que estou curtindo me considerar uma drogada.

— Tudo bem. Me desculpe — lamenta ele, mais uma vez. Ele beija a minha mão, que está descansando no seu ombro, e inspira fundo. Solta o ar lentamente e diz: — Sabe, nunca contei isso para ninguém. Conheço alguns dos meus amigos desde o primeiro ano, mas jamais seria capaz de confessar tudo para eles, e só conheço você faz, o que, algumas semanas?

Ele solta uma risada oca.

— Por que você não pode contar para os seus amigos? — pergunto.

— Talvez eles não sejam meus amigos de verdade. Não, não é isso que estou querendo dizer. — Ele se corrige na hora, como se tivesse cometido um sacrilégio contra a aliança divina dos garotos populares. — É constrangedor, só isso.

— Não é constrangedor.

Josh dá de ombros.

— Estou feliz que você tenha me contado — sussurro. Abro a boca de novo, as palavras quase ali, querendo tanto sair. Toda essa sinceridade saturando a atmosfera, preenchendo as lacunas que existem entre nós. Ela faz coisas com meu cérebro, como uma droga. Me faz querer dizer a verdade. Eu me sinto perigosamente capaz.

— Também estou feliz — admite ele em voz baixa. — Não conte a ninguém, ok? Por favor — acrescenta, uma fraqueza em sua voz que eu jamais ouvira antes.

Ele está com sorte, não sabe quão bem posso guardar um segredo.

— Nunca — sussurro de volta. — Prometo.

E assim, às 3h45, após horas de conversa, ele estende a mão para desligar o abajur e me dá um beijo de boa-noite, ajeitando melhor a manta em torno de nós. Ao deitar a cabeça em meu peito, ele diz:

— Estou ouvindo seu coração.

É uma coisa simples e doce de se dizer. Eu abro um leve sorriso. Mas, então, sinto meu coração fazer algo engraçado — é o tique-taque incessante da parte conhecida do órgão. E perto da hora em que a lua e o sol coexistem no céu, virando a sala do avesso com aquele misterioso brilho pálido, mas tranquilizador, um pensamento terrível me ocorre: eu gosto de Josh. Eu gosto dele, gosto dele de verdade. Tipo gosto-*amo*. Tipo, com meu coração metafórico. Se eu fizesse uma radiografia, ela mostraria uma flecha alojada bem no centro daquela massa sangrenta e encarniçada de músculos em meu peito. E eu sei, de algum jeito, que as coisas mudaram entre nós.

— **TUDO BEM!** — **DIZ MARA**, ao entrar em meu quarto naquele fim de semana. — Pode contar tudo. É hora do confessionário, Edy... Teoricamente, sou sua melhor amiga, certo?

Eu fecho e tranco a porta atrás dela.

— Como assim? — pergunto, enquanto ela se joga na cama e tira o casaco.

— Quase não consigo te ver. Você passa cada minuto com Joshua Miller e não me deu nenhum detalhe. Então... chegou a hora de abrir o bico.

— Sei lá. — Dou de ombros. — O que tem para contar?

— Tudo! Tá bom, vamos começar com para onde vocês vão todo dia quando estão juntos? Você vai para a casa de Joshua Miller? — pergunta ela, erguendo as sobrancelhas.

Solto uma risada.

— Sim, eu até já estive no quarto de Joshua Miller.

— Não me diga. O quarto de Joshua Miller — repete ela, com admiração.

— Hum, Mara, você precisa parar de chamá-lo de Joshua Miller. É esquisito.

— Mas... ele é Joshua Miller, Edy.

— Estou sabendo. — Eu me sento na cadeira da escrivaninha e olho para minha amiga, tão animada por mim, e me esforço muito para também não ficar animada por mim.

— Então como você o chama? Amor? Gostoso? Bebê? Deus grego?

— Sim, Mara, eu o chamo de deus grego. — Rio, jogando um travesseiro no seu rosto. — Mas, no geral, Josh dá conta do recado.

— Josh... — ecoa ela, saboreando a palavra. — E aí, como ele é de verdade?

— Sei lá. Ele é legal. É que... ele é muito legal, sério mesmo.

— E gato, não vamos esquecer — acrescenta ela, como se eu pudesse esquecer. — Vocês também... você sabe... transaram? — pergunta, em um sussurro.

Aceno com a cabeça que sim.

— Ah, meu Deus! Como foi? Como ele se comportou? — ela exige, inconveniente, se esgueirando até a extremidade da cama.

— Não, não vou discutir esse assunto.

— Vamos lá, preciso viver indiretamente através de você — implora Mara.

— Bem... e o que está acontecendo entre você e Cameron?

— Nada. — Ela suspira. — Nem chegamos perto. Ainda apenas amigos. — E de repente, pelo jeito como ela me encara, sinto um oceano inteiro entre nós, e estamos em margens opostas, olhando uma para a outra dos confins mais distantes do mundo. — Então, vamos, me conte sobre seu namorado gostoso. Por favor? — indaga, em vez de reconhecer aquela grande distância.

— Ele não é meu namorado — eu a corrijo.

— Ele não quer ser seu namorado? — pergunta ela, franzindo o rosto. — O quê? Ele só quer dormir com você e...

— Não. Sou eu. Não quero ser namorada dele.

— Você está louca? — exclama ela, de pronto.

— Talvez. — Solto uma risada.

— Mas sério. Você está completamente louca?

— Eu... não sei. Acho que não curto a ideia. Não quero me amarrar. Me sentir obrigada. Presa, sabe?

— Isso não faz o menor sentido. Mas tudo bem. Desde que ele não esteja tentando manter o relacionamento em segredo ou qualquer coisa nojenta assim.

— Ele não está. Juro. E não é ruim querer um pouco de privacidade.

— Se você está dizendo, Ed. Não sei nada sobre isso, eu acho. — Ela cede, um vestígio de algo como ressentimento nas entrelinhas. Mas rapidamente Mara sufoca o sentimento e sorri. — Então é bom? Ou divertido? Ou o que quer que deveria ser? — Ela ri, envergonhada. — Ele é, você sabe, bom para você, tipo, quando vocês estão juntos?

Assinto.

Ela sorri.

— É melhor que seja mesmo.

— **EXPLIQUE DE NOVO** — **PEDE** ele, sem fôlego, passando os dedos pelo meu cabelo. — Por que você não pode ser minha namorada?

— Por quê? — gemo. Nossa, embora Josh seja legal, ele sabe me irritar.

— Porque — murmura ele, com a boca em meu pescoço — eu não gosto de pensar em você com outros caras, sabe... — A voz vai sumindo, engolida por seus beijos.

— Então não pense.

Ele para e me olha com aquela intensidade que às vezes me apavora.

— Não é tão fácil assim não pensar nisso.

Não respondo. Sei que devo contar a ele que não tem nada com o que se preocupar, que sou toda dele, que não há outros caras. Mas, por algum motivo, não consigo. Em vez disso, pergunto:

— Quando eu teria tempo para ficar com mais alguém? Nós ficamos juntos toda noite.

Ele abre seu sorriso característico, e, por um segundo, acredito que vai mudar de assunto. Mas enfim, depois de todas essas semanas, começa a conversa que eu acredito que deve ter rondado sua mente desde que se deu conta de que meu nome estava estampado em todos os banheiros.

— Então... só estou curioso... — começa ele, brincando com um fio do meu cabelo.

— Sobre?

— Com quem mais você, hã... — Ele hesita mais uma vez.

— O quê?

— Com quem mais você, tipo, ficou? — finalmente conclui.

— Por quê? — pergunto, e não com um tom agradável.

— Não sei — ele responde em um murmúrio.

— Isso importa?

— Acho que não.

— Ótimo. — Porque eu não queria ter que pensar, muito menos conversar sobre o assunto. Não queria nem mesmo reconhecer o fato de que havia outra pessoa.

— Mas... — recomeça ele. — Eu ainda quero saber.

— Só finja que você foi o primeiro, ok? — É o que estou fazendo, afinal.

— Não foi o que eu quis dizer. Não é como se isso me incomodasse ou algo assim. Eu só estava...

— Me incomoda. — Merda, minha boca estúpida precisa ser costurada. Eu me afasto de Josh, indo para o meu lado da cama. Sinto a calcinha nas pernas. Eu a visto sob os lençóis.

— Quê? Por quê? Não é como se eu não tivesse ficado com outras garotas.

— Sim, imagino. — Mas definitivamente não é a mesma coisa. Mordo as bochechas. Eu preciso me impedir de dizer qualquer outra coisa. Sinto gosto de sangue, mordo com mais força.

— Não é nada de mais, só estou curioso. — Ele faz uma pausa, um segundo, dois, três, quatro, então inspira e diz: — Então foi mais de uma pessoa?

— Sério, Josh! Eu não quero mesmo falar sobre isso!

— Tudo bem. — Pausa. — Vou te contar a minha...

— Não, não. Eu não tô nem aí, está bem? Isso não faz diferença para mim. Não quero saber. — Claro, eu já conhecia seu histórico, porque ele nunca foi exatamente um tipo discreto. Antes de mim. — E não quero mais conversar sobre isso. Estou falando sério.

— É só que às vezes eu sinto que não sei nada sobre você. É estranho.

— Você sabe demais. — Mas sei que não é toda a verdade.

Josh se limita a suspirar.

— Tudo bem, me pergunte qualquer outra coisa, sério, qualquer outra coisa que eu respondo, ok?

— Nossa, deve ter sido muito ruim, hein? — Viro a cabeça para encará-lo. Não tem outro jeito de dizer a ele como sou incapaz de discutir o assunto. — O quê? Só estou dizendo que o cara é o maior babaca. Quem quer que seja.

— Por quê? — Sorrio, com ironia. — Por causa de todas as coisas horríveis que escreveram sobre mim nas paredes do banheiro?

— Você sabe sobre as pichações? — pergunta ele, baixinho. — Eden, você sabe que eu não acredito em nenhuma daquelas coisas, né? Quer dizer, eu sei a verdade.

A verdade. A verdade! A verdade? Ele não sabe nada sobre a verdade. Eu abro a boca e quase digo a ele.

— Tanto faz — murmuro em vez disso.

— O que foi agora? Só estou tentando... — Me afasto dele. — Ah, que isso! Só estou tentando dizer que eu não faria uma coisa dessas. Acho uma puta escrotidão, de verdade.

Foi escroto mesmo. Ele tem razão quanto a isso. Mas não digo nada. Precisamos mudar logo de assunto. Acho que ele acaba entendendo, porque enfim se cala... por um bom tempo.

Eu olho para o teto. A casa está sem silêncio, como sempre. Os pais dele estão dormindo ou em outro lugar, não sei qual das opções. Eu me viro para encará-lo, deitado ali, ainda de frente para mim.

— Me conte um segredo — sussurra ele. Eu sempre tenho a sensação de que ele sabe que guardo um segredo. Sombrio e profundo. — Uma coisa que eu não saiba sobre você. Um segredo.

— Certo. — Sorrio, tentando apagar o que acabou de acontecer. — Porque você não sabe nada sobre mim... — Só estou meio que zombando de Josh.

— Exato — argumenta ele, me puxando para mais perto, cobrindo minha boca com a dele. — É por isso que quero que você me conte alguma coisa. — Eu me pergunto o que Josh diria se eu contasse a ele. O que ele faria. Se eu lhe revelasse meu segredo-buraco-negro, profundo e sombrio, aquele com o potencial de engolir todo o universo.

— Certo, meu nome do meio é Marie. — É uma mentira. Meu nome do meio é Anne. — Agora você.

— Isso não é segredo. Eu quis dizer uma coisa de verdade. — Ele me beija. — Matthew.

— O quê?

— Matthew — repete. — Josh Matthew Miller.

— Ah. — Nos beijamos de novo. — Muito legal. — Outro beijo. — Me conte outra coisa.

— Não, é sua vez, Eden Marie McCrorey. — Ele sorri daquele jeito torto e deita a cabeça em meu peito, esperando que eu seja sincera, que compartilhe um pouco de verdade com ele, um detalhe, qualquer coisa. Eu deveria ter falado então que Marie não era, na realidade, meu nome do meio. Mas ele pareceu gostar de repeti-lo, como se pensasse que aquele pequeno fragmento de informação o fizesse me conhecer um pouco melhor, lhe permitisse gostar de mim um pouco mais.

— Eu tocava clarinete na banda. — Verdade, embora não seja, de fato, um segredo propriamente dito.

Ele levanta a cabeça e sorri para mim.

— Tocava nada.

— Sim, eu tocava, juro — admito, colocando a mão sobre o coração. — Você pode até olhar o anuário. Mas espere... não... porque eu parecia uma completa otária no ano passado.

Ele ri, ainda me encarando como se não acreditasse em mim.

— Sério?

— Eu até participei de um clube do livro no ano passado — confesso.

— Você não me parece o tipo de garota de clube do livro — argumenta ele, me olhando com desconfiança.

— Não? — pergunto, fingindo surpresa. — Até inaugurei o clube do livro com a srta. Sullivan. — Dou uma risada.

Um sorriso ilumina o rosto de Josh quando ele decide que estou falando a verdade.

— Fofo — finalmente diz, sorrindo ainda mais. — Isso é muito fofo.

— Não, não é — resmungo.

— Não, não é. É meio sexy, na verdade. — Em seguida, ele me beija com vontade, profundamente. O tipo de beijo com segundas intenções. Mas então Josh para e me olha, com o olhar muito suave. — Você é linda de verdade, Eden — sussurra.

Em geral, não gosto de ouvir coisas assim, coisas legais, mas talvez seja o tom da sua voz ou a expressão no seu rosto. Eu sorrio. Não de propósito, mas é que meu rosto não me permite não sorrir.

— Sabe, já fui pra cama com você — tento brincar —, então não precisa dizer essas coisas.

— Pare, estou falando sério. — E então ele se inclina e beija meus lábios, com muita doçura. Às vezes ele usa as palavras como armas para destruir minha fachada gelada, e às vezes consegue penetrar a camada um pouco mais descongelada de baixo. Mas, pensando melhor, às vezes simplesmente se depara com um sólido iceberg. Por exemplo, Josh sabe o que está fazendo quando diz em seguida: — E você devia sorrir mais também.

Eu desvio o olhar, constrangida. Ele não tem como saber que às vezes dói fisicamente sorrir. Que, às vezes, um sorriso parece a maior mentira que eu já contei.

— Não, eu amo seu sorriso — assegura ele, com os dedos em meus lábios, o que só faz meu sorriso se alargar.

Só que dessa vez não dói.

— Eden Marie McCrorey... — começa ele, como se estivesse dando uma grandiosa palestra sobre mim. — Sempre tão séria e melancólica — minha elegia talvez —, mas também tem esse sorriso incrível, que ninguém nunca consegue ver. Espere, você ficou vermelha? — provoca. — Não acredito. Eu fiz Eden Marie McCrorey ficar vermelha.

— Não, não estou! — Rio, colocando as mãos sobre as bochechas.

Mas ele pega minhas mãos nas dele e, gentilmente, as afasta do meu rosto.

— Sabe o que eu acho? — pergunta ele.

— O que você acha? — ecoo.

— Acho... — Ele faz uma pausa. — Você não é tão fodona... nem assim tão forte — argumenta, sério, o sorriso murchando. — É?

Meu coração começa a acelerar enquanto Josh me observa com atenção. Porque ele tem razão. Garotas fodonas não ficam vermelhas. Garotas fodonas não se transformam em gelatina quando um garoto bonito diz que elas são lindas. E estou com medo de que ele veja através da dura camada do iceberg, e enxergue não uma menina doce e suave, mas um maldito e horrível desastre por baixo.

Ele afasta o cabelo do meu rosto e corre o indicador pela cicatriz de cinco centímetros acima da sobrancelha esquerda.

— Como você se machucou? — indaga. — Eu sempre quis saber, mas toda vez que reparo na sua cicatriz nós estamos... hã... ocupados. — Ele sorri. — E depois esqueço de perguntar.

Eu toco a minha cabeça. Sorrio, lembrando o absoluto absurdo do acidente.

— O quê? — pergunta ele. — Deve ser uma coisa engraçada...

— Foi quando eu tinha doze anos. Caí da bicicleta, precisei levar quinze pontos.

— Quinze? É muita coisa. Só por ter caído da bicicleta?

— Bem, não exatamente. Mara e eu estávamos descendo aquela ladeira grande, sabe, aquela no fim da minha rua?

— Aham — concorda ele, me ouvindo como se eu estivesse dizendo as coisas mais interessantes que já ouviu na vida, dando toda a atenção a cada palavra que sai da minha boca.

— E tem aqueles trilhos de trem no fundo, certo? — continuo.

— Ah, não!

— Bem, acho que, em algum momento, meio que caí por cima do guidão e rolei o restante do caminho morro abaixo. Foi o que a Mara disse, pelo menos. Não me lembro bem, acho que desmaiei. Mas bater o rosto nos trilhos amorteceu minha queda.

— Que terrível! — exclama, embora esteja rindo muito.

— Não, foi uma estupidez. Você devia mesmo rir de mim. Eu sou a razão pela qual a cidade teve que colocar cercas no fim de todas as ruas do bairro.

A informação o faz rir ainda mais. A mim também.

Então começo a pensar em tudo o que veio depois.

ooo

Aquele foi o dia em que caí de amores por Kevin — ou o que pensei ser amor, pela pessoa que pensei que ele fosse. E Kevin sabia. E usou isso para chegar até mim. Aquele era o dia para o qual eu gostaria de poder voltar. O dia que preciso desfazer para impedir que todo o restante aconteça. Estava tão quente e o ar tão denso que parecia que meus pulmões mal conseguiam respirar. Mara e eu éramos duas garotas de doze anos, em nossos biquínis ridículos que não revelavam nada, porque basicamente não tínhamos nada para revelar, desenhando com giz na calçada da minha garagem, sanduíches de sorvete escorrendo por braços e pernas.

Estávamos desenhando sóis sorridentes, arco-íris, árvores e flores horríveis e inocentes. Jogamos jogo da velha algumas vezes, mas foi chato, porque ninguém ganhou sequer uma vez. Riscamos uma amarelinha, mas o cimento parecia estar em brasa, quente demais para pular. Escrevi com letras cor-de-rosa, enormes e gordas, do outro lado da entrada:

MARA AMA CAELIN

Só fiz isso para deixá-la constrangida. Então Mara colocou as duas tranças compridas para trás e se abaixou com um giz azul grosso. Em enormes letras maiúsculas, ela escreveu:

EDY AMA KEVIN

O que me fez gritar com força e jogar na sua direção o giz branco, que não a acertou, óbvio, e se partiu em um milhão de pequenas lascas, agora inúteis, mas tudo bem, porque afinal o branco sempre foi uma cor chata. E então eu disse:

— Mara, você devia mesmo casar com Caelin. Aí nós seríamos irmãs e seria tão incrível!

— Sim, pode ser. — Ela fez uma careta. — Mas acho o Kevin mais bonito.

— Ele não é. Além do mais, Kevin não é meu irmão, então, se você casasse com ele, não seríamos irmãs.

— Você só está dizendo isso para poder casar com Kevin.

— Bem, não posso casar com meu irmão. Seria nojento!

— Ah, sim! — Mara se deu conta, como se aquelas fossem nossas únicas opções em todo o mundo. Nosso mundo era pequeno, pequeno demais, mesmo para crianças de doze anos.

— Então você casa com meu irmão e eu caso com Kevin, daí vamos ser irmãs e Kev e Cae serão irmãos. Faz sentido, porque todo mundo já pensa mesmo que os dois são irmãos.

Ela refletiu por um segundo, então disse:

— Sim, tudo bem.

Agora que tínhamos nossas vidas planejadas, perguntei:

— Quer andar de bicicleta?

— Sim, vamos.

Tentamos não deixar os pés tocarem o asfalto derretido enquanto corremos para dentro de casa a fim de vestir nossos shorts e calçar os chinelos. O pai de Mara tinha ido embora para sempre naquele verão. Seus pais brigavam muito. Então minha amiga passava a maior parte dos dias na minha casa, apesar de a dela ter piscina. Ela concordava com quase qualquer coisa, desde que a mantivesse fora de casa e longe dos pais. Portanto, quando eu disse para ela se casar com meu irmão, ela concordou. Quando eu disse para andarmos de bicicleta, ela concordou. E, quando eu disse para pedalarmos o mais rápido possível, descendo a grande e assustadora ladeira íngreme no final da rua para que pudéssemos ver se havia um trem passando nos trilhos lá de baixo, ela concordou.

Essa não foi uma das minhas ideias mais brilhantes, eu admito. A última coisa que me lembro de ouvir antes de mergulhar para minha quase morte foi o som dos gritos da Mara. A última coisa que vi foi a madeira cinzenta e apodrecida dos dormentes de madeira da ferrovia, voando em direção ao meu rosto, a toda a velocidade. Meu crânio bateu no trilho de aço com um baque surdo. Depois, tudo ficou escuro.

Quando meus olhos se abriram, eu encarava um céu incrivelmente brilhante e minhas pernas estavam emaranhadas na bicicleta. Meus óculos sumiram. E eu sentia água escorrendo pelo rosto. Levantei o braço que ainda podia mover. Estava coberto de sujeira e centenas de pequenos cortes. Toquei minha cabeça. Água vermelha. Muita água vermelha. E depois ouvi meu nome sendo chamado de muito, muito longe. Eu fechei os olhos novamente.

— O que vocês duas aprontaram? — Era a voz de Kevin, estridente, próxima.

— A gente queria ver um trem passar. — Mara, tão inocente.

— Edy, está me ouvindo? — disse Kevin, com as mãos em meu rosto.

— Ai... — Foi tudo o que consegui balbuciar. Abri os olhos por tempo suficiente para vê-lo tirar a camiseta e pressioná-la na minha cabeça. Senti suas mãos em uma das pernas. Em qual delas, eu nem saberia dizer.

— Edy, Edy, tente mexer a perna, ok? Se você conseguir mexer, é porque não está quebrada. Tente — exigiu ele.

— Então? Está mexendo? — Acho que perguntei em voz alta. Não ouvi resposta.

Rapidamente eu me senti flutuar. Ele me carregou ladeira acima, em seguida me deitou na grama. Até ligou para a emergência.

Naquela noite eu decidi com Mara que definitivamente me casaria com ele. O estrago: pulso esquerdo fraturado, tornozelo torcido, mil arranhões e contusões, um mindinho quebrado, quinze pontos na testa e uma bicicleta de dez marchas totalmente destruída. E, óbvio, um longo devaneio sobre o tipo de pessoa que Kevin realmente era. *Você teve muita sorte e foi muito, muito estúpida,* me disseram várias vezes naquele dia.

ooo

— Você teve sorte de não aparecer nenhum trem! — diz Josh, me trazendo de volta ao presente. Meus olhos mais uma vez focam o teto do seu quarto. Ele ainda está rindo. Eu já tinha parado.

— Tive? — pergunto acidentalmente em voz alta. Se houvesse um trem, então eu estaria morta, ou pelo menos ferida, séria e irreparavelmente. E, quinhentos e quarenta e dois dias depois, estaria deitada em um túmulo ou em um hospital qualquer, apodrecendo ou ligada a aparelhos, não na cama, com Kevin no quarto ao lado e eu pensando que ele era a melhor pessoa do mundo, incapaz de me machucar de algum jeito, porque, afinal, ele salvou o dia. Talvez se aquele dia nunca tivesse acontecido, quem sabe eu não tivesse ficado tão caidinha por ele, encantado de um jeito tão patético. Talvez eu não tivesse flertado com ele durante uma partida de Banco Imobiliário naquela noite. E talvez tivesse gritado quando me deparei com ele em minha cama, às 2h48 da manhã, em vez de não fazer nada. E talvez fosse essencialmente minha culpa por agir como se gostasse dele, por realmente gostar dele.

— Claro que teve — ouço uma voz fraca através da névoa em minha mente. Mas agora seu semblante se tornou sério. Não consigo me lembrar da última coisa que qualquer um de nós disse.

— Tive o quê? — pergunto.

— Sorte! — exclama ele, impaciente.

— Ah, claro. Sim, eu sei.

— Então por que você diria algo assim? Não tem graça.

— Eu sei.

— Não tem mesmo. Odeio quando você fala essas coisas.

— Tá, eu sei! — disparo.

Josh não diz nada, mas percebo que está irritado. Irritado porque estou sempre me chateando com ele sem motivo, dizendo coisas escrotas, ou simplesmente sendo esquisita. Ele não diz mais nada. Rola para longe e se deita ao meu lado. Agora é ele quem está olhando para o teto e eu que estou no meu canto, de frente para ele, querendo que me encare. Coloco a cabeça no seu peito, tento fingir que as coisas ainda estão bem, fingir que não sou uma pessoa estranha. Relutante, ele põe o braço ao meu redor. Mas não suporto o silêncio, não suporto a ideia de Josh estar bravo.

Então sussurro:

— Me conte outro segredo.

Mas ele continua em silêncio.

Depois de um tempo, um instante dolorosamente silencioso, eu acho que talvez ele tenha pegado no sono, então finjo que estou dormindo também. Mas logo o sinto afundar o rosto no meu cabelo e inspirar. Silenciosamente, de maneira quase inaudível, Josh sussurra:

— Eu te amo.

Seu grande segredo. Eu fecho bem os olhos e finjo não ouvir. Finjo que não me importo.

Depois de ter certeza de que ele de fato adormeceu, vou embora evitando fazer qualquer barulho.

— **ENTÃO, O QUE VAMOS** fazer no seu aniversário este ano, Edy? — pergunta Mara, perto do meu armário depois das aulas, no dia seguinte.

— Não sei. Vamos só sair para comer ou algo assim — respondo, enquanto arrumo as coisas para o dever de casa.

— Ah, nossa, Edy. Olha, olha, olha — alerta Mara, baixinho, mal movendo a boca, batendo em meu braço repetidas vezes.

— O quê? — Eu me viro. Josh está caminhando pelo corredor em nossa direção. — Ah, Deus — murmuro, baixinho.

— Edy, fique quieta e seja legal! — sussurra Mara, quando ele está perto o suficiente para ouvir. Ela o encara com um sorriso enorme no rosto. — Oi!

Ele abre um daqueles seus sorrisos sedutores, e ela solta uma risadinha. Uma *risadinha*.

— Oi! — Ele retribui o cumprimento com o mesmo nível de entusiasmo. Em seguida, se vira para mim e solta apenas um monótono: — Ei.

Não sei o que fazer. Dois mundos totalmente opostos estão em processo de colisão neste exato instante, e me vejo presa entre os dois.

— Então Josh... Miller, certo? — diz Mara, como se não se referisse sempre a ele pelo nome completo.

— É... só Josh. E você é?

— Mara — responde ela.

— Ah, sim, Mara. Que bom finalmente conhecer você.

— E eu a você.

Ambos olham para mim, como se, de algum modo, fosse a minha obrigação saber como lidar com essa bagunça. Quando não falo nada, Mara assume o controle:

— Então, Josh, a gente estava conversando sobre o que fazer para o aniversário da Edy amanhã.

— Seu aniversário é amanhã? — pergunta ele, os olhos procurando os meus.

Mara franze a testa para mim.

— Edy, você não contou a ele que o seu aniversário é amanhã?

— Sim, a *Edy* deve ter esquecido de contar — responde Josh. — Assim como a *Edy* deve ter esquecido de se despedir antes de sair de fininho da minha casa ontem à noite — comenta ele, com um tom que me diz que não vai ignorar aquilo, não vai simplesmente deixar pra lá.

— Bem, hmm — começa Mara, desconfortável. — Acho que eu tenho que ir, então... — Pausa. — Já vou indo. Foi um prazer te conhecer, sério — diz para Josh, com um sorriso doce e sincero.

— Sim, com certeza — retruca ele, como se falasse mesmo sério.

Enquanto se afasta, minha amiga olha para mim por cima do ombro, com os lábios franzidos e os olhos arregalados, e apenas aponta o dedo para mim, como se dissesse *Melhor você não estragar tudo!*

— Foi legal finalmente conhecer uma das suas amigas.

— E então... o que você está fazendo aqui? — pergunto, ignorando seu comentário.

— Sabe, cansei das suas regras, tá bom? Precisamos conversar. E precisamos conversar agora.

— Beleza. Podemos ir a algum lugar um pouco mais reservado, pelo menos? — Eu olho em volta, ciente de todas as pessoas nos observando.

Josh pega minha mão. Eu me afasto dele, involuntariamente. Ele me olha como se o tivesse magoado, mas se limita a apertar minha mão com mais força, nos guiando pelo corredor. Paramos na escada e ele se senta em um dos degraus. Eu fico mais imóvel do que nunca. Estou com medo. Realmente com medo de que ele esteja prestes a me deixar. E ainda com mais medo porque não quero que o faça.

— Quer sentar?

Meu coração e meus pensamentos disparam, se juntando em uma cacofonia de por quê, por quê, por quê?

— Por quê? — digo, enfim, a voz trêmula traindo a aparência de fria e calma serenidade que estou tentando projetar.

— Eu já te disse. Quero conversar. Estou falando sério.

Prendo a respiração quando me sento ao seu lado. Ele vira o rosto para mim, mas o interrompo, antes mesmo que possa começar.

— Só me diga logo. Você está tentando terminar tudo?

— Não! De jeito nenhum. Eu só... não consigo continuar desse jeito. Não posso suportar que só exista isso. Nós temos algo mais. Você tem que enxergar, sabe?

— Eu já disse, não. Todo esse lance de namorar, não me sinto confortável com...

— Estou dizendo que *eu* não estou confortável, Eden! — interrompe ele, levantando a voz, subitamente irritado. Em seguida, mais calmo: — Não me sinto confortável com a gente dormindo junto toda noite, depois agindo como se nem se conhecesse na escola. Você não quer sair comigo e conhecer meus amigos. Obviamente, não quer me apresentar para as suas amigas. Nunca estivemos em nenhum lugar juntos, tirando o meu quarto. Por exemplo, por que não podemos pelo menos ir à sua casa de vez em quando? — Ele faz uma pausa, pegando minha mão. — Por que eu sinto que estamos sempre nos escondendo?

— Eu não sei — admito baixinho, me sentindo exposta demais.

— Sim, você sabe, então seja sincera comigo.

— O que você quer dizer?

— Tipo, tem algum motivo para a gente estar se escondendo? — pergunta ele, sua verdadeira dúvida por fim emergindo.

— Que motivo?

Ele me olha como se eu fosse a maior idiota do planeta.

— O quê... tipo outra pessoa? — especifico.

— Sim, tipo outra pessoa.

Eu o encaro e desejo poder, de algum jeito, fazê-lo compreender tudo. Tudo o que aconteceu, tudo o que penso e sinto, em relação a ele, em relação a mim, em relação a nós, juntos. Como meu coração — esse órgão estúpido e frágil — dói por ele... lá no fundo. Mas é demais para colocar em palavras, então simplesmente pronuncio aquela sílaba, aquela que mais importa no momento:

— Não.

Ele exala, como se estivesse prendendo o fôlego. Obviamente não era essa a resposta que esperava, de jeito nenhum.

— Então, se não existe mais ninguém, por que precisa ser assim?

— Não sei, porque aí tudo fica complicado e confuso e...

— Mas é complicado — argumenta ele, levantando um pouco a voz. — É confuso. — Então, mais baixo: — É.

Eu não tenho argumentos contra isso, então me limito a olhar para minhas mãos em meu colo.

— Olha, não quero brigar nem nada, eu só... eu só me importo com você. De verdade. — Ele beija meus lábios e então, baixinho, com a boca perto do meu ouvido, sussurra: — É só o que estou tentando dizer.

Eu deveria responder. Também me importo com você! Eu me importo, droga, eu me importo, merda! Quero gritar as palavras.

— Eu... eu... — *me importo*, diga a ele.

Ele levanta a cabeça, um leve brilho de esperança nos olhos.

— Sabe, você não entende. Não é fácil para mim, não posso simplesmente... não posso... — Minha voz soa esganiçada, como o guincho de uma ratinha, enquanto tento fazer meu cérebro e minha boca trabalharem em conjunto. Sinto as lágrimas chegando, marejando meus olhos. Ele parece confuso, preocupado e, parece, quase aliviado; aliviado por eu não ser tão dura, nem tão inflexível.

— Tudo bem. — Josh suspira, perplexo com essa repentina e inusitada demonstração de emoção. — Linda, não... — diz suavemente. — Olha, eu sei. Está tudo bem, vem aqui. — Ele me puxa para si, e deixo meu corpo se apoiar no seu quadril. E nem me importo com quem possa nos ver agora. Simplesmente o abraço o mais forte que consigo. Todos os obstáculos entre nós parecem se dissolver, e, pela primeira vez, não me sinto como uma completa mentirosa. Pela primeira vez me sinto calma, segura. Terrivelmente segura.

— Ei, vamos sair no seu aniversário... para jantar ou fazer alguma outra coisa.

— Tudo bem — eu me ouço responder de pronto.

— Sério? — pergunta Josh, se afastando de mim, segurando meus ombros com os braços esticados. — Vou precisar de uma declaração por escrito. — Ele mexe na mochila, como se procurasse caneta e papel.

— Para. — Dou risada, batendo no seu braço. — Eu disse sim.

— Combinado, temos um encontro!

Suas mãos acariciam meu corpo com uma fluência experiente.

— Então... toda essa conversa — murmura, enquanto beija meu pescoço. — Quer ir lá pra casa?

— Amanhã, está bem? Depois do jantar, certo? — Sorrio.

Ele geme como se estivesse em agonia, mas depois abre um sorriso e sussurra:

— Tudo bem.

ooo

Quando chego a meu armário na manhã seguinte, sou recebida pela obra de Mara. Ela exagerou ao decorá-lo. Era uma tradição. Ela prendeu balões e papel crepom, laços e barbante, e um cartaz que diz: FELIZ 15 ANOS. Estremeço.

Rasgo o cartaz o mais rápido possível, mas tenho a sensação de que é muito tarde, que ele já viu. Discretamente, jogo os pedaços de papel no lixo a caminho da sala de aula. Ouço passos rápidos atrás de mim e respiro fundo, porque sei que são dele, e sei que ele sabe, de alguma maneira. Com um brilho selvagem nos olhos, Josh me puxa pelo cotovelo até o banheiro dos meninos.

— Vaza! — grita ele com o garoto que está fazendo xixi em um dos mictórios na parede. À direita da cabeça do menino, percebo letras pretas me encarando, as luzes fluorescentes refletidas nos encardidos ladrilhos azul-claros: EDEN MCPUTA É — algo ilegível — tinha sido rabiscado por um marcador fraco. Assim que o garoto vai embora, esquecendo até mesmo de fechar as calças, Josh avança em mim.

— Como pôde fazer isso? Depois de tudo, como ainda pode continuar mentindo para mim? Você disse que tinha dezesseis. Eu tenho dezoito, e você sabia disso! Confiei em você!

— Eu não... — Eu ia lembrar a ele que, tecnicamente, nunca disse aquilo, mas percebo que não vai ouvir. Josh apenas anda de um lado para o outro, esbravejando, furioso.

— Catorze? Catorze? Catorze! — grita, o volume aumentando a cada vez que repete a palavra.

— Calma. Não é nada de mais. — Jamais havia imaginado que Josh ficaria tão transtornado com aquilo. Idade nem era algo que tínhamos discutido de verdade. Além disso, vários caras mais velhos namoram calouras. Seria a mesma diferença de idade, se não mais. Ninguém liga para essas coisas.

— É uma merda muito grande! Todas aquelas noites, na minha cama, você tinha catorze anos. É isso? — Suas palavras são tão afiadas que chegam a machucar. — É isso? — insiste.

— Sim, e daí?

— Você entende que eu poderia ser acusado de estupro? Estupro presumido, Eden, já ouviu falar?

Solto uma risada. É a coisa errada a fazer.

— Não tem graça... isso não é engraçado! É sério, é da minha vida que nós estamos falando. Sou um adulto, tá bom, legalmente um adulto! Como você pode dar risada? — grita, horrorizado comigo.

Como posso estar rindo? Posso rir porque sei o que é um crime de verdade. Sei que o tipo de delito de que ele está falando não é nada. Que as pessoas se safam de coisas erradas de fato todos os dias. Sei que ele não tem nada com o que se preocupar. Por isso, posso rir.

— Olha, me desculpe — lamento, tentando conter o sorriso em minha boca. — Mas você está sendo ridículo. Você não fez... — Baixo o tom de voz, inspiro, expiro, inspiro outra vez. — Você não... me estuprou. — Pronto, falei. A palavra que tenho gastado tanto tempo e energia para não pronunciar, nem mesmo pensar. Claro que ele não poderia apreciar o que me custou dizer essa grotesca palavra de oito letras em voz alta. Ele simplesmente continua, seu discurso apenas ganhando ímpeto.

— Sim, sei disso, mas não importa. Seus pais ainda podem prestar queixa contra mim, Eden.

— Mas não vão. Eles nem sabem sobre... — *Você*, eu ia dizer, mas Josh me interrompe outra vez.

— Você não entende — continua. — Estou falando de acusações. Criminais. Reais. Eu poderia ser preso, condenado até, eu perderia a bolsa de basquete e tudo mais. Minha vida inteira pode ficar completamente na merda.

Ele para. Eu o vejo tentar tomar fôlego, me observando, esperando.

— E então? — finalmente diz, com um gesto amplo em minha direção.

— O que você quer dizer com *e então*? — pergunto, meu tom tão agressivo quanto o dele.

— Quer dizer, você não se importa? — brada ele. Então mais baixo: — Você não se importa com nada? Comigo? — Seu olhar penetrante me estuda, para ver se eu me lembro de alguma coisa do que aconteceu na escada no dia anterior.

Claro que me lembro, mas, como sou muito boa em fingir, apenas sustento seu olhar. Fuzilo-o com os olhos. Meu semblante é de pedra. Meu corpo é de pedra. Meu coração é de pedra.

— Não. — Aquela sílaba. A maior mentira. A pior mentira.

— O quê? — sussurra ele.

— Não — digo, calmamente. — Não. — Minhas palavras soam como facas, destruindo tudo o que havíamos criado. — Eu. Não. Me. Importo — repito, com uma precisão fria.

Você poderia jurar que acabei de dar um soco na cara de Josh, pelo jeito como ele me olha. Mas isso dura apenas um, dois, três segundos e meio. Em seguida, ele retoma rapidamente a expressão de raiva.

— Isso é bom. Ótimo, na verdade! Isso é ótimo. Porque nunca mais vamos poder nos ver de novo, espero que entenda, Eden. Não podemos...

— Fala sério! — Solto uma risada amarga. — Assim, você sabe que eu me diverti, mas isso está praticamente acabado, não acha? — Alguma outra pessoa assumiu o controle do meu cérebro e estou gritando para que ela cale a boca. Pare de falar... agora. Mas, se está mesmo no fim, e está, não posso deixá-lo pensar que está no comando. Eu estou no comando, droga.

Sua expressão meio que desmorona um pouco. Josh parece tão derrotado que quase começo a pedir desculpas, quase imploro para ele não me deixar, imploro porque me sinto tão só, e me importo com as coisas, em especial com ele. Mas então ele se endireita e diz, com a voz estrangulada:

— Sim. Com certeza acabou.

Eu o deixo no banheiro. Empurro a porta sem esforço, caminhando altiva e serena, e ele fica ali, balançando a cabeça para mim.

CAELIN E KEVIN VOLTAM para casa na véspera de Natal. Atravessam a porta da frente, atrapalhados com bolsas de viagem e sacos de roupa suja e mochilas cheias de trabalhos da faculdade e livros. A mamãe e o papai os dão toda a atenção.

— Edy, pode ajudar os meninos com as bolsas? — ambos me perguntam mais de uma vez. Mas eu simplesmente fico parada ali na sala, cruzo os braços e assisto.

Demora alguns minutos antes que a comoção se aquiete, antes que qualquer um dos dois me veja. Caelin atravessa a sala em minha direção, braços estendidos, mas algo o detém e, por uma fração de segundo, seu sorriso dá lugar a uma expressão de perplexidade enquanto seus olhos me estudam.

— Edy. — Ele pronuncia meu nome lentamente, quase como uma pergunta. Na verdade, se dirige a mim, mas como se quisesse ter certeza de quem realmente sou.

— Siim? — respondo, mas ele apenas me encara.

— Nada, é só que... — Ele se força a sorrir. — Você parece... — Ele vira a cabeça a fim de encarar nossos pais, hesitante. Então se volta para mim. — Você parece tão... tão...

— Linda. — Mamãe entra na conversa, sorrindo. Embora eu esteja bonita, tenho certeza de que ela ainda está tão assustada quanto eu com aquele tapa, que nenhuma de nós duas mencionou novamente.

Ele cruza os braços ao meu redor em um abraço rígido, como se não quisesse se aproximar demais dos meus seios.

— Você parece tão crescida. Melhor dizendo, quanto tempo faz que eu fui embora, né? — diz ele, com uma risada, se afastando, constrangido. Ele olha para mim como se quisesse dizer mais, mas simplesmente se vai, carregando as malas para o quarto.

E então Kevin está diante de mim, talvez a um metro e meio de distância, me encarando. Ele me lança aquele olhar secreto, que deve ter aperfeiçoado durante o ano anterior. O olhar que obviamente deveria me enfraquecer, me fazer encolher, murchar e recuar. E, ainda que minhas pernas pareçam frágeis e molengas, como se pudessem ceder a qualquer momento, com meu coração acelerado e minha pele em brasa, eu não vacilo, não fujo, não recuo dessa vez. Quero acreditar que, em algum lugar sob aquele olhar incisivo, ele pode ver o quanto mudei, como sou diferente daquela garota que ele conheceu. Não mexo um músculo, não até que ele se afaste primeiro.

— Tudo bem, Edy! — Minha mãe bate palmas duas vezes. — Temos que começar a se mexer aqui. Vovó e vovô vão chegar cedo, então não vamos ter tempo amanhã. Precisamos adiantar tudo o que pode ser adiantado.

Eu a sigo até a cozinha, temendo as próximas oito horas da minha vida. Ela entrou naquele modo maníaco, com aquela animação falsa, mas à beira de um colapso nervoso. Há algo sobre vovó e vovô que sempre a deixa tensa. Eu observo enquanto desliza até a lavanderia e, com cuidado, abre a escada portátil na frente do armário de tralhas. Sei o que vem a seguir. Ela puxa seu rádio antigo, que tem entrada para CD, pela alça e o coloca no balcão da cozinha.

— Ah, mãe, temos mesmo que fazer isso? — gemo. Não suporto cozinhar o dia todo ao som de músicas natalinas.

— Sim, temos. Vai nos ajudar a entrar no clima!

Começo a cortar quantidades absurdas de aipo, cebola e alho. Em seguida, a abóbora-manteiga. Quando estou me esforçando para cortá-la em cubinhos, como mamãe quer, o barulho de corte ao meu lado é interrompido.

— Ah, meu Deus! — grita minha mãe. Quase decepo a ponta do dedo médio.

— O quê?

— Droga! — suspira, "Silent Night" toca suavemente ao fundo. — Eu sabia que tinha esquecido de alguma coisa. O maldito creme tártaro... sempre esqueço! A última coisa que quero fazer agora é ser espremida no mercado, na véspera de Natal!

— Precisamos mesmo disso?

— Sim. — Ela se apoia no balcão e inspira fundo, fechando os olhos. — Sim, precisamos disso. Tudo bem, novo plano. Vou dar um pulo no mercado. Você continua picando os legumes. E, quando terminar a abóbora, coloque os pedaços na tigela grande, aquela no armário acima da geladeira. Depois você vai lavar essa louça para não acumular enquanto trabalhamos.

Ela já está com a jaqueta — por cima do avental — e ajeitando a bolsa no ombro.

— Caelin! — chama ela. — Caelin?

— Sim? — eu o ouço responder, a voz abafada soa do outro lado da casa.

— Pode vir aqui, por favor? — responde, usando todo o seu auto-controle para não surtar e começar a berrar. — Não vou gritar pela casa! — sussurra ela, enquanto enrola a echarpe em volta do pescoço em um laço apertado. Ele aparece na cozinha. — O que vocês dois estão fazendo agora? — pergunta mamãe, calçando as luvas.

— Nada. Estamos jogando. Nós pausamos. Do que você precisa?

— Cadê o seu pai?

— Roncando. No sofá — responde Caelin.

— Tudo bem. Olha, preciso que você vá até a garagem e encontre uma caixa. Está escrito "Decoração de Natal". É onde estão a toalha de mesa bonita, os jogos americanos e o centro de mesa que nós usamos no ano passado. Vou ao mercado. Alguém lembra de mais alguma coisa de que precisamos?

Caelin e eu balançamos a cabeça. E ela se foi.

— Uau! — exclama ele. — Mamãe está pirando mais cedo este ano. É algum tipo de recorde ou o quê? — Ele ri.

— Não é? — Tento agir como se as coisas continuassem do jeito de antes, mas acho que nós dois sabemos que não é bem assim. — Você pode desligar isso, por favor? — peço a ele, apontando para o rádio. Ele estende a mão e gira o dial.

— Então, o que você anda fazendo? — pergunta, encostado na geladeira. — Além de crescer rápido demais. Quase não tive notícias suas este ano. — Ele sorri para mim, cruzando os braços enquanto espera que eu responda. Mas eu o conheço. E sei que esse é um falso sorriso, um sorriso desconfortável.

— Bem, também não tive muitas notícias suas. — Soa mais desagradável do que eu pretendia.

— É, acho que não. — Ele franze a testa.

Começo a encher a pia, espremendo o detergente como se fosse uma ciência exata que exigisse minha total concentração.

— Me desculpa — continua ele, quando não digo nada. Caelin precisa erguer a voz acima do som de água corrente. — Estou sobrecarregado demais. Este semestre está acabando comigo.

Eu apenas assinto. Não sei o que devo dizer. Que está tudo bem? Não está. E não está nada bem que ele tenha trazido Kevin. De novo.

— Certo. Bem, acho melhor eu ir procurar aquelas coisas, então.

— Sim.

Depois de ouvir a porta da garagem bater, fecho a torneira e mergulho as mãos na água quente. Parece sereno, de alguma maneira, silencioso. A música desligada, o volume baixo da TV na sala ao lado, o tilintar abafado dos pratos debaixo d'água. Então, vagamente, ouço o rastejar de passos atrás de mim. É o Kevin. Sinto como se meu corpo soubesse antes do cérebro, meus sentidos aguçados, minha pele subitamente quente e irritada. Como se eu fosse alérgica a ele. A proximidade do seu corpo me causando uma repulsa física real, como um sinal de alerta, luzes de néon piscando: PERIGO SUSSURRA PERIGO. Afaste-se dele, meu corpo me diz. Mas é difícil ficar longe de alguém como ele.

Antes que eu possa virar a cabeça para olhar, sinto suas mãos grandes envolverem minha cintura, sinto seu corpo pressionado junto às minhas costas. E então sua voz, seu hálito em meu ouvido, sussurra:

— Está gostosa, Edy. — Em seguida, ele desce as mãos pela frente da minha calça, depois pela frente da camisa, então por toda parte, a boca aberta no meu pescoço.

— Pare — murmuro. — Pare com isso! — Tiro as mãos quentes e ensaboadas da água, mas não consigo detê-lo. Ele me espreme contra a pia. E suas mãos podem fazer o que quiserem. Eu cogito pegar da água a faca que usei para cortar o alho, e enfiar a lâmina no seu coração. Mas ele finalmente me solta, recuando enquanto me olha de cima a baixo.

Sorrindo, ele diz:

— Tudo isso é pra mim?

Eu deveria tê-lo matado, deveria ter feito um milhão de coisas com ele, mas, em vez disso, com voz trêmula, apenas pergunto:

— Tudo o quê? — Mas Kevin não responde, só continua sorrindo e me olhando, de cima a baixo, meu coração batendo tão forte que posso sentir os batimentos nos ouvidos. Obviamente eu havia me tornado muito ousada. Esquecido sua força. Kevin estava me oferecendo um lembrete. Em seguida, ele se afasta em silêncio, assim como entrou, me deixando devidamente apavorada.

ooo

À 1h17, oficialmente dia de Natal, acordo com o chacoalhar de metal. Meu coração dispara porque estou convencida de que ele está ali para fazer aquilo de novo. É ele, forçando a maçaneta.

— Edy? — sussurra ele.

— Quem é? — pergunto, em uma voz engasgada.

— Cae. Vamos, Edy, me deixe entrar! — ele sussurra-grita.

Vou até a porta e pressiono a orelha na madeira.

— Está sozinho? — pergunto, enfim.

— Se estou sozinho? Sim.

Eu destranco e abro a porta apenas o suficiente para ver se é mesmo meu irmão, e se ele está mesmo sozinho.

— O quê?

— Preciso falar com você — sussurra. — Vai me deixar entrar?

Eu me afasto, fechando a porta atrás dele.

— O quê... você está dormindo no chão? — pergunta, passando por cima do meu saco de dormir.

— É por causa das minhas costas — minto.

Quando ele se senta na ponta da cama, o móvel solta um gemido. Sinto um nó no estômago.

— Edy, sente aqui — pede ele, dando um tapinha no espaço vazio ao seu lado. Em vez de me acomodar ali, puxo a cadeira da escrivaninha.

— O quê? — Suspiro, cruzando os braços enquanto o encaro.

— Edy... Kevin e eu saímos com alguns dos caras essa noite. — Ele faz uma pausa, como se eu devesse responder alguma coisa. — Alguns dos caras com quem a gente jogava. — Outra pausa, esperando alguma reação minha. — Alguns são *veteranos* agora.

Percebo para onde a conversa está indo, mas vou obrigá-lo a falar, a pronunciar cada palavra.

— Sim, e...?

— Tudo bem. E alguns deles estavam dizendo coisas. Sobre você. Mentiras, óbvio. Mas eu só queria ter certeza de que ninguém esteve, sei lá, tipo, te assediando ou algo assim? — pergunta, inseguro.

— Por quê, o que eles disseram?

Ele abre a boca, mas começa a rir.

— Não acredito que estou mesmo te contando isso. Assim, é uma loucura, é tão estúpido. Eles disseram... eles estavam dizendo que existem vários boatos... sobre você ser algum tipo de — ele se interrompe, e então murmura: — puta, sei lá. Mas olha, não se preocupe, eu te defendi. Sabe, falei para eles que você não é assim. — Ele balança a cabeça para a frente e para trás, ainda sorrindo com o absurdo da situação. — Nossa, tipo, você nem conhece Joshua Miller, né?

— Sim, eu conheço — respondo.

— O quê? — exclama, a voz hesitante.

— Eu conheço muito bem, na verdade. — Eu sorrio.

Seu rosto perde a cor, depois retorna abruptamente. Ele ri de novo.

— Ah, você está zoando! Você está zoando. Minha nossa, por um segundo você me assustou. — Ele continua rindo de nervoso enquanto estuda meu rosto.

Não rio, não esboço um sorriso. Impassível.

— Espere aí. Você está curtindo com a minha cara, não está?

Eu me limito a encará-lo fixamente. Nenhuma emoção, nenhum arrependimento.

Seu sorriso desaparece então.

— Por favor, me diga que está zoando, Ed. Por favor — implora, esperando que este seja outro daqueles momentos em que ele simplesmente não entende.

Eu balanço a cabeça, dou de ombros. Nada de mais.

E silêncio.

Muito silêncio.

Não me importo. Na verdade, estou começando a gostar do silêncio. Tornou-se meu aliado. As coisas acontecem em silêncio. Se você não lhe der o poder de te afetar, o silêncio pode te fortalecer; pode ser um escudo, impenetrável.

— Não consigo... Edy, o que você... tem na cabeça? — acusa ele, batendo com o dedo indicador na têmpora. — Estou fora há um ano e do nada você vira... não acredito... você é só uma criança, pelo amor de Deus!

— Uma criança? — Eu bufo. — Hmm, só que não.

— Não. Eden, você não pode.

— Ah, sério? Quem é você para me dizer o que eu não posso fazer? — desafio.

— Sou seu irmão, ok? É quem eu sou! Quer dizer, você tem alguma ideia do que estão falando sobre você? — sussurra Caelin, apontando para a porta do quarto com o polegar, como se todos os caras que estavam me chamando de vadia estivessem amontoados como sardinhas na nossa sala, do outro lado da parede.

— Não estou nem aí — minto.

— Não — declara ele, como se esse *não* mudasse alguma coisa. — Essa não é você, Edy — argumenta ele, gesticulando para mim. — Não, não. — Ele repete, como se seu *não* fosse o fim definitivo para todas as coisas sobre mim que não combinam com sua ideia de quem eu deveria ser.

— Talvez seja — digo a ele. Ele parece não entender. — Talvez eu seja — explico. — Como você saberia? Você foi embora.

Saindo pela tangente, ele simplesmente continua a fazer mais exigências.

— Escute aqui. De uma vez por todas você não vai vê-lo de novo, o Miller. Ele é velho demais para você, estou falando sério, Edy. Você tem catorze; ele tem dezoito. São quatro anos de diferença. Pense nisso, seria quase como você e Kev...

— Chega, está bem? — Não posso deixá-lo terminar essa frase. — Antes de mais nada, eu já fiz quinze. Em segundo lugar, não vou mesmo sair mais com Josh, mas é só porque *eu* não quero. — Mentira. — Mas eu vou ver quem eu quiser, e vou fazer o que quiser com eles, e não preciso da sua maldita permissão!

— Você sabe que eles só estão te usando, né? — ele deixa escapar. — Assim, você não pode ser tão cega a ponto de pensar que eles realmente...

— Ninguém está me usando! Você não faz ideia do que está falando. Ninguém está me usando, Cae. Ninguém.

— Edy, qual é? Claro que estão. Só estou dizendo isso porque me preocupo, viu? Eles se aproveitam de garotas como você. Edy, você precisa...

— Garotas como eu? Por favor, me diga, gênio, como eu sou?

— Ingênua e inocente. Boba! É o que eles procuram, sabia? Eles vão só te mastigar e cuspir fora. Você não sabe de nada. Eles simplesmente te jogam fora quando enjoam. Eu sei o que estou dizendo, Edy, já os vi fazerem isso um milhão de vezes. Esses caras, eles não estão nem aí. Você acha mesmo que eles ligam para você? Porque eles não dão a mínima!

— Não foi bem assim. Josh não se comportou como... — Mas eu me interrompo. — Por que você acha que eu quero que eles se importem comigo? Por que você acha que não sou eu que os estou usando, hein? — Não que tenha existido outra pessoa além de Josh ainda, mas esse detalhe é completamente irrelevante agora.

Ele franze o rosto, como se eu estivesse tentando explicar física nuclear ou algo assim.

— Usar para quê?

Imito seu tom patenteado de você-é-a-pessoa-mais-estúpida-da--face-da-Terra contra ele.

— Hmm, não é meio óbvio, Caelin?

Isso o cala. Ele balança a cabeça de leve, como se pudesse apagar as imagens da sua mente, como uma lousa mágica.

— Olha — diz finalmente. — Não sei que merda está acontecendo com você, mas o que sei é que você vai ter problemas se continuar assim.

— Saia do meu quarto agora, por favor — peço a ele, muito calma.

— Me prometa, Edy, que pelo menos você está sendo responsável. Que obrigou os caras a usar...

— Caelin, por favor, não sou uma completa estúpida.

— Só estou preocupado com você, Edy — argumenta ele, em um tom ah-como-me-preocupo.

Sua sinceridade acende uma pequena chama perto das minhas costelas.

— Ah, agora você está preocupado? — A chama se espalha para meus órgãos vitais, envolvendo meu coração e pulmões em espessa fumaça escura. — Uau, bom, não é mesmo um ótimo momento para começar a se preocupar comigo? — Eu me ouço rosnar. — Muito obrigada, mas eu juro que não faz diferença nenhuma agora!

— O que você está querendo dizer?

Mas já falei demais.

— Cuide da sua própria vida. — Preciso de todas as minhas forças para não terminar cada frase que dirijo a ele com *babaca*. — Isso não é da sua conta. — Babaca. — Posso tomar conta de mim mesma, ok? — Babaca. — Saia. Caia fora. Agora!

Meu irmão joga as mãos para o alto e se levanta para sair. Ele se vira no batente, parecendo muito distante, e diz com firmeza, incisivo:

— Sabe, eu quase nem te reconheço mais.

E então ele sai.

Fecho a porta atrás de Caelin, tranco, destranco, tranco de novo e verifico.

— EI! — A VOZ DE um cara sussurra em meu ouvido. — Ouvi dizer que você é bem safadinha.

Eu me viro para encará-lo. Lembro que ele estava com Josh naquele dia, no corredor, o Cara Atlético, naquele local exato, na verdade, quando Josh me deu o bilhete perto do armário. Mas não era só ele; eram eles, dois caras. O outro eu também reconheço. Um veterano, não um atleta, mas ainda da panelinha de Josh. Tem mais o tipo de modelo do catálogo da Abercrombie; seus músculos são resultado de equipamentos de musculação, não de esporte.

É o primeiro dia da volta das férias de inverno. Não há mais ninguém no corredor. É tarde, depois das aulas. Fiquei para ajudar a srta. Sullivan a catalogar uma nova remessa de livros.

— O que você acabou de dizer? — consigo balbuciar, acreditando, de verdade, que devo ter ouvido mal.

— Eu disse que você gosta mesmo de foder, não gosta? — responde o Atlético, tentando tocar a minha bochecha. Eu me afasto, fecho meu armário, passo os braços pelas alças da mochila e começo a caminhar. PERIGO PERIGO PERIGO: minha pele começa a ficar quente e irritada novamente.

O outro — o Cara Gato — diz:

— Não corre, não. A gente só quer te fazer uma pergunta.

— Sim... o que é? — exijo, incisiva, tentando parecer corajosa, calma e durona enquanto atravesso o corredor, para longe dos dois, em direção às portas da frente da escola, o mais depressa possível.

O Cara Gato responde:

— Então. Queríamos saber se você quer estrelar o nosso filme.

Então o Atlético entra na conversa.

— É só um filminho que estamos fazendo e ficamos sabendo que você tem muita experiência no... hã... gênero. Achamos que você pode fazer o papel principal.

O cérebro humano é um órgão verdadeiramente surpreendente porque, apesar de todos os pensamentos repugnantes eletrificando meus neurônios naquele momento, em algum lugar nas dobras e recantos escuros fiquei genuinamente impressionada que ele tenha usado a palavra *gênero* corretamente.

— Você vai ficar feliz de saber que tem excelentes referências — acrescenta o Cara Gato depressa, antes de cuspir sua risada em cima de mim.

Caminho mais depressa, enquanto o medo me domina, o mais rápido possível, sem correr, meus pés ficando mais pesados a cada passo. Eles me seguem, cacarejando e assoviando.

— Espere aí, está se fazendo de difícil? Porque dizem que você é fácil pra caramba. — O Cara Atlético ri, me alcançando. O Cara Gato está do outro lado. — Que isso! — continua Atlético. — Você não quer ser uma estrela? Ser paga pelo que faz? Você ia faturar bem.

Droga, onde a gente encontra um funcionário quando se precisa de um?

— Não, estamos só brincando, não tem filme nenhum. Mas, sabe — começa o Cara Gato, colocando o braço em volta do meu ombro, os dedos enrolando uma mecha do meu cabelo, a boca perto da minha orelha —, se você me deixar te foder, vou ser muito carinhoso, eu juro.

E então eles soltam uma gargalhada.

Tudo o que consigo ouvir é a voz de Caelin em minha cabeça: *Eles vão só te mastigar e cuspir fora.* Garotas como eu. Garotas como eu, disse ele. Em seguida, o Cara Gato lambe os lábios, como se fosse me devorar. Por que não estou gritando? Por que não estou gritando-

-correndo-lutando pela vida? Eles não iriam fazer nada, não na escola, não em público. Pode haver pessoas por perto, nenhuma que eu possa ver ou ouvir, mas tem que haver alguém aqui em algum lugar, certo? Certo? Meu coração está a ponto de explodir — a ponto de implodir. Sinto aquele projétil enterrado bem fundo penetrar ainda mais, perfurando alguma carne fresca e quente dentro de mim. Como isso pode estar acontecendo?

— Pare, está bem? Não encosta em mim! — grito, enfim, tentando desvencilhar seus dedos do meu cabelo. Minha voz ecoa pelo corredor, se misturando ao som das suas risadas.

— *Não encosta em mim* — imita o Cara Gato. — Não foi isso que você falou para o Josh.

Começo a correr, mas dou apenas alguns passos antes que ele me alcance de novo.

— Sai de perto de mim! — finalmente grito.

— Ou o quê? Vai mandar seu irmão mais velho me bater também? — pergunta o Cara Gato. — Acho que não. — Ele agarra minha mochila, o que me faz parar de repente.

— Cara! Fala sério — repreende o Atlético, de forma sutil.

Todo o sentimento simplesmente se esvai do meu corpo, como se estivesse sendo lentamente anestesiada, da cabeça aos pés, tanto que me sinto prestes a desmaiar. Ele me gira, segurando meus braços com tanta força, me puxando tão perto que tenho medo de que ele possa me beijar. Tento me libertar das suas garras, mas não consigo me mover nem um centímetro.

— Fica tranquilo, ela adora — ele diz ao amigo. — Né?

— Vamos embora, irmão — chama o outro, se aproximando. — Temos que ir, vamos! Vamos sair daqui, tá bom?

O sorriso maligno do Cara Gato desaparece e ele começa a se distanciar, e então, hesitante, enfim me solta. Zonza, me afasto dele, me apoiando nos armários, e vislumbro um brilho parecido com remorso nos seus olhos, como um tique do cérebro. Acho que até um babaca psicótico pode ver que estou apavorada.

— Que isso, McPuta! — Ele me dá um tapinha no ombro. — Só estamos curtindo com você — diz ele, casualmente, olhando para o Atlético.

— Sim, só zoando — ecoa o Cara Atlético, tranquilizando o Cara Gato, ou talvez a si mesmo, mas não a mim.

— Cadê o seu senso de humor? — acrescenta o Cara Gato, já retomando a falsa coragem, passando a mão pelo cabelo perfeito.

— Me deixa em paz! — tento dizer com a maior firmeza possível, apesar de estar tremendo sem parar e de minha voz mal passar de um sussurro.

— Seu irmão não pode lutar todas as suas batalhas por você — argumenta o Atlético, sorrindo enquanto levanta meu queixo com os nós dos dedos. Sinto vontade de cuspir na sua cara.

Eles se arrastam pelo corredor, rindo e se cumprimentando pela missão cumprida. Praticamente corro todo o caminho até minha casa. Escorrego no gelo pelo menos uma dezena de vezes, porque não estou tomando cuidado. Meu cérebro parece ovos mexidos. Josh não teria dito a eles para fazer isso, sei que não.

Caelin ainda estava em casa, de férias da faculdade, e eu iria arrancar a verdade dele, mesmo que tivesse de ameaçá-lo com uma faca na garganta. É óbvio que meu irmão fez algo para piorar tudo. Abro a porta da frente com violência, e ele se retrai, relaxado no sofá, assistindo a algum reality show ridículo.

— Que foi, Edy? — reclama ele.

— O que você fez? — exijo, correndo na sua direção, sem me preocupar em tirar as botas, deixando um rastro de lama suja e úmida pelo tapete.

— Edy, tira a merda do sapato. Você está estragando o tapete!

— O que você fez? — repito, arrancando o controle remoto da sua mão. Quase o atiro na cara dele, mas me contenho no último segundo, e o jogo no chão em vez disso. O controle se abre, e as pilhas saem voando em direções opostas.

Ele se levanta, só para me mostrar o quanto é maior e mais forte que eu. Como se eu pudesse esquecer. Como se todo o mundo não fosse feito apenas para garantir que eu nunca me esqueça, nem por um segundo, de que qualquer garoto, em qualquer lugar, até mesmo meu irmão, poderia me submeter a sua vontade.

— O que está acontecendo com você? — finalmente grita, me encarando.

— O que você fez? — pergunto, com a minha voz sumindo entre as lágrimas.

— Do que você está falando?

— Você nem sabe o que fez! Piorou tudo! Eu disse para não se meter e agora tudo ficou pior! Você nem se deu conta do que fez? Nem está ligando? Nossa, eu odeio você! — As lágrimas escorrem pelo meu rosto, as palavras sumindo enquanto minha voz se esforça para fazê-lo compreender o quanto me magoou: — Eu te odeio te odeio te odeio tanto te odeio te odeio te odeio pra cacete... odeio... você... odeio... eu... odeio... — Eu vejo sua boca se mexer, mas mal consigo ouvir as palavras que ele está gritando em resposta. Agora eu quero brigar. É ensurdecedor, ofuscante. Quero tanto brigar. Até a morte.

— Edy, pare com isso! Pare! — ele continua a repetir. Percebo que suas mãos estão em volta dos meus pulsos. E é porque eu estava esmurrando seu peito com os punhos. — Você poderia só se acalmar, sentar e me dizer que merda está rolando? — Ele me força a sentar no sofá, mas não solta meus braços. Olho para suas mãos me segurando; os nós dos dedos vermelhos e inchados, a pele em carne viva. Então meu irmão brigou com ele, com Josh. É o que aqueles dois queriam dizer.

— Então, o quê, você bateu nele?

— Edy, você não entende o que aconteceu...

— Não, você que não entende. Você que não entende o que aconteceu! — Eu soluço.

— Edy, eu tinha que fazer alguma coisa — continua ele, ignorando cada palavra que sai da minha boca, como sempre.

— Não, você não tinha que fazer nada! Por que não deixou eu me virar com isso? Tinha acabado. Tudo estava bem, e agora... — Mas como eu poderia admitir o que havia acabado de acontecer? Porque, se eles quisessem, poderiam ter feito qualquer coisa. E eu não era corajosa. Eu era fraca. Uma fraca de merda, como sempre soube que era, como todo mundo sempre soube que eu era. É humilhante demais. — Quando você encontrou Josh? — pergunto em vez disso.

— Na véspera de Ano-Novo. Estávamos numa festa, bebendo, sei lá, e então um bando de caras começa a falar merda, coisas que ele contou aos outros, Eden, coisas que eu jamais quis ouvir sobre minha irmã mais nova, por sinal! E daí ele apareceu depois, bebendo e dizendo toda aquela merda estúpida do cacete... A gente se desentendeu, ok?

— Se desentendeu... Me solta... O que isso quer dizer? Me larga!

— Não, estou com medo! — ele ruge de volta. — Estou com medo de você! Você está fora de si. Não vou te soltar.

— Me. Solta. — Tento desvencilhar os braços a cada palavra.

— Não. Não. Pode bater em mim. De novo. Estou falando muito sério, Edy — avisa ele, em voz baixa, enquanto me segura com mais força. Nós nos encaramos, fervilhando com algum tipo de rivalidade profunda prestes a afogar nós dois, então ele finalmente solta meus pulsos.

— O que eles disseram que o Josh contou, Caelin? — Tiro o casaco, limpo meus olhos na manga da camisa.

Ele se inclina para trás, cruzando os braços, emburrado como uma criança.

— Não consigo nem repetir.

— Se é tão ruim assim, então não é coisa dele. Josh não é assim. Você não o conhece! Ele nem bebe. Não gosta de ficar perto de gente bêbada. Ele estava mesmo lá ou você teve que ir atrás dele?

— Edy. — Ele olha para mim e sorri. — Fala sério, ele só precisava dizer alguma coisa para aqueles babacas. Foi coisa do Josh, não importa o que ele disse para começar a história toda. E ele estava lá. E totalmente na merda, sabe? Nossa, como você é ingênua — diz ele, com uma risada.

— Você é o único ingênuo aqui! Achou mesmo que eles iriam simplesmente deixar uma coisa assim passar? — Isso chama a atenção do meu irmão, a percepção repentina de que não é o todo-poderoso, que não está mais no controle.

— Alguém disse alguma coisa? Ele realmente teve coragem de falar com você de novo?

— Não, não foi ele... nem o vi na escola hoje.

— Quem foi, então? — pergunta ele. — Quem?

— Por quê, você quer tornar a situação dez milhões de vezes pior? Talvez me matar ou algo assim? Você gostaria disso, né? Daí não precisaria ficar com tanta vergonha de mim.

— Edy, sério, não fala assim. — Ele tenta me abraçar. — Você sabe que não é... Edy... — chama.

Mas eu já saí.

Bato a porta do quarto com toda a força.

Viro a fechadura, viro tudo o que consigo, e escorrego até o chão.

E, de repente, tudo em meu corpo fica quieto. Tudo em minha mente... quieto. Como se eu tivesse esgotado todas as emoções, todas as reações, todos os pensamentos, e não tivesse mais nada a oferecer, nada para Caelin, nem para mim mesma.

Eu o ouço gritando do outro lado da porta, batendo.

— Edy. Edy? Eden! — Batendo, batendo, batendo. — Abra esta maldita porta! — Ele força a maçaneta, tentando entrar. — Edy? Você está bem? Edy, droga.

Não digo nada. Não faço nada. Não sinto nada.

— Edy, por favor — diz ele com suavidade, quase triste. — Por favor, Edy. — Eu o ouço respirando do outro lado da porta, respirando de um jeito estranho, tipo irregular. Mas não, não é apenas sua respiração, eu percebo aos poucos. Ele está chorando. E me ajoelho desse lado da porta, que poderia muito bem ser do outro lado da galáxia, me sentindo tão vazia, tão morta por dentro. Ele tenta a maçaneta mais uma vez, e então não ouço mais nada. Até que a porta da frente bate, e o ronco do seu carro explode na entrada da garagem.

○○○

Mais tarde, depois que não apareço no teatro do jantar em família, em que interpretamos os papéis de uma família amorosa e funcional (sem a irmã caçula, sem atriz substituta), depois que mamãe e papai (ensaiando para os papéis de pais amorosos) vão para a cama, Caelin (irmão mais velho saudável e atencioso) me atrai para fora do quarto com minha comida favorita no mundo inteiro. O famoso sanduíche de pizza de Caelin McCrorey, que é exatamente o que parece: um sanduíche recheado com coberturas de pizza — molho, muito queijo, pepperoni e cogumelos, e azeitonas pretas e verdes, grelhado na sanduicheira até a amanteigada perfeição dourada. Um pecado de tão delicioso e uma oferta de paz, resistente ao tempo e imbatível. Não consigo resistir.

Ficamos acordados até tarde, como fazíamos quando éramos crianças, com a TV ligada em comerciais toscos e debochados, e horríveis videoclipes dos anos 1990, genuinamente entretidos por desenhos infantis tão ridículos que chegam a ser bregas. E, quando adormeço no sofá, ele me cobre com o velho e áspero cobertor com cheiro de poeira, mas incrivelmente quente, do armário do corredor. Uma trégua temporária, enfim.

○○○

No dia seguinte finalmente vejo Josh na escola. Ele parece bem ferrado; verde arroxeado sob o olho direito, maçã do lado esquerdo do rosto arranhada, um desbotado hematoma amarelo no queixo. Ele me observa com atenção enquanto caminho na sua direção, como se eu estivesse falando e ele se esforçando muito para ouvir as palavras. Vou dizer a ele que não tenho nada a ver com o que meu irmão fez. Eu quero que ele me assegure que não teve nada a ver com o que os amigos fizeram comigo. Quero que ele peça desculpas. Quero fazer as pazes. Quero, inclusive, dizer a ele o quanto já senti saudade e o quanto quero estar com ele de novo, mas de verdade dessa vez. Vou dizer a ele todas essas coisas. Eu vou.

Mas, de repente, o Cara Atlético aparece ao seu lado, com uma expressão sarcástica para mim. Ele coloca a mão em concha sobre a boca e tosse *puta*, cutucando as costelas de Josh com o cotovelo. Com um sorriso largo, ele olha para Josh, então para mim, depois de volta para Josh. Eu paro onde estou. Espero pela reação dele, o Cara Atlético também. Por favor, não ria, por favor, não ria, imploro em silêncio.

Mal ouço sua voz através da barulhada, mas o vejo encarar o Cara Atlético, vejo sua boca articular as palavras.

— Não faça isso, cara... é tão babaca!

O Cara Atlético parece envergonhado, com raiva. Com raiva de mim. Com muita raiva de mim. Ele sai de cena, feito um cão raivoso com o rabo entre as pernas.

Entra em cena uma linda garota de cabelo castanho, minissaia e suéter justo, a pele inexplicavelmente queimada de sol no auge do inverno. Ela entrelaça os dedos com as unhas pintadas tipo francesinha nos de Josh, ficando na ponta dos pés para beijar sua bochecha, o sorriso puro mel. Acho que ela é minha substituta — um upgrade, óbvio. Ela aninha o rosto no braço dele, como uma adorável gatinha de raça, mas, quando seu olhar encontra o meu, aquele doce sorriso é pura selvageria e presas. O que me assusta mais do que o *puta* que o Cara Atlético tossiu, quase tanto quanto emboscadas secretas depois da aula.

Obviamente, tropecei para o lado errado da invisível, mas sempre presente, corda de veludo. Até mesmo Josh não parece imune a essa cruel divisão de espécies. Ele abre a boca, como se fosse dizer algo, me chamar, como se estivesse esperando para dizer alguma coisa, assim como eu. Mas então, lembrando a ordem das coisas, ele se detém, olha para a garota pendurada no seu ombro. As coisas teriam que permanecer não ditas. E, portanto, eu visto minha expressão de blefe, meu novo semblante, minha caradura, e simplesmente vou embora.

PARTE TRÊS

Terceiro ano

— **VOCÊ LEMBRA DO PLANO,** né? — me pergunta Mara enquanto paramos no posto de gasolina, em seu novíssimo carro velho. O pai lhe deu de presente de aniversário de dezesseis anos o surrado Buick marrom que era dele. O mesmo que ele dirigia desde que éramos crianças. Mas no fundo foi um suborno por ser um pai tão ruim, por ter uma namorada, por desmarcar os fins de semana com Mara o tempo todo.

— Você acha mesmo que vai funcionar? — Verifico o batom no retrovisor só mais uma vez.

— Acho que sim. Tipo, se aquela garota do segundo ano conseguiu, com toda a certeza vamos conseguir — lembra ela. Tínhamos ouvido a tal garota se gabando, no primeiro dia de aula, de como havia conseguido comprar cerveja de um cara que trabalha durante a semana, no turno da noite, neste posto específico... Você só precisa dar uma flertada, dissera ela. — Aja naturalmente — sussurra Mara enquanto abrimos a porta.

Um sino toca acima de nossas cabeças. O ar-condicionado nos envolve e as luzes fluorescentes brilham com intensidade. Encontro o olhar do cara atrás do balcão. Ele sorri, nos secando de cima a baixo, simultaneamente, depois de baixo para cima, dos calcanhares, subindo pelas pernas, ainda queimadas de sol por causa do verão passado na piscina de Mara, até nossas saias, depois para as camisas muito justas.

— Oi — cumprimenta Mara, um pouco casual demais. — Só um minuto — diz ela para mim. — Tenho que pegar umas coisas. — Ela caminha até o fundo da loja, até o freezer, e me lança um olhar por cima do ombro.

Vou até o balcão, como planejado.

— Pode colocar vinte dólares de combustível na bomba quatro? — pergunto a ele, deslizando a nota pelo balcão. Mara disse que precisamos deixá-lo saber que estamos de carro, assim vamos parecer mais velhas. — E um maço de cigarro mentolado light também, por favor? — acrescento, me lembrando de sorrir.

Ele me olha com atenção e um sorriso malicioso, mas estende a mão acima da cabeça e pega um maço de uma prateleira que não consigo ver.

— Mais alguma coisa? — pergunta, jogando a caixa no balcão.

Olho para trás enquanto Mara atravessa o corredor, um pack com seis cervejas em cada mão.

— Pode cobrar tudo junto. — Mara avisa a ele quando coloca as cervejas no balcão. — Ah, e isto também — acrescenta, pegando um pacote de pequenos aromatizantes de ar feitos de espuma, em formato de árvore, de uma das cestas espalhadas pelo balcão com mercadorias aleatórias para compras impulsivas. Ela ainda acredita que o carro é a chave de tudo, e não nossos seios, lábios e pernas nuas. Ainda assim, ele não faz perguntas. Apenas se reserva ao direito de nos despir com os olhos, sem sequer disfarçar.

Sinto Mara prender a respiração enquanto pagamos. Eu a sinto prender a respiração enquanto desliza os aromatizantes e o maço de cigarros para dentro da bolsa. Prender a respiração enquanto nos conduz depressa para fora da loja. Não ousamos falar ou sequer olhar uma para a outra até voltarmos para dentro do carro.

— Ai. Meu. Deus. Edy — diz Mara, mal movendo os lábios enquanto dirige perto da vitrine da loja e acena para o cara atrás do balcão, que ainda está nos observando. — Puta merda, não acredito que a gente acabou de fazer isso! — acrescenta, com uma risada, assim que sai para a estrada. — Você foi incrível! — grita, de olhos arregalados.

— Você também!

— Eu mandei bem, né? — Exuberante, ela estica o braço para fora da janela. — Este vai ser o melhor ano, Edy! — exclama, me encarando com um sorriso enorme. Ela liga o rádio tão alto que não consigo nem me ouvir rindo.

— Então... para onde a gente vai mesmo? — grito.

— O quê? — grita ela de volta.

— Para onde a gente vai? — repito, a voz tensa.

— É surpresa! — Em seguida, ela passa por todas as ruas familiares pelas quais temos passado a vida inteira, passa pelas igrejas e restaurantes de fast-food e lava-jatos. E, no semáforo do limite da cidade, simplesmente quando espero que vire à esquerda, ela continua em frente. Toda vez que encontramos um cruzamento, fico esperando que ela faça o retorno e volte. Mas ela não o faz.

Eu abaixo o volume do rádio.

— Tudo bem, sério, para onde a gente vai? — pergunto a ela novamente.

— É uma surpresinha — cantarola.

— Com certeza não tem nada nesta cidade que seja surpresa! É literalmente uma cópia da nossa, tirando o fato de que leva uns onze minutos para dirigir de ponta a ponta em vez de dez. — Solto uma risada. — É tão sem graça e monótona quanto...

— Calma, minha debochadinha — interrompe Mara, balançando o dedo para mim com um sorriso, enquanto gira o volante de novo e de novo, nos guiando por ruas curtas e escuras. — Ok. — Ela finalmente desliga o rádio. — Parece familiar? — pergunta, enquanto desacelera o carro no estacionamento de cascalho.

— Não acredito! Tinha esquecido completamente deste lugar, Mara — digo a ela, abrindo a porta do carro antes mesmo de ela parar por completo.

Já acreditei que este fosse o lugar mais mágico do planeta. Eu me aproximo. Parece menor agora do que quando éramos crianças, mas, ainda assim, continua maravilhoso. O playground gigante de madeira é como sempre o chamamos, mas é muito maior. É um castelo de madeira do tamanho de uma mansão de Hollywood, com torres, pontes, ameias e passagens secretas. Requintados balanços em formato de cavalos, em tamanho natural e com selas de borracha preta.

— Eu sabia que você ia adorar. — Mara me segue com a cerveja. — Hum, quantas regras nós estamos quebrando neste momento? — pergunta ela, quando nos aproximamos da placa com as regras do parque.

— Já anoiteceu, então o parque está oficialmente fechado. Número um. Proibido fumar. Número dois. Estamos trazendo bebida, número cinco, e também quebramos a regra número sete, proibido entrar com garrafas de vidro. Nada mal, hein? — Mara ri.

Atravessamos a ponte levadiça de madeira sobre o fosso de areia, subindo até o nível superior. Nós nos sentamos em uma das pontes que ligam as duas torres mais altas do castelo. Nos recostamos nas ripas de madeira que formam a lateral da ponte, e olho para cima conforme nossos olhos se ajustam ao céu estrelado.

— Lembra que a gente implorava para os nossos pais nos trazerem aqui quando era pequena? — pergunta Mara, abrindo uma cerveja para cada uma.

— Sim, e eles sempre, sempre diziam que era muito longe! Eu não fazia ideia de como este lugar é perto. Demorou o quê, uns quinze minutos? Sempre imaginei que ficasse a horas e horas de distância!

— Outra mentira — bufa Mara, tomando um gole de cerveja. — Assim como Papai Noel, fada do dente. — Ela dá mais um gole. — Casamento — acrescenta, olhando para o nada. — Que seja — continua ela. — Pois é. Eu nem imaginava que este lugar ainda existia.

Meu pai me trouxe aqui no estacionamento para treinar direção.

— Meus pais nem tocam no assunto de me deixar tirar a habilitação provisória. Pelo menos você conseguiu a sua e um carro... eles merecem pontos por isso, né? — arrisco.

— Pode ser. — Ela encolhe os ombros, acendendo um cigarro.

Quero lembrá-la do fato de que os pais dela nunca foram felizes. Que infernizavam a vida um do outro... e a dela também. Que já se passaram mais de três anos. E ela precisa aceitar a situação. Mas sei que essas coisas são tópicos sensíveis, então acendo um cigarro também, e admiro nosso pequeno reino.

— Sabe, quando a gente era criança, eu subia ali — aponto com minha garrafa —, na torre mais alta. Fingia que eu era algum tipo de princesa. Presa, esperando — confesso a ela, soltando uma nuvem de fumaça.

Ela se vira e sorri.

— Esperando o quê?

— Não sei. A vida começar? Alguma coisa acontecer! — grito, ouvindo minha voz ecoar.

— Do que você está falando? A gente ainda está esperando isso! — grita ela em resposta, para o céu noturno.

— Está certo. Bom, talvez a gente ainda esteja esperando, mas agora a gente está fazendo isso com um carro! — Solto uma risada, levantando minha cerveja no ar.

— E com bebida! — grita Mara, enquanto brindamos com as garrafas. Ela cai para a frente em meio a gargalhadas, a cerveja espirrando por todo lado. E eu rio com ela, sem motivo, mais alto do que acredito já ter rido na vida. Até que tenho a sensação de que meus pulmões podem estourar. Até que me sinto livre.

— Ei! Quem está aí em cima? — alguém grita lá de baixo. Alguns passos estalam as lascas de cedro que revestem o chão, aproximando-se.

— Shhh — sussurra Mara, com o dedo nos lábios. — Polícia? — pergunta ela, se virando para mim, os olhos arregalados de medo.

Pressiono o rosto entre as ripas de madeira e olho para baixo, para duas figuras assombreadas, uma delas usando a lanterna do celular. Os policiais não iriam fazer isso.

— Não são policiais... são só dois caras — cochicho para Mara.

Mara se esgueira para perto de mim e olha para eles.

— Fique olhando — murmura. Ela coloca dois dedos nos cantos da boca e emite um assovio bem alto e estridente. Eu me lembro do verão em que o pai a ensinou a fazer isso; ela não conseguia parar... Por meses, usou como resposta para toda e qualquer situação. Embora eu tenha certeza de que o pai não esperava que ela tomasse um porre, invadisse propriedades e assoviasse assim para caras estranhos.

O cara com o celular aponta a luz em nossa direção.

— Quem está aí? — grita ele.

Mara se levanta e se apoia em cima do corrimão, gesticulando com sua cerveja.

— Aqui em cima! — chama ela.

— Mara! — exclamo, tentando puxá-la de volta para baixo. Ela agarra meu braço em vez disso, e me coloca de pé.

— Ei, moças! — grita o outro. — Querem companhia?

— Venham pra cá! — Mara grita de volta.

— O que você está fazendo? — Eu rio.

— Alguma coisa finalmente está acontecendo! — responde ela em um sussurro. — Vamos nos divertir, tá bom?

Levo a garrafa à boca e engulo metade da cerveja em um gole.

— Tá bom — concordo, limpando a boca com as costas da mão. Observamos enquanto eles sobem a torre para nos encontrar, sussurrando e rindo, assim como nós. Algo se acende dentro de mim, em minha cabeça, meu coração e meu estômago... uma leveza toma conta de mim... e sinto os cantos da boca se erguerem. — Tá bom — repito.

Mara reposiciona uma das mãos no quadril, ajustando a postura algumas vezes, e penteia o cabelo para trás com a outra. Conforme eles se aproximam, consigo ver melhor. Os dois parecem ter a nossa idade. Seus semblantes parecem suaves... inofensivos.

— Oi — cumprimenta o primeiro, prendendo o cabelo muito longo atrás da orelha. — Eu sou Alex. Este é o Troy. — Ele faz as apresentações, apontando para o outro.

Troy levanta a mão.

— Oi — cumprimenta.

— Eu sou Mara. E esta é E...

— Eden — interrompo. Nada de Edy com esses caras.

— Maneiro — diz Troy, acenando a cabeça com um sorriso ridículo. Ambos estão vestidos como se simplesmente não se importassem. Um visual meio desgrenhado e grunge. Acho que gosto disso. De algum jeito, alivia a pressão.

Alex olha atentamente para nós e pergunta:

— Vocês não estudam na Central, né?

— Não — revela Mara. — Como você adivinhou?

— Porque a Central está cheia de babacas — responde o outro garoto, Troy.

— Tirando a gente, óbvio — acrescenta Alex.

— E aí, o que vocês estão fazendo aqui? — pergunto a eles, no que parece ser o melhor diálogo que sou capaz de botar para fora.

— É o nosso esconderijo — explica Troy. — O que vocês estão fazendo aqui?

— Comemorando — revela Mara. — Meu aniversário.

— Bacana! Bom, parabéns — felicita Alex. — Por acaso nós temos o presente de aniversário perfeito. — Ele cutuca Troy, que enfia a mão no bolso de trás e tira uma fina caixinha retangular prateada. Mara ergue as sobrancelhas para mim. Nós nos inclinamos quando ele a abre, revelando uma fileira organizada de baseados bem enrolados. — Então, a gente pode, hã, participar da festa? — Ele ri, apontando para nosso estoque de cerveja.

Mara sorri e se senta. Alex se senta ao seu lado. Em seguida, Troy e eu nos sentamos do lado oposto. Ele abre um sorriso pacífico e bobo, e acho que já deve estar meio chapado. Mara passa garrafas para cada um. E Troy acende um cigarro. A fumaça doce e pungente me alcança como uma onda. Ele traga e passa para mim. Eu seguro o baseado entre os dedos por um momento, avaliando-o.

— O quê, você não fuma? — pergunta Troy, como se isso fosse a coisa mais absurda na história mundial. Alex coloca o celular no meio de nosso círculo e uma música começa a tocar.

— Não sei — murmuro, dando de ombros. Olho para Mara. *A gente vai mesmo fazer isso?*, tento perguntar a ela sem palavras.

— O que ela quer dizer é... a aniversariante começa. Não é? — diz Mara, enquanto pega o baseado de mim.

Não ligo se não estou sendo descolada; não quero que ela faça isso.

— Mara... — começo, mas é tarde demais. Ela fecha os olhos enquanto traga, depois exala a fumaça. Abre os olhos e me encara sorrindo e acenando com a cabeça. Ela passa o cigarro para Alex, que está me encarando.

Ele me observa enquanto inala, e depois passa o baseado para Troy.

— Ela está com medo — diz Alex, ainda prendendo a fumaça nos pulmões e sorrindo.

Todos viram a cabeça em minha direção.

— Não estou com medo — minto.

— Estou me sentindo bem — Mara me conta. Depois se vira para Alex: — Estou me sentindo muito, muito bem. — E os dois começam a rir histericamente.

— Vai te ajudar a relaxar, só isso — garante Troy, baixinho, me passando o baseado mais uma vez. — Experimente. Mas com calma.

Coloco o papel entre os lábios e inalo.

— Isso — Troy me instrui. — Agora espera. Só um segundo. Isso. Solta.

E eu expiro. Passo para Mara, que ainda está rindo. O cigarro passa de mão em mão ao redor do círculo, de um para outro, em câmera lenta.

— E aí? — pergunta Troy.

— Não sei — respondo, minhas palavras confusas. Até eu posso ouvir o pânico em minha voz. — Estou tonta, aérea...

— Por favor, não vai surtar! — diz Alex, como se estivesse irritado.

— Você não vai surtar — Troy me garante. — Aqui, tente de novo.

Sem saber o motivo, eu tento. Então Mara tira o baseado de mim.

— Meu coração acelerou — digo a Troy, a mão sobre o peito.

— É normal — avisa ele, depois pega minha mão e agora a coloca sobre seu coração. — Viu?

— Mas o seu não parece acelerado — argumento.

— Nem o seu — diz ele, rindo.

— Hã? — pergunto. — Isso nem faz sentido — digo a ele, sentindo minha boca se abrir em um sorriso.

— Não faz? — Ele ri. — Achei que fizesse.

De repente, tudo isso parece a coisa mais engraçada que já aconteceu, então começo a rir também, até que quase não consigo respirar.

Tenho a sensação de que num segundo vejo Mara e Alex rindo, no instante seguinte eles não estão mais ali.

— Pra onde eles foram? — pergunto a Troy.

— Pra lá — responde ele devagar, apontando mais adiante. Alex está sentando Mara no enorme balanço de cavalo. Os dois estão rindo devagar.

— Mara? — grito.

— Ooooooi — grita ela em resposta, acenando com o braço no alto.

— Isso é muito estranho — sussurro.

— Sim — concorda Troy com um sorriso, e se deita, espreguiçando-se para fora da ponte.

ooo

Quando dou por mim, estou abrindo os olhos, Mara balançando meu ombro. Alex está atrás dela, as vozes de ambos se misturando.

— Acorda! Levanta! Levanta!

— Cara, levanta... Troy! — grita ele.

— Edy, são três da manhã, precisamos sair daqui!

— Ah, cara — murmura Troy, tirando o braço de trás do meu pescoço. Eu me sento lentamente, saindo dos braços daquele total estranho.

— O que aconteceu?

— Nós dormimos — responde Mara. — Agora a gente precisa voar para casa, antes que acabe em prisão domiciliar até completar vinte e um! — grita Mara, puxando meu braço.

183

Nós nos apressamos para juntar todas as nossas coisas, e corremos escada abaixo, atravessamos as pontes, segurando os sapatos nas mãos.

— AimeuDeusaimeuDeusaimeuDeus — resmunga Mara entre murmúrios durante todo o caminho até o carro.

— Tchau! — os caras nos dizem.

— A gente está ferrada! — exclama Mara assim que entramos no carro.

— Tudo bem, calma. Tem uma mentira perfeitamente aceitável que pode explicar tudo. Vamos dar uma paradinha para pensar. Você disse que estava na minha casa. Eu disse que estava na sua. Mudança de planos. Ficamos na casa da Megan, em vez disso.

— Quem é Megan? — grita ela, enquanto saímos do estacionamento.

— Não interessa — respondo, minha mente raciocinando rápido. — Ficamos acordadas até tarde, e todo mundo estava se divertindo, até que ela começou a ficar chata, então nós discutimos e fomos embora. É por isso que nós estamos chegando em casa no meio da noite. Viu? A gente não está ferrada, tá bom?

— Você acha que isso vai funcionar? — ela pergunta, descontrolada.

— Sim. É só manter a história e agir como se fosse verdade. Lembra como você mandou bem com o cara do posto? — eu a recordo.

— Aham — murmura ela, parecendo prestes a chorar.

— É a mesma coisa. Só que agora é mais fácil, porque os meus pais acreditam em qualquer coisa. Confie em mim — asseguro a ela.

Chegamos a minha casa em apenas onze minutos. Mara e eu entramos na ponta dos pés e paramos, atentas a qualquer sinal de que podemos ser pegas. Em silêncio, tranco a porta atrás de nós, então seguimos para meu quarto o mais rápido possível. Pressiono a mão suavemente contra a madeira para que a fechadura se encaixe no lugar. Eu me viro para encarar Mara, parada no meio do cômodo com as palmas para cima, boquiaberta.

— A gente conseguiu mesmo? — pergunta lentamente, a boca se fechando com um sorriso, apertando as mãos dela.

— Acho que sim! — sussurro de volta.

— Puta merda! — grita Mara, pulando.

— Shh-shh — murmuro, rindo silenciosamente.

Trocamos nossas roupas cheirando a maconha por pijamas. Estendo meu saco de dormir no chão enquanto Mara sobe na minha cama. Eu me deito e inspiro fundo.

— A gente é fodona de verdade. Você sabe disso, não sabe? — sussurra Mara.

Eu me sinto sorrir.

— Boa noite.

— ENTÃO... ME EXPLIQUE COMO foi que você veio parar aqui esta noite? — pergunta meu pai, debruçado pertinho de Mara em nossa mesa da cozinha. Faz poucas horas que chegamos de fininho; Mara me encara com cautela enquanto pega uma colherada de cereal e a coloca na boca. Essa foi tipo nossa quinta tigela de cereal.

— Já contei para a mamãe — minto. — Megan começou a pegar no nosso pé, aí nós decidimos vir embora. Agora que a Mara tem carro. — Sorrio para ele.

— Nunca fui com a cara da Megan — acrescenta Mara. E não conseguimos segurar mais, caímos na gargalhada.

— Que ideia assustadora, vocês dirigindo — diz ele, soprando o café. Ele vai para a sala, balançando a cabeça.

— Viu? — digo a ela.

— Anda logo, Edy. Quero fazer uma coisa — sussurra Mara.

ooo

Vinte minutos depois, estamos sentadas no carro de Mara, no estacionamento de um centro comercial decadente que eu nem conhecia. Há um depósito de bebidas, uma oficina de conserto de relógios, uma loja de verduras hidropônicas e de utensílios baratinhos.

— Tudo bem, você venceu, Mara. Fala logo o que nós viemos fazer aqui.

— Olhe ali — diz ela, apontando para um prédio isolado, bem nos fundos da praça. A placa diz: À FLOR DA PELE: ARTE CORPORAL ALTERNATIVA.

— Mais uma vez eu te pergunto: o que nós viemos fazer aqui?

— Você sabe... — cantarola ela, soltando o cinto de segurança.

— Você ainda está chapada? — grito.

— É meu aniversário! — ela grita de volta.

— Não, seu aniversário foi na quinta-feira. Lembra? Você ganhou um carro e nós saímos para comer. E depois seu aniversário foi na sexta... vamos considerar que foi. E nós compramos bebida mesmo sendo proibido. E daí nós ficamos chapadas com dois completos estranhos da escola rival. Mas já estamos no sábado. Não é mais seu aniversário, Mara. E eu não tenho a menor intenção de deixar você fazer qualquer coisa que não possa desfazer, se estiver pensando o que estou pensando que está pensando!

— Sim, senhora, mãe — diz ela, com uma risada, saindo do carro.

Abro a porta do meu lado.

— Espere! — eu a chamo. Ela se vira e sorri, andando alguns passos de costas. Corro para alcançá-la. — Espere aí. Esse lugar parece bem duvidoso, Mara.

— Não é duvidoso! Cameron trabalha aqui. Está tudo bem — assegura ela, me dispensando com um gesto de mão enquanto caminha a minha frente.

— Ele de novo? — gemo. — Mara, por favor.

— Ele de novo não. Ele... ainda. Olha, ele é meu amigo, Edy. Ele não é um cara do mau. Não sei por que você o odeia tanto.

— Ele também me odeia! — tento me defender.

— Ele não te odeia! — dispara ela, estendendo a mão para a porta. — Edy, por favor, seja legal com ele. Quero você comigo nessa, tá bom?

— Tá bom, tá bom. Só me diga que não vai ser uma tatuagem.

Ela sorri.

— Piercing no nariz.

Sorrio em resposta.

— Tudo bem. Vamos entrar. — Até seguro a porta para Mara, só para mostrar a ela que aceitei sua decisão numa boa.

— Ei, você! — Cameron chama do fundo da sala, caminhando em nossa direção com um sorriso. Em direção a Mara com um sorriso, pelo menos.

— Eu falei. Assim que fizesse dezesseis. Aqui estou.

— Espere, não precisa ter dezoito? — pergunto.

— Dezesseis com o consentimento dos pais — corrige Cameron.

— Mas você não tem o consentimento dos seus pais — digo a Mara.

Cameron revira os olhos e olha para Mara como se eu fosse a pessoa mais careta do mundo.

— Bem, nós também não tivemos o consentimento dos nossos pais ontem à noite — argumenta Mara, rindo.

Cameron sorri para ela.

— Eu vou querer saber o que rolou?

— Você definitivamente não iria gostar, Cam — responde Mara. — Fomos péssimos exemplos.

— Então nem me conte — diz ele, fingindo tapar os ouvidos. — Não dá para acreditar que você possa fazer alguma coisa ruim. — Ele olha para Mara com tamanha doçura, como se talvez estivesse a fim dela de verdade, finalmente. Então me olha: — Já a Edy...

Reviro os olhos para ele.

— Brincadeira, Edy. — Mas sei que não é. — Então, me sigam — pede ele, abrindo caminho por um corredor até uma pequena sala. — Sente aqui. — Ele aponta para o que parece ser uma cadeira de dentista. É tudo muito branco e estéril. Cheira a álcool ou iodo, ou algo assim. Isso deixa um gosto amargo e químico na minha boca.

— Você tem certeza, né? — pergunto a ela, enquanto se acomoda na cadeira. — É seu rosto, sabe?

— Vai doer? Fale a verdade — pergunta ela a Cameron, em vez de me responder.

Ele esfrega a narina esquerda de Mara com um cotonete e sorri enquanto olha para seu rosto.

— Não vou mentir. Vai doer, sim. Mas só dois segundos e acabou, prometo.

— Ok — sussurra ela. Depois olha para mim e pega minha mão.

— Cameron, você sabe mesmo, de verdade, o que está fazendo? Não quero ser chata, eu juro. É só... você sabe mesmo fazer, né? — pergunto a ele.

— Sim, Edy. Eu faço isso todo dia. De verdade. Está tudo bem.

— Cameron vai ser tatuador — revela Mara.

Aham, certeza que ele vai, tenho vontade de dizer.

— Tudo bem, só tenha cuidado.

— Pode deixar — diz ele, baixinho, segurando a narina de Mara com uma assustadora pinça prateada. — Você vai lacrimejar, mas tudo bem. É supernormal — avisa ele, colocando um lenço na mão dela. — Então agora, Mara, vire a cabeça para mim e feche os olhos.

Eu o vejo aproximar a maior agulha que já vi na vida da pequena narina da minha amiga. Aperto a mão de Mara com mais força do que ela aperta a minha.

— Certo, respire fundo — instrui Cameron. Eu obedeço. — E expire. — Fecho os olhos e sinto o corpo inteiro de Mara ficar tenso. Mas ela não emite um som. — Pronto, agora só estou colocando o brinco. Inspire outra vez. Muito bem. E expire. É isso! É isso, você conseguiu! — Ele solta uma risada.

Abro os olhos. Mara tem uma pedrinha brilhante no nariz. Lágrimas escorrem dos seus olhos, mas um enorme sorriso ilumina seu rosto enquanto ela olha para Cameron.

— Acabou? — ela pergunta a ele.

— Sim, dê uma olhada. Aqui. — Cameron lhe entrega um espelho.

— Ai, meu Deus! — grita, sentando-se ereta.

Então olha para mim, depois de volta para o espelho, depois para mim de novo.

— Gostou?

— Eu amei! — digo a ela, e estou sendo sincera.

— Este é o melhor dia da minha vida! — exclama, jogando os braços no pescoço de Cameron. Ele sorri ao se inclinar para retribuir o abraço. Em seguida, ela o solta e me abraça também. Cameron e eu sorrimos um para o outro, com sinceridade pela primeira vez.

NA SEMANA SEGUINTE, NA escola, estamos caminhando pelo corredor, Mara ao meu lado, com seu piercing no nariz e o cabelo recém-tingido de vermelho. Parece que ela ganhou vinte e cinco centímetros. Algo irradia de dentro da minha amiga. Não sei o quê, nem como. Mas desejo que um pouco disso me contagie.

Depois das aulas, na quinta, espero Mara em seu armário, para que possamos voltar para casa juntas. Mas ela está atrasada. Ando de um lado ao outro no corredor, checando meu telefone. Ando distraída quando, de repente, sinto alguém acertar meu ombro com força, me fazendo girar. Ergo o olhar depressa. Minha boca se abre para pedir desculpas, mas paro de supetão. Porque Amanda está me encarando.

— Olhe por onde anda — rosna ela, seu olhar me fuzilando.

Eu abro a boca novamente, procurando as palavras para colocá-la em seu lugar, mas ela se foi antes que eu seja capaz de pensar em qualquer coisa.

— Vá à merda — murmuro para suas costas.

Eu me sento no chão, ao lado do armário de Mara, e observo todos saírem aos poucos. Vejo os caras — atletas e nerds — me observando, se perguntando qual é a verdade, se eu sou mesmo todas as coisas que ouviram. E as garotas também me espiam, como se eu tivesse algo contagioso, pouco ligando para a verdade.

Envio uma mensagem para Mara: **cadê você?**

Ela escreve de volta imediatamente: **chegando... 5 minutos.**

No entanto, quando estou prestes a mandar uma resposta, recebo outra mensagem. De um número que não reconheço: **Eden, vc ainda quer comemorar amanhã?**

Quem é?

Sério???

Eu me levanto e ando pelo corredor, espiando as salas de aula, me certificando de que ninguém está por perto, me observando, curtindo com a minha cara.

Sério, quem é?

Troy

Como você conseguiu meu número?

Você me deu! kkkk

???

Você me pediu pra avisar sobre a festa lá em casa amanhã à noite. Não lembra??

Não me lembro de ter dado meu número àquele garoto. Não me lembro de nada sobre uma festa. Mal me lembro do cara.

— Edy, desculpe! — grita Mara do fim do corredor. — Fiquei conversando com Cameron depois da aula.

— Tudo bem, vem cá. Olha isso — digo a ela, virando meu celular para ela. — É aquele cara, Troy, do parquinho. Pelo jeito eu dei o meu número para ele. E parece que vai ter algum tipo de festa amanhã. Não sei, não lembro de nada disso. Parece familiar para você?

Mara pega o celular da minha mão e escreve: **Hmmm... não lembro, hahaha. Mas me fala dessa festa...**

Legal. Vou te passar o endereço. Chama a sua amiga :)

Ok

— Pronto — diz ela, me devolvendo o celular com um sorriso. — Eu beijei aquele cara, Alex, sabia?

— Sua vagaba! — exclamo. — Nem faço ideia do que eu fiz com o outro.

— Você não fez nada — ela revela com uma risada, me dando um tapinha no braço. — Sinceramente, acho que vocês dois simplesmente desmaiaram um em cima do outro — diz ela, baixinho, embora não haja mais ninguém no corredor. Mara jamais confessaria, mas sei que ainda a espanta o fato de eu ter transado. Ou talvez seja apenas o fato de as pessoas pensarem que sou uma completa vadia, que as pessoas falem de mim como se eu fosse uma completa vadia. Especialmente quando ela está parada ali do meu lado, nada vadia.

— Então, o que exatamente rola com o Cameron? — pergunto a ela, enquanto caminhamos até seu carro.

Mara joga os braços para o alto.

— Não faço ideia, Edy. Juro por Deus! Ele está me deixando louca. Às vezes acho que ele gosta de mim só como amiga. Outras vezes sinto que ele vai me beijar! Não sei, não sei, simplesmente não sei! — grita.

— Sim, meio que parecia que ele gostava de você... pelo jeito como falou com você e ficou te secando no estúdio de piercing. E pelo jeito como fez questão de te encontrar todos os dias, só para perguntar como estava o seu nariz. Mas então ele nem te convida para sair nem nada?

— Exatamente! — lamenta ela, abrindo a porta do carro. — Bem, cansei de esperar por ele. Cam teve quase dois anos para descobrir... dois anos! — desabafa ela, me olhando por cima do capô do carro, com fogo no olhar.

— É — concordo, cautelosa. — Que bom, Mara. Você não tem que esperar ninguém.

— Exatamente! — repete ela, só que dessa vez com convicção, enquanto bate a porta.

— Você está bem para dirigir? — pergunto a ela, confusa com sua raiva repentina.

— Ah, estou mais que bem... estou ótima! — Ela ri, engatando a marcha.

Não tenho certeza se deveria rir ou me preocupar, então só digo baixinho:

— Tudo bem.

— Talvez eu queira sair com o tal do Alex. Vamos ver o que Cam acha disso! — Ela me encara quando não respondo. — Né?

— É. Sei lá. Mas... — começo.

— Mas o quê? — interrompe ela.

— Mas eu tenho a impressão de que esses caras são, não sei, provavelmente divertidos para curtir de vez em quando ou coisa assim, mas, assim, os dois são uns maconheiros. Com certeza não servem para namorar. Não servem para você. — Ela me olha como se eu estivesse destruindo todos os seus sonhos. — Provavelmente. Quer dizer, não conheço eles. Talvez não seja o caso.

— Mas nós vamos à festa, né?

— Lógico.

— Ótimo.

Ela sorri e liga o rádio.

VIRAMOS ERRADO CINQUENTA VEZES até chegar àquela casa no meio do nada. Conforme nos aproximamos da entrada da garagem, o barulho nos recebe. É uma casa enorme — pelo menos três andares —, com luz em todas as janelas.

— Festão, hein? — pergunta Mara, se apoiando no meu braço enquanto subimos os degraus da frente usando saias e camisetas minúsculas.

— Vamos descobrir.

Empurramos a porta aberta, e o cheiro de bebida nos envolve. Estamos no que antes era uma sala de estar, mas agora parece ser a base de um aterro sanitário. O piso de madeira está coberto de lixo... batata frita, pipoca, pizza, garrafas de vidro, copos de plástico. Música, corpos, gritos, empurrões. É como se os animais tivessem escapado do zoológico.

Mara e eu nos entreolhamos, as duas sem saber o que fazer a seguir. Só havíamos frequentado o tipo de festa que acontece em rinques de patinação e lanchonetes.

— Mande uma mensagem para Troy, Edy. Avise que estamos aqui — a minha amiga me diz.

Pego meu telefone, mas um cara empurra um outro em cima de mim, quase me derrubando, e deixo cair o celular.

— Presta atenção! — grita Mara para o garoto, mas mal consigo ouvi-la em meio à música estridente.

— Você está bem? — alguém grita atrás de mim, colocando as mãos nos meus ombros. Eu me viro depressa, e esse cara agarra minhas mãos, estende meus braços para os lados e me examina. — Olhando assim, parece bem — diz ele, com voz suave e um sorriso perigoso, enquanto pega meu celular do chão e me entrega.

Eu me viro para Mara, que está encarando o cara misterioso. Obviamente atraente, obviamente mais velho que nós. O garoto sorri quando me viro para ele. Um sorriso que parece significar muito.

Mara se aproxima e grita:

— Estamos procurando Alex e Troy.

O cara olha para Mara e para mim, confuso.

— Por que vocês estariam procurando por eles? — rebate, com uma risada, nos levando para o interior da casa, uma das mãos em minhas costas e a outra no ombro de Mara.

— Eles convidaram a gente — explica Mara, enquanto somos conduzidas pela sala de estar até uma cozinha que foi transformada em um enorme bar, com um barril e um suprimento infinito de garrafas de cerveja.

— Eles convidaram vocês? — pergunta ele, parando de repente, olhando para nós alternadamente e repetindo a mesma entonação da primeira vez: — Espere aí. Eles convidaram vocês?

— Sim — confirma Mara, inocente. E ele simplesmente começa a rir.

— Tudo bem — diz ele, balançando a cabeça. — Tenho que dar os parabéns para aqueles dois! Ei! — ele chama outro cara, que está parado na cozinha, enchendo um copo diretamente do barril. — Ei, cara, por que você não pega uns drinques para essas duas senhoritas tão fofas, amigas do Troy e do mané do Alex?

E os dois começam a rir.

Mara me olha como se não entendesse. Obviamente, Alex e Troy não são populares aqui. O Cara do Barril, ainda rindo, entrega um copo de plástico cheio de cerveja para cada uma de nós.

— Eles não são nossos amigos — corrijo, pousando meu copo no balcão. — Nós nem os conhecemos direito — protesto, mas eles não estão ouvindo.

Olho para o Cara do Barril... ele também é mais velho. Observo ao redor. Todo mundo é mais velho. Não é uma festa de colégio. Nitidamente, é uma festa de faculdade.

— A única razão pela qual eles estão aqui é porque o Troy é o idiota do meu irmão caçula. Vocês vão encontrar os dois na piscina... procurem pelas cabeças que não desgrudam do cachimbo. — Ele ri, apontando na direção da porta dos fundos, nos dispensando como se fôssemos duas garotinhas bobas. — Vão lá, vão ficar noiadas para ter sobre o que conversar na aula de psicologia na segunda-feira!

Mara começa a se afastar, impassível. Eu a sigo pela porta deslizante de tela e, de fato, lá estão eles, envoltos em uma nuvem de fumaça, com uma pequena multidão em volta. Todos rindo e falando devagar. Eles olham para cima e Alex grita:

— Ei, vocês chegaram! Incrível. Sentem aqui. — Ele desliza no banco onde estão sentados, abrindo espaço para nós. De repente, não parecem tão legais. Só quero dar meia-volta e ir embora.

— Esqueci minha bebida — digo a Mara, mas ela já saiu do meu lado para se sentar com eles, toda sorridente e feminina, nossa humilhação na cozinha já superada. Volto para pegar minha cerveja, a única coisa que vai tornar a festa suportável. Aquele cara ainda está encostado no balcão, ao lado do amigo, os olhos grudados em cada movimento meu enquanto entro no cômodo. — Desculpe — digo, incisiva. — Minha bebida. Está atrás de você. — Tento chegar perto, rodeá-lo. Mas ele pega o copo e o ergue bem acima da minha cabeça.

— Primeiro, me conte pra qual dos dois você é. Eu preciso saber — diz ele, balançando o copo no ar.

Estudo o sorriso em seu rosto. O modo como ele me olha, como se eu fosse uma criança que ele pode zoar. O que é totalmente o oposto do modo como estava me olhando na porta, cinco minutos antes, como se gostasse do que via, antes de saber da minha ligação com Troy. Eu cruzo os braços.

— Não sou *pra ninguém*. E não vou pular para pegar a cerveja, então pode parar de passar vergonha — aviso, olhando em volta, como se estivesse sendo constrangida por ele. Pareço mais fodona do que já pareci em toda a minha vida. Na verdade eu me sinto mais forte do que nunca... invencível.

— Olha só que espertinha! — O Cara do Barril assovia.

— Eu não sabia — diz ele, o semblante passando de bem-humorado para intrigado. — Desculpe. — Finalmente me entrega o copo. Ele me olha com olhos semicerrados e pergunta: — Você é da mesma escola do meu irmão?

— Não. A gente acabou de se conhecer. Ele falou da festa para nós. Pensei em dar uma conferida. Mas não achei nada de mais — acrescento, olhando em volta, como se não tivesse o menor interesse em qualquer coisa acontecendo aqui.

— Quantos anos você tem... de verdade? — Ele sorri.

— Chave de cadeia! — o Cara do Barril tosse baixinho, batendo no ombro do amigo antes de sair correndo e nos deixar sozinhos na cozinha.

— A verdade — repete.

A verdade. Tomo um gole grande do copo. Suas palavras ecoam em minha cabeça. A verdade. O que é isso, afinal? Não existe.

— O que isso tem a ver? — pergunto, tomando o cuidado de soar positivamente morta de tédio. — Tenho dezoito. — Uma mentira deslavada. Não é a verdade de jeito nenhum. — Fica frio.

— Tudo bem, tudo bem — diz ele. — Eu só estava curtindo com a sua cara. — E então abre o mesmo sorriso que havia dado na porta. — Não achou nada de mais, hein? — pergunta.

— Nada especial. — Dou de ombros.

— Você não quer ir ficar com a sua amiga lá fora? — Ele gesticula para além da porta de correr do pátio, para onde Mara está sentada entre Alex e Troy, a cabeça jogada para trás de tanto rir.

— Não é muito a minha praia — admito.

— Ah, jura? Então qual é a sua praia? — pergunta ele, enlaçando minha cintura com o braço, me puxando para mais perto.

Sinto o coração disparar e, por algum motivo, os cantos da minha boca se voltam para cima enquanto o encaro.

— Não sei — respondo. E isso é verdade.

— Bem, que tal dar uma voltinha pela casa? — oferece. — Que tipo de anfitrião eu sou?

— Tá bom — concordo. Olho para Mara mais uma vez, antes de segui-lo para fora da cozinha. Ela parece estar se divertindo muito. Mara está bem. Ele me conduz escada acima até o segundo andar.

— Quem sabe a gente não acha alguma coisa um pouco mais emocionante para você? — sugere ele, me olhando por cima do ombro.

— Quem sabe? — respondo, sem ter certeza de quem está falando por mim. Ele segura a minha mão quando chegamos ao patamar e me leva até o final do corredor, passando por pessoas fumando e bebendo, rindo e se beijando nos quartos. Então subimos mais um lance de escadas. Minhas pernas parecem feitas de gelatina quando chegamos ao topo. Há um corredor curto, com apenas duas portas de cada lado, ambas fechadas. Não há ninguém naquele andar.

— É tranquilo aqui em cima — comento, sentindo minha confiança se esvair lentamente à medida que percebo que estou longe de todos, que a situação já foi longe demais.

— Exatamente. É só para convidados especiais — diz ele, tirando um chaveiro do bolso quando se aproxima da porta.

— Convidados especiais, é? — repito, parada logo atrás dele.

Ele se vira e coloca as mãos em minha cintura, e de repente estou encostada na porta, ele me beijando com intensidade, correndo as mãos pelo meu corpo. Sinto uma onda de energia fluir dos dedinhos dos pés até o último fio de cabelo, saindo pelos dedos das mãos, a confiança me inundando mais uma vez. E agora eu o beijo como ele me beija. Movimento minhas mãos sobre ele do jeito que ele faz comigo.

199

Descuidado, com força, perigoso. Ele se atrapalha para destrancar a porta. Tropeçamos para dentro do quarto escuro. Mal tenho a chance de olhar ao redor para ver onde estamos, porque tudo está acontecendo muito depressa. Vejo uma cama, uma cômoda, um espelho. É tudo o que consigo perceber antes que ele bata a porta atrás de nós e a tranque, virando-se para mim antes mesmo que eu seja capaz de recuperar o fôlego.

Estamos na cama. O peso de todo o seu corpo em cima de mim. Fivela fria de metal do cinto pressionando minha barriga. Mãos levantando minha saia. Cueca roçando minhas pernas. Fivela de cinto se abre, raspando a minha pele. O som de um zíper. A respiração pesada.

Acaba antes mesmo de eu acreditar totalmente no que está acontecendo. Antes que eu de fato decidisse que iria fazer. E fico deitada ali, olhando para o ventilador de teto, um cara ofegante ao meu lado. Nem sei o nome dele. Nem ele sabe o meu. Ficamos assim pelo que parece muito tempo, mas não tenho certeza de quanto tempo se passou de verdade.

Enfim ele solta um suspiro e se senta devagar. Ajeita a camisa e abotoa a calça, depois olha para mim, como se tivesse esquecido da minha presença.

— Obrigado — agradece em voz baixa. — Foi divertido.

— Sim — sussurro, subindo minha calcinha.

Não conversamos enquanto descemos as escadas para nos juntar à festa. E percebo que me sinto um pouco estranha, tipo fora do meu próprio corpo, como nunca me senti antes. Uma sensação que parece muito melhor do que beber demais, ou até mesmo do que ficar chapada como naquela noite no parquinho. Melhor do que qualquer sentimento que já tive. Vazia e completa, tudo ao mesmo tempo.

De algum jeito, encontro o caminho de volta até Mara, ainda sentada do lado de fora, rindo como fazia quando saí. É como se eu nunca tivesse ido embora, como se o tempo simplesmente tivesse parado. Eles me chamam, meu nome ecoando pelo ar denso. Balanço a cabeça e, em vez de ir até eles, caminho até a borda da cristalina piscina azul. Eu me sento lentamente, tiro os sapatos e mergulho os pés na água fria. Giro as pernas, fazendo um oito repetidas vezes enquanto admiro as estrelas, a brisa quente flutuando ao meu redor. Eu não sei quem sou agora. Mas sei quem eu não sou. E gosto disso.

FICA DIFÍCIL EVITAR UMA pessoa ao mesmo tempo que a usamos. Estou falando de Troy. Sei que ele tem uma queda por mim faz três meses. E tenho tentado não o encorajar. Não demais, pelo menos. Ainda assim, ele nos conta sobre todas as festas que estão acontecendo num raio de cinquenta quilômetros. E não conto a ele que transei com seu irmão mais velho, naquela festa em setembro.

Não que eu goste muito de festas. Mas gosto de me soltar. E sempre tem alguém. A postos, à espera. À espera de que algo aconteça. Assim como eu. E me tornei boa em identificá-los de cara. Em encontrar esse alguém. Não uma pessoa ruim. Alguém que só quer o que eu quero. Desconectar. Por um tempo, tanto faz. De si mesmo, sobretudo. Eu acho. Mas, na verdade, não sei, porque meio que não conversamos sobre essas coisas. Meio que não me importo, de qualquer jeito.

É no que estou pensando, deitada neste futon encaroçado ao lado de um cara. A janela do quarto está aberta e o ar de inverno flui para dentro com facilidade, esfriando todo o meu corpo. Quase posso ver a minha respiração.

— Você é aquela garota — diz ele, apoiando-se no cotovelo enquanto acende um baseado. — Nem percebi quando a gente começou a conversar.

Eu me viro para encará-lo e vejo que ele me observa com um sorriso.

— Que garota? — pergunto.

— Vou só dizer que as pessoas sabem quem você é na nossa escola — responde, exalando uma nuvem de fumaça. — As pessoas falam de você — diz ele, as palavras mais lentas. — Bastante. — Ele me oferece o baseado, mas balanço a cabeça. Não fumo maconha desde o parquinho com Troy. Acontece que ficar chapada realmente não é minha praia. Isto aqui é minha praia.

A fumaça começa a encher a sala, me deixando tonta. Fecho os olhos e tento mergulhar no momento — em meu corpo, em minha mente — um pouco mais fundo, tão fundo que posso sair do outro lado e até esquecer como cheguei aqui. Ouço os gritos abafados e a música do outro lado da porta. Mas, de alguma forma, não podem me tocar aqui dentro.

— Sabe — diz o cara, estendendo a mão para afastar meu cabelo do rosto, sua voz me despertando daquele sentimento. Abro os olhos e tento me concentrar nele. — Não consigo decidir se você é muito bonita — continua ele, com sinceridade e um sorriso suave no rosto — ou muito feia.

É como quando você está sonhando e acorda, lançado de volta à realidade com o baque do próprio corpo na cama. É o que essas palavras ridículas e grosseiras fazem comigo.

E, nesse instante, uma imagem se forma em minha mente, rápida e fugaz.

Josh. Eu vejo seu sorriso. Sinto sua doçura. Seus braços ao meu redor. Por um segundo, apenas um lampejo. Desaparece quase imediatamente. Tão logo que minha consciência entra em ação, ele se esvai. Mas esteve ali por tempo suficiente, com nitidez suficiente para me dar uma sacudida, para abalar meu sistema com uma nova onda de tristeza. O que me deixa com a doentia sensação de que estou imersa, algo perigosamente próximo de um afogamento. Josh nunca, jamais me diria algo assim, nem mesmo depois da maneira como o tratei.

Eu me sento depressa. Encontro minha camisa e minha calça. Então me visto. O cara fica ali, olhando e sorrindo para mim.

— Aonde você vai? — pergunta ele, demorando demais para perceber o que estou fazendo.

— O que você acha?

— Não sei — responde, lentamente.

— Olha, eu sei que você está chapado, mas não se diz essas paradas escrotas para uma garota com quem você acabou de transar!

— O que foi que eu disse? Eu disse que você é muito bonita, não foi?

— Não, na verdade não foi o que você disse! — Sair com pressa era mais fácil nos meses mais quentes. Agora tenho várias camadas para colocar. Puxo o cadarço da bota com força, conforme faço um nó duplo.

— Ah. — Ele solta uma risada.

Eu o observo antes de sair. Ele fica deitado ali, sem camisa, sorrindo, indiferente.

— Sabe, não sei dizer se você é muito cruel ou muito idiota!

Ele cai na gargalhada com aquilo.

— Você é uma comédia — diz ele, enquanto fecho a porta na sua cara, e o barulho me envolve outra vez.

Foda-se.

Tem gente demais nesta casa. Enquanto me espremo entre os corpos, as pessoas me encaram e me pergunto se todos me conhecem como *aquela garota* também. Encontro Mara no porão. Está sentada entre Troy e Alex, em um velho sofá empoeirado. Ela está falando. Alex não está ouvindo. Ela age como se gostasse dele quando estamos nessas festas — deixa que ele coloque o braço em volta do seu ombro, e toca a perna dele com o pé, lhe dá um beijo de despedida antes de partirmos —, mas acho que só está usando o garoto também. A única vez que menciona o nome do Alex é quando está perto do Cameron. Ainda assim, depois de todos esses meses de festas, os dois não passaram dos beijos.

— Ei — eu chamo Mara, mal conseguindo encontrar um lugar vazio para encostar. — Estou indo embora — grito, apontando para a porta.

— Espere aí — diz ela, tirando o braço de Alex do seu ombro. — Espere, eu vou com você.

Abrimos caminho pela parede de corpos, serpenteando pelas caixas de cerveja empilhadas no chão da cozinha, como em um labirinto. Quando abro a porta da frente e saio para o frio, um grato silêncio recai sobre nós, e sinto que posso respirar novamente.

— O que houve? — pergunta Mara.

— Nada.

Ela me estuda com atenção.

— Não, alguma coisa aconteceu.

— Não foi nada. Eu só estava curtindo com um idiota. Ele disse uma coisa que pegou para mim. Mas tudo bem. Sei lá, tanto faz. Estou bem. Não ligo. — Dou de ombros, inspirando fundo o ar gelado, permitindo que me preencha antes de soltá-lo.

— O que ele falou?

— Não importa — respondo, observando o céu.

— Vamos — chama ela.

— Sério? Você não quer ficar? E o Alex?

— Não tô nem aí — diz ela, com uma risada. — Sinceramente, acho que ele nem vai notar que eu fui embora.

ooo

Seguimos de carro para uma lanchonete vinte e quatro horas que fica bem no meio do caminho entre nossa cidade e a de Troy e Alex. São apenas dez e meia. Peço um café da manhã enorme e Mara escolhe uma banana split grande.

— Me conte. O que aquele cara te falou? — Mara me pergunta novamente, enquanto pega a cereja de cima do chantili. — Quero saber.

— Tá tudo bem. Foi meio engraçado, na verdade. Ele disse que não sabia dizer se eu era muito bonita ou muito feia — admito, por fim.

— Está de brincadeira, né? — Sua expressão parece presa entre um sorriso e uma careta.

— Não. Essas foram as palavras exatas, Mara.

— Que ridículo!

— Sim. — Solto uma risada. — Mas o pior foi o jeito como ele falou, com tanta doçura, como se fosse um elogio e tal! Não é exatamente o tipo de coisa que você quer ouvir de um cara logo depois de transar com ele.

— Não, acho que não — concorda Mara, o riso esvanecendo. — Você faz... você faz muito isso, Edy? — pergunta, sem jeito, baixando o olhar para a banana split, como se estivesse contando as bolas de sorvete repetidas vezes: baunilha, morango, chocolate, baunilha, morango, chocolate, baunilha, morango. — Tipo, com caras que você não conhece? — conclui.

— Às vezes. — Dou de ombros. — Sei lá, acho que depende.

— Você acha... não sei, você acha que é uma boa ideia? Assim, isso é meio perigoso, né?

Mordo uma torrada quente com manteiga. Não sei como ter essa conversa com Mara. Não sei como me explicar.

— É mais perigoso do que ficar doidona com um bando de estranhos?

Sua boca se abre de leve. Mara está obviamente ofendida por eu sequer tentar comparar as duas situações.

— Não estou dizendo que tem alguma coisa de errado. Você sabe que eu também já fiz isso. Só estou dizendo que é mais ou menos a mesma coisa, não acha?

— Não, não acho que seja a mesma coisa — argumenta ela, afundando a colher no monte amolecido de sorvete de morango. — O sexo não — sussurra — devia ser especial? Sabe, com alguém especial?

— Quem disse? Muita coisa que devia ser especial na verdade não é.

— Imagino que sim, Edy — diz ela, nada convencida.

— Além disso — continuo —, não tem tantas pessoas especiais por aí, afinal de contas.

— Ainda assim, eu sinto que é minha obrigação dizer que estou preocupada ou algo assim, pedir para você parar com isso.

— Eu sei o que estou fazendo. — Estendo a mão até o outro lado da mesa e roubo uma colherada do seu sorvete de chocolate. — Não tem motivo para você se preocupar, eu juro. Sinceramente, não tem motivo. Sério.

Ela balança a cabeça e encolhe os ombros, voltando a atenção para sua banana split.

— Você acha que Alex e Troy de vez em quando ficam sem fumar um? — pergunta ela, tentando mudar de assunto.

— Não que eu já tenha visto — respondo, com uma risada.

— Eles são legais, pelo menos — ressalta ela.

Eu concordo. Pego outra colherada de sorvete.

— Fiz uma coisa meio que não muito legal com Troy, Mara.

— Ah, não, você fez... sabe... com ele? — pergunta. — Quando?

— Não, com Troy não. Meio que transei com o irmão mais velho dele — confesso. — Naquela festa um tempo atrás, na casa dos dois. Na verdade a festa era do irmão. Tenho me sentido cada vez mais culpada toda vez que a gente encontra com ele.

— Por que você fez isso? — ela pergunta.

— Bem, não foi planejado nem nada. Não significou nada. Nunca mais falei com o cara depois disso. O que... por que você está me olhando assim? — pergunto a ela, seu semblante mais horrorizado a cada palavra que pronuncio.

— Desculpe. Não estou julgando. Só estou surpresa. Simplesmente não sabia que tinha acontecido. Só isso.

— Bem, aconteceu. Mas não significou nada. Nem sei por que estou te contando, na verdade.

— Não, eu quero que você me conte. Não quero que guarde segredos de mim.

— Não guardo segredos de você — minto.

— Tá bom. — Ela empurra a banana split sobre a mesa. — Você tem que me ajudar a terminar... está derretendo.

— **ESTÁ COMEÇANDO A PARECER** muito com hmm-hmm — meio que cantarola mamãe, sentada em uma das cadeiras da sala de jantar, segurando uma tira de festão verde enfeitado. — Edy, me passe aquela tachinha. — Ela me chama enquanto me remexo na cadeira, roendo as unhas, contando os minutos até Caelin chegar. Pego meu celular do bolso. Nada. Nenhuma ligação, nenhuma mensagem, nenhuma distração.

Estou desesperada.

Mando uma mensagem para Troy: **a gente pode se encontrar daqui a pouco? preciso de uma ajudinha pra *relaxar***

— Edy! — grita minha mãe de novo. — Me passe uma tachinha.

— Ah, sim. Desculpe. Aqui está — digo, segurando uma palma cheia de tachas de metal.

— Obrigada. — Ela sorri, chamando minha atenção. — Sabe, é bom ter você por perto para variar. Quase não te vemos desde que a Mara começou a dirigir. Vocês duas sempre têm alguma coisa para fazer, algum lugar para ir.

Ela suspira.

Meu celular vibra no bolso. É a resposta de Troy: **sem problemas. para você estou sempre à disposição**

— Isso me lembra — digo a ela, raciocinando rápido. — Eu sei que Caelin volta para casa hoje à noite, mas preciso fazer umas compras de última hora no shopping. Mara vem me buscar — minto.

— Edy! — exclama mamãe, franzindo os lábios, com a mão no quadril. — Você tem que se organizar melhor.

— Eu sei, só esqueci umas coisas. — Respondo: **brigada. seis horas no parquinho?**

— Bem, vai ser difícil você achar alguma coisa decente dois dias antes do Natal. — Ela estala a língua para mim, *tsc tsc tsc*, sacudindo a cabeça. — E se eu te levar agora, antes que Caelin chegue?

Troy: **não vejo a hora :)**

— Mãe, você odeia shopping. Além disso, a Mara também precisa ir. E você está fazendo... — Olho em volta, para as montanhas de material de decoração e neve falsa. — Tipo, tudo isso — termino.

— Tudo bem — ela cede. — Mas vamos com calma nas próximas duas semanas, ok? Seu irmão não consegue voltar com a frequência com que nós gostaríamos, que ele mesmo gostaria. Todos nós precisamos nos esforçar para passar algum tempo de qualidade juntos, está bem?

— Por que você está falando isso para mim? É ele quem não larga o Kevin.

— Bem, Kevin não vai ficar conosco este ano, então não precisa se preocupar com isso.

Enfio o celular no fundo do bolso.

— Como assim? Que novidade é essa?

— Edy, pare. — Ela revira os olhos. — Não sei. Caelin acabou de dizer que Kevin ia ficar na casa dos Armstrong. Não sei de mais nada — revela, jogando as mãos para cima.

— Que ótimo — digo a ela.

— Bem, não é ótimo. Mas entendo que é normal. Quer dizer, tecnicamente, eles são a família dele — argumenta minha mãe.

— Sempre falei isso.

— Olha — começa. Mas é tudo. Apenas *olha*.

Cogito enviar uma mensagem para Troy e dizer a ele para esquecer. Mas, então, sinto um aperto no peito com a perspectiva de ver Caelin, mesmo sem sua cara-metade.

Digito mais uma mensagem para Troy: **pode ser cinco e meia?**

○○○

Mara me emprestou a chave reserva do carro para qualquer emergência, enquanto ela e a mãe passam a semana na casa da sua avó. A mãe dela ficaria furiosa se descobrisse. Meus pais ficariam furiosos se descobrissem. Especialmente porque acabei de tirar minha habilitação provisória e não deveria estar dirigindo. Mas é a coisa mais lícita que estou planejando fazer esta noite, então não estou ligando.

Troy já está lá quando paro no estacionamento.

— Oi — grito para ele quando estou saindo do carro de Mara. — Esperou muito tempo?

— Não — responde ele em voz baixa, sacudindo as mãos no ar. — Não muito.

Caminho até ele. Troy me parece diferente, parado ali ao pôr do sol. O sol está quase se pondo. Jamais o vi de dia. Mesmo sua postura, o jeito como me olha, tudo parece diferente, de algum jeito.

— Que foi? — pergunto, parada a sua frente. Nunca me dei conta de que tínhamos a mesma altura. Embora, na verdade, ache que não tínhamos ficado cara a cara assim antes. Ele está sempre sentado, em um sofá, no chão, em algum lugar, relaxado, fumando.

— O quê? Nada — responde ele, dando de ombros enquanto prende o cabelo atrás da orelha. Um pensamento terrível invade a minha mente: ele descobriu, alguém lhe contou sobre mim e seu irmão.

— Por que essa cara, então? — pergunto.

— Que cara? — rebate, olhando em volta, confuso.

— Tipo... não está normal. Você está com raiva de mim por algum motivo? — insisto.

— Não, claro que não — diz ele, sorrindo lentamente. — Já está fumada? Você é paranoica, garota — diz, rindo. E mesmo sua risada soa diferente.

— Não, você só parece estar... diferente? — digo a ele.

— Bem, estou sem usar nada... talvez seja por isso que não pareço normal! — Ele ri novamente. — Não é meu estado natural! Eu estava esperando você.

— Ah. — Eu nem tinha pensado nessa hipótese. Nem tinha cogitado que ele pudesse existir sem estar sob a influência de alguma droga. — Ah. — Solto uma gargalhada. — Tá. Faz sentido.

— Você precisa de ajuda para relaxar, né? — Troy sorri. Depois estende os braços e pousa as mãos em meus ombros, massageando os músculos até meu pescoço, olhando para meu rosto com uma concentração que nunca vi nele antes. Ele avança. Eu recuo. Não posso deixá-lo me beijar. Não agora. Baixo o olhar. Em seguida, ergo os olhos mais uma vez. Ele olha para baixo também, envergonhado.

— Vamos entrar no carro — diz ele, esfregando as mãos. — Está frio demais aqui fora.

— Obrigada por vir me encontrar — agradeço a ele, enquanto ligo o aquecimento.

— Tranquilo. — Ele dá de ombros, colocando um dos seus baseados habilmente enrolados entre os lábios. Então o acende e traga. — O que te deixou toda tensa assim? — pergunta, me olhando de esguelha, ainda segurando a fumaça nos pulmões enquanto passa o baseado para mim.

Inspiro de leve, ainda um pouco assustada com o que pode acontecer. E expiro.

— Família.

— Sei. — Ele suspira. Liga o rádio, ajustando o volume.

Passamos o baseado um para o outro várias vezes, em silêncio.

Troy reclina o banco do carona, quase se deitando. Ele olha para fora pelo para-brisa, para o sol se pondo atrás do castelo de madeira. Sigo seu olhar e observo como as cores se expandem e se misturam, parece algo saído de um sonho. Esse não é o mundo em preto e branco em que uma vez pensei viver. É um mundo vivo e vibrante. E estou viva no mundo, o que é incrível.

Ele cutuca meu braço. Olho para baixo. Está me passando o baseado. E ouço suas palavras, seu ritmo lento, enquanto inspiro e passo o cigarro de volta para ele.

— Você é sempre assim? — ele está perguntando.

— Assim como? — minha voz ecoa com algum tipo de atraso. Ele dá uma última tragada, profunda, deixando o baseado quase queimar até os dedos antes de o jogar pela janela.

— Linda assim — diz ele, olhando para mim, os olhos querendo se fechar.

Sinto minha boca sorrir para ele. Então me inclino devagar, tudo parece se mover lentamente, e eu o beijo. Suas mãos tocam meu rosto, com uma gentileza que me faz lembrar muito de Josh. Parece que nos beijamos e beijamos, para sempre. Ele beija com suavidade, devagar como mel, nada parecido com o irmão.

— Espero conseguir lembrar disso depois — sussurra, e então nós dois começamos a rir e rir.

ooo

Quando dou por mim, uma luz suave e fraca obriga meus olhos a se abrirem. Quando percebo, sinto um movimento ao meu redor. E alguém tira meus sapatos. Alguém puxa meus braços para fora do casaco. Passos me rodeiam. Abro os olhos. Estou olhando para o teto do meu quarto; a luminária de mesa lança um caloroso brilho dourado sobre tudo.

Meus olhos se fecham novamente. Então tenho um vislumbre, me vejo estacionando o carro na garagem de Mara. Caminhando pela neve no escuro. Colocando minha chave na porta. A TV da sala piscando.

Meus olhos se abrem novamente. Caelin está debruçado sobre mim.

— Caelin? — eu me ouço murmurar.

— Você está bem — diz ele. — Está fedendo a maconha, Edy — sussurra, as mãos apoiadas com firmeza nos quadris.

— Por que estou na cama? — pergunto a ele, empurrando os cobertores. — Não quero ficar na cama.

— Shhh. — Ele puxa as cobertas de volta. — Nem quero saber como você chegou em casa, ou onde você estava, ou com quem estava, ou que merda você estava fazendo! — ele sussurra parecendo que está gritando acima de mim.

— Para — peço a ele, cobrindo os ouvidos. Pelo menos acho que pronuncio a palavra.

— Você entrou pela porta e apagou, Edy! Mamãe e papai não sabem. Já estavam dormindo.

— Vá embora — gemo.

— Durma.

Por fim, a escuridão.

— OI, MARA — CHAMA CAMERON, caminhando até nossa mesa na biblioteca. Ele me observa enquanto se senta. Estou com meus fones, então ele não se dá ao trabalho de falar comigo. Mas aceno para ele e abaixo o volume até o mudo para conseguir ouvir seus sussurros abafados. Folheio distraidamente as páginas de um enorme guia de estudo para o vestibular, que a srta. Sullivan me entregou quando viu que eu estava lendo uma revista em vez de estudar. Desde que voltamos das férias de inverno, a febre do vestibular se abateu sobre a escola. De repente, todos estão muito sérios, tomando energético e remoendo a importância de uma vida inteira pela frente.

— Oi! — responde ela, o corpo todo parece sorrir também.

— O que você está fazendo? Estudando? — pergunta Cam.

— Tentando, pelo menos. — Ela suspira, apoiando a cabeça nas mãos. — Isso é terrível! — Ela deixa o livro se fechar, perdendo a página.

— Bem, por que a gente não estuda junto? — sugere ele. — O que você vai fazer amanhã à noite? Steve vai lá pra casa, vamos ficar estudando. Você podia ir também. Tipo um grupo de estudo. Apoio moral, sabe? — Ele ri. — Ela pode até ir, se quiser — acrescenta Cameron, gesticulando para mim. Eu viro outra página.

— Ah, obrigada por oferecer. Mas já tenho compromisso para amanhã à noite. Nós duas temos. Ou devemos ter, pelo menos. Vou a uma festa com aquele Alex com quem estou saindo, então... —

Mara faz questão de se referir a ele como *aquele Alex com quem estou saindo* sempre que o menciona para Cameron. E ele se encolhe de maneira visível a cada menção ao nome. Ela sabe exatamente o que está fazendo, assim como eu sei o que estou fazendo. Quer dizer, na maioria das vezes.

Ergo o olhar. Cameron está encarando Mara, sem dizer nada.

— O quê? — pergunta ela, inocente.

— Só me avise quando ficar cansada disso. — Ele coloca a mão em seu ombro por apenas um momento quando se levanta. E então vai embora. Mara se vira na cadeira e o observa ir embora.

Tiro os fones assim que ela se vira para mim, olhos arregalados.

— Ai, meu Deus — sussurra ela, estendendo a mão sobre a mesa para segurar meus dois braços. — O que acabou de acontecer? Você acompanhou o drama?

— Sim, acompanhei.

— O que eu faço? Vou atrás dele? Ele está puto comigo? — pergunta ela, falando depressa. — Vou atrás dele?

— Não, você não deve ir atrás dele. E ele não está puto. Está com ciúme. — Sorrio. — Parabéns.

— Como assim? — pergunta Mara, a expressão impassível.

— Então, não era essa a finalidade do Alex? — Fecho o livro. Definitivamente, essa conversa vai ocupar o restante do período, se não o resto de nossas vidas. — Deixar Cameron com ciúme?

— Não. Não, pra ser sincera, não. Assim, não totalmente, pelo menos. — Mas, quando a ficha cai, um sorriso lento se abre em seu rosto. — Isso é bom, né? — pergunta.

— Bem, considerando que você está apaixonada por ele faz três anos e agora ele finalmente está na mesma página... sim, eu diria que é bom. — Solto uma risada.

— Ele finalmente está na mesma página — repete ela, encantada.

ooo

Eu jamais teria imaginado que passaria uma noite de sexta na casa de Cameron — na sala de estar dele — com a mãe, o pai e a shih tzu de Cameron entrando e saindo, nos servindo lanches e bebidas. Jamais teria imaginado que Cameron, com seus piercings e tatuagens escondidas, que Mara jura que existem, seu estilo punk gótico e seu infame cabelo azul, era produto de comercial de margarina.

Sentados de pernas cruzadas em almofadas gigantes que a mãe dele ofereceu com insistência, em volta de uma grande mesa de centro redonda de madeira brilhante, Cameron e eu estamos um de frente para o outro. Mara pede licença para ir ao banheiro, provavelmente para reaplicar o brilho labial pela centésima vez. Olho em volta, para a decoração mais tradicional que se pode imaginar. Uma pintura de um barco navegando pacificamente sob uma ponte está pendurada acima do sofá, delicadas cores neutras adornam todas as superfícies, um vaso de tulipas amarelo-claras ocupa o centro exato de uma minúscula mesa, que não poderia ter outro propósito senão servir de apoio a um vaso cheio de tulipas amarelo-claras.

— Qual é o nome dela? — pergunto a Cameron, enquanto sua cachorrinha esfrega o focinho em minha mão.

— Jenny.

— Por que Jenny? — Levanto as sobrancelhas para ele, achando divertida a escolha de um nome tão sensato, e para uma cadela tão sensata, mas, sobretudo, achando divertido essa vida supersensata.

— Não sei — murmura. — Acho que porque, quando fiz oito anos... foi quando nós a adotamos... eu tinha uma quedinha por uma garota chamada Jenny. Foi o melhor nome que me veio à cabeça. — Ele dá de ombros.

— E agora você está apaixonado por uma garota chamada Mara?

— É, acho que sim — responde ele, calmamente. — Olha, finja que sou outra pessoa por um segundo, ok? — ele sussurra, se inclinando sobre a mesa de centro em minha direção, mas atento à porta. — Você é a melhor amiga da Mara. Você acha que eu tenho chance? Quer dizer, esse tal de Alex, ele parece ser o maior babaca.

— Não sei se você tem muita chance — minto. — A Mara é uma pessoa muito especial, você sabe, né?

A campainha toca.

— Eu atendo — grita a mãe do Cam da outra sala.

— Sim, claro que sei — sussurra.

— Ótimo. Bom, então, eu diria que você tem uma chance. Digo, ela veio, né?

— Beleza. Obrigado, Edy — agradece ele, muito sério.

Então um cara aparece na porta.

— Steve chegou — avisa a mãe de Cameron.

De imediato, Cameron quebra o contato visual comigo enquanto se levanta do chão de um pulo.

— E aí, cara? — Ele faz aquele tipo de cumprimento em que estende a mão, mas apenas junta os dedos o suficiente para segurar ligeiramente os de Steve, se adiantando para abraçar o amigo de leve com o outro braço. — Entre, sente aí, fique à vontade. — Então para mim: — Edy, você conhece Steve.

— Eden — corrijo. — Oi.

— Fala aí — cumprimenta Steve, lentamente, olhando para mim. — Uau, eu... eu não sabia que você ia estar aqui — diz, olhando de mim para Cameron.

— Sim, te mandei uma mensagem — explica Cameron. — A Mara está aqui também. Ela está no banheiro.

Steve se senta no chão entre mim e Cameron. O único lugar livre.

— Acho que não vi sua mensagem — diz ele, em um sussurro.

Olho para Cameron. Em seguida, de volta para Steve. Alguma coisa está acontecendo. Nitidamente, Steve não está feliz com minha presença. Olho para ele com atenção. Ele quase não me parece familiar. Mudou tanto que quase questiono se de fato é Stephen Reinheiser, também conhecido como Gordo. Olho para ele de novo. Não, nem gordo, nem desajeitado, nem esquisito. Nem Stephen. Talvez algum Stephen do universo alternativo. Stephen Suave. Ele não se parece com aquele garoto que sempre ficou ao meu lado nos debates do clube do livro. Não é o mesmo garoto tímido, bobo, que usava óculos, e que uma vez se sentou à mesa da cozinha comigo, falando mal de Cristóvão Colombo. Ele quase passaria por fofo agora. Ficou mais alto. Não é magro, mas com uma boa e sólida constituição mediana. Ele está com um corpo bom. Razoavelmente confiante. Mas meio que tem aquele ar, aquele aspecto triste, esperando-que-alguma-coisa-aconteça. Se eu não conhecesse, quase poderia ficar com ele em uma festa.

Cameron inspira fundo e prende a respiração, balançando os braços à frente, apertando nervosamente o punho direito com a mão esquerda repetidas vezes. Pego um salgadinho da travessa de petiscos que sua mãe nos trouxe. Ninguém diz uma palavra. Há apenas o baixo ofegar de Jenny no meu colo e o triturar de biscoito na minha boca. Felizmente, Mara volta bem na hora, os lábios perfeitamente rosados e brilhantes.

— O que eu perdi? — pergunta ela, sorrindo alegremente para todos, tocando as costas de Cameron enquanto dá a volta por trás dele para tomar seu lugar no chão entre nós, em frente a Steve.

— Bem, Steve está aqui — diz Cameron, finalmente soltando o fôlego.

— Estou vendo! Oi, Steve — cumprimenta ela.

— E você está aqui também — comenta ele, com um sorriso brincalhão e amigável, como se estivesse aliviado em vê-la. De repente me sinto como uma total estranha.

— Cameron — chama sua mãe, parada na porta, colocando um brinco. — Seu pai e eu estamos saindo. Temos aqueles ingressos para hoje, lembra?

— Sim, tudo bem, mãe — responde ele.

— Ligue se precisar de alguma coisa. Vamos voltar cedo — avisa ela, e juro que olha para mim quando diz isso, como se talvez soubesse, como todo mundo em pelo menos dois distritos escolares, que eu sou *aquela garota.*

— Tchau! — ele se despede, Steve ecoando o comprimento.

— Divirtam-se — grita Mara para os dois.

Ouço a porta da frente fechar e ser trancada. Expiro muito alto. Todos estão me encarando.

— Alguma chance de ter alguma coisa para beber aqui?

Cameron empurra uma lata de refrigerante para mim.

Olho para Mara. *Está me zoando?*

— Edy, vamos. — Ela ri. — Sério, a gente tem que estudar aqui.

— Nesse caso, vou precisar de um cigarro, pelo menos — digo a eles, me levantando.

— Você tem que fumar lá fora — avisa Cameron, depressa.

— Eu ia mesmo, não se preocupe. — Reviro os olhos para ele enquanto visto o casaco.

O quintal é tão impecavelmente planejado e organizado que tenho medo de mexer os pés, porque vou deixar muitas pegadas naquela imaculada neve branquinha. Acendo o cigarro e tento fazê-lo durar o máximo possível. Nunca perguntei a Mara que desculpa deu a Alex para não aparecermos esta noite. Não me importo muito, de qualquer maneira. Não quero mesmo ver Troy de novo. Especialmente não depois dos nossos amassos lentos e suaves, em estado alterado de consciência, no carro de Mara. Especialmente porque ainda não consigo juntar todas as informações para descobrir como a noite terminou. Fecho os olhos e tento mais uma vez, mas nada acontece. Em vez disso, o que vejo é Caelin, no dia seguinte, debruçado sobre mim em meu quarto, me azucrinando. Sua voz raivosa ainda ecoa em mim: ... *vá se foder, Eden... não está bem... não é legal... está ouvindo... você podia ter se machucado seriamente... um problema sério... por que está rindo... não é engraçado... está me ouvindo...*

— Eden?

Viro a cabeça. Meu cigarro queimou até o fim, as cinzas ainda mantendo a forma. Steve está parado ali.

— O quê? — respondo.

— Hmm, oi. Eu trouxe seu celular; não para de apitar, então... — Ele se interrompe no meio da frase, estendendo o braço para me entregar meu celular e se mantendo afastado.

— Valeu. — Pego o telefone da sua mão. Então Steve continua parado ali, e põe as mãos nos bolsos. Acendo outro cigarro. Várias mensagens de Troy ainda são visíveis na tela bloqueada, na ordem inversa:

está com raiva de mim ?

quero te ver...

ei, menina bonita, já faz um tempo. você vem hoje?

Dou uma olhada em Steve, reparo em seu tênis. Ele obviamente leu as mensagens. Coloco o celular no bolso, sem responder.

— Quer um? — Seguro o maço de cigarros em sua direção.

— Não — responde ele, levantando a mão. — Mas obrigado. — Ele tenta sorrir. Não sei bem dizer qual é a dele hoje em dia. Ele usa uma camiseta do tipo super-herói de quadrinhos, sobre uma térmica de manga comprida. Seu cabelo está um pouco despenteado, mas os olhos são brilhantes, claros e focados, nada parecidos com os de Troy, ou qualquer um dos caras com quem estive recentemente.

— Você não gosta de mim ou o quê? — enfim pergunto.

— Não. Pensei que fosse o contrário! — Ele sustenta meu olhar; está mais ousado do que me lembro.

— Por que eu não iria gostar de você? — pergunto, em vez de responder.

— Não faço ideia — diz ele, cruzando os braços. — Por que você não gosta de mim?

— Eu nunca disse isso — respondo. — Eu não desgosto de você.

Ele assente e olha para o céu. Em seguida, mexe a boca para dizer alguma coisa, mas Cameron abre a porta de tela, nos interrompendo com um grito impaciente.

— Tudo bem, sério, é hora de começar a estudar esta merda! Sério. — Então ele põe a cabeça de volta para dentro e bate a porta.

— Tudo bem. — Steve ri. — Acho que é hora de começar a estudar esta merda — repete ele, zombando gentilmente de Cameron, como se talvez eu não fosse uma completa estranha, afinal. Apago meu cigarro e o sigo para dentro.

PARTE QUATRO

Último ano

FIQUEI COM QUINZE CARAS diferentes. Às vezes parece demais, outras parece não ser o bastante. Mas cada um me leva um pouco mais longe. Estou muito longe agora, às vezes sinto que talvez seja quase o bastante. Porque, sinceramente, não resta nenhum vestígio daquela garotinha assustada e quieta, com cabelo desgrenhado, rosto sardento e clarinete. E seu grande segredo nem é mais tão importante assim. Já faz tanto tempo que praticamente nunca aconteceu.

Afinal, estou a um mês de completar dezessete anos, vinte e dois dias, para ser exata, o que significa que tenho quase dezoito, o que significa que sou praticamente uma adulta. O que significa que estou autorizada a matar a última aula do dia. O que significa que é perfeitamente aceitável fazer o que estou fazendo com esse cara, no banco de trás da porcaria do Dodge Caravan velho, que cheira a tênis mastigado por cachorro. E daí se eu não passei no vestibular na primavera? Está tudo bem. Tudo ótimo, na verdade.

Abro a porta do carro e salto para o concreto molhado.

Olho para ele uma vez, tentando lembrar seu nome antes de bater a porta. Não importa, pra ser sincera. Caminho até o outro lado do estacionamento da escola, botas ecoando o ritmo do meu coração, martelando naquela adrenalina empoderadora de ficar com um cara que não conheço nem me interessa, já incapaz de evocar seu rosto em meu cérebro. Parece que estou voando. Confiro a hora no celular e aperto o passo. Sei que Mara está me esperando.

Ela sorri quando me vê chegando.

— Oiê! — chamo, enquanto me acomodo ao seu lado, me encostando na lataria do seu carro, no lado do motorista. E, como todos os outros dias, ela me entrega um cigarro já aceso, com sua marca de batom no filtro. Esperamos até que o fluxo de carros diminua antes de irmos embora.

— Por onde você andou, garotinha? — Mara exala uma nuvem de fumaça e ri, porque já sabe por onde andei.

Dou de ombros.

— Não sei. Em lugar nenhum, na verdade.

— Hmm — balbucia ela, o cigarro pendurado na boca, enquanto tira alguns fiapos do suéter. — Em lugar algum com alguém especial, talvez? — pergunta, o tom de voz leve e esperançoso, imaginando que talvez, finalmente, eu tenha encontrado alguém como ela havia feito.

— Ninguém especial, com certeza. — Não sei por que digo isso; eu me arrependo de imediato. Não é conversa para um estacionamento.

— Bem, você sabe... — começa, mas desvia o olhar, sem concluir seu pensamento. Ela joga o cabelo sobre o ombro e olha para o outro lado do estacionamento; havia deixado a cor de mirtilo vermelho desbotar e agora usa mechas cor-de-rosa na parte de dentro do cabelo escuro. De algum jeito ela conseguiu, perfeita e completamente, fazer a transição do tipo pateta para aquela nova garota: descolada, não convencional e artística.

E eu, bem, era como se antes houvesse a garota, e depois houvesse os boatos sobre a garota, mas agora só restasse a garota, porque os boatos não são mais apenas boatos, são a realidade — eles são a garota.

— Edy, sabe o amigo do Cameron... — Ela tenta de novo, mas eu a interrompo, antes que possa terminar.

— Nem vem, Mara.

Ela bate a cinza do cigarro no espelho lateral repetidas vezes, sem me encarar.

— Desculpe, eu só... só não estou mesmo interessada. Mas obrigada mesmo assim.

— Ok. Sim, eu sei. Tá bom. Tanto faz. — Ela baixa os óculos escuros do topo da cabeça até os olhos, deixando a franja deslizar para o rosto. — O que você quer fazer esta noite?

— Pensei que você ia estar ocupada com Cameron, noite de namorar e tudo mais?

— Não. Ele vai sair com Steve hoje. — Ela hesita. — Sabe, Edy, Steve é um cara legal mesmo, e ele...

— Sim, eu sei. — Eu a interrompo novamente. — Sério, não estou procurando nada sério. Com ninguém. E muito menos com Stephen Reinheiser, tá bom?

— Tudo bem, tudo bem. Noite das garotas, então? — Ela sorri, arqueando as sobrancelhas. — Não fazemos isso há um tempão, vai ser ótimo. Podemos pedir comida e maratonar uns filmes? — Ela ri, observando o estacionamento vazio. — Pode ser divertido, né? — pergunta, assentindo com entusiasmo enquanto desliza para o banco do motorista, fechando a porta do carro e encerrando nossa conversa.

Como sempre, dividimos mais um cigarro e deixamos a música alta o bastante para abafar nossos pensamentos, para silenciar as coisas que deveríamos estar dizendo uma à outra.

Quando chegamos à minha casa, ela se vira para mim.

— Que tal você aparecer lá em casa depois do jantar? Talvez você possa, sei lá, levar os comes e bebes? — insinua, com um sorriso.

— Tenho tudo no esquema — asseguro a ela. O cara do posto de gasolina se tornou mais meu fã que de Mara, depois que ela colocou piercing no nariz e fez as mechas cor-de-rosa; os gostos dele são um pouco mais convencionais, eu acho.

ooo

Minha casa está silenciosa. O som do carro de Mara saindo da entrada da garagem diminui até silenciar. E deixa tudo com uma sensação de quietude extrema, vazio extremo. Esta casa, oca, assombrada.. Não por fantasmas, mas por nós, pela nossa própria história, pelas coisas que aconteceram aqui.

Escolho a caneca rachada de cerâmica no armário — aquela com flores que ninguém mais usa — e a encho até a metade com o gin que Vanessa guarda no fundo do armário de temperos, como se folhas de hortelã, pimenta caiena e creme tártaro pudessem esconder a larga garrafa de vidro, ou seu conteúdo, ou a razão pela qual ela precisa estar ali, em primeiro lugar. Levo minha caneca rachada para a sala, ligo a TV bem alto, fecho os olhos e flutuo.

Quando meus olhos se abrem novamente, as sombras na sala se deslocaram. A caneca está quase virada, minha mão frouxa em torno da sua forma arredondada. Eu me sento para checar o relógio: 17h48. Vanessa e Conner vão chegar a qualquer minuto. Tomo o último gole de gin e o saboreio na boca. Com cuidado, enxáguo a caneca e a coloco na lava-louça. Então despejo os livros da mochila no chão do quarto e enfio nela uma muda de roupa, escova de dentes, coisas de cabelo e maquiagem. Encontro o bloco de recados na mesa da cozinha, com o bilhete de Vanessa do último fim de semana rabiscado em caneta azul:

Fui à loja. Comida na geladeira.
Com amor, mãe

Arranco a página e começo um novo bilhete. Nosso método preferido de comunicação nos dias atuais.

Vou dormir na casa da Mara. Ligo de manhã.
E

A NOITE É UM BORRÃO completo. Não pedimos comida. Não assistimos a nenhum filme. Só ficamos sentadas no chão do quarto de Mara e bebemos. E bebemos. E bebemos até não sobrar nada.

— Bom dia — murmura Mara, enquanto me sento rápido demais.

— Ai, Deus, minha cabeça. Fale mais baixo — resmungo. Não consigo me lembrar se adormeci ou chapei.

Ela se levanta do chão, cambaleante, e para em frente ao espelho, lambendo o dedo e limpando as manchas de rímel embaixo dos olhos. Eu a sigo para fora do quarto e desço as escadas até a cozinha, como um zumbi.

— Está com fome? — ela me pergunta, abrindo e fechando as portas do armário, tentando encontrar algo comestível.

— Um pouco.

Ela carrega várias caixas de cereal para a mesa. Pego as tigelas e colheres, e o leite desnatado da geladeira.

— Então, tenho uma ideia, um plano, se você se dignar a ouvir por dez segundos antes de dizer não — começa ela, enquanto nos sentamos na pequena copa que seu pai construiu quando éramos crianças.

Sirvo meu cereal com bolinhas de frutas. O tilintar das pequenas esferas vermelho-rosadas e da mistura de milho e aveia em formato de travesseiros fofinhos caindo na tigela de cerâmica ecoa pela cozinha vazia.

— Edy? — chama Mara.

— Ah, o quê? — Finjo que não ouvi; estou ocupada demais servindo meu leite desnatado.

— Eu disse que quero que você escute a minha ideia.

A colher mergulha; eu a coloco na boca. Mastigo. Mastigo, mastigo, mastigo. Engulo.

— Sim, tá, estou ouvindo.

— Bem. Eu quero que você saia com a gente esta noite.

Paro de mastigar. Paro de piscar. Paro de respirar.

— Humm? — murmuro, com a boca cheia de cereal. Engulo com força, tento de novo. — A gente?

— Sim, comigo e Cameron. Vamos ao shopping. — Ela sorri como se essa não fosse a coisa mais absurda que já disse.

Eu levo alguns segundos para me recuperar.

— Com Cameron? Para o shopping? Tá me zoando, né?

— Eu sei que é ridículo, Edy, mas nós vamos ao cinema e você só teria que atravessar uma pequena, minúscula parte do shopping para chegar lá, está bem?

— Mara, por quê? Já tentamos isso antes. Cameron e eu não gostamos um do outro. Por favor, simplesmente aceite.

— Bem, não é só isso — começa ela, lentamente. — Steve vai também.

Eu me pergunto como seria o sabor do cereal com um pouco de vodca, ou talvez metade da garrafa.

— Então, você vai, Ed? Por favooor, por favorzinho? — Ela junta as mãos e me brinda com a sua melhor cara de pidona, com direito a beicinho e tudo.

— Mas seria tipo um encontro, né? Você está tentando armar um encontro para mim. No cinema. Que patético. O que é isso, quinta série?

— Sério, acho que vai ser ótimo! — Ela sorri para mim como se acreditasse de verdade no que está dizendo.

— Tudo bem, Mara. Olha, a gente não curte mais como antes, nem sai com caras problemáticos. Na verdade eu quase não consigo te ver. Eu me esforcei bastante para agradar você e o certinho do Cameron, inclusive aturar o Steve, que está sempre atrás da gente. Então, por favor, por favor, por favor, eu imploro... o shopping não.

Seu sorriso desaparece, seu rosto se contorce em uma careta de frustração.

— Ele é legal, bacana e gentil, viu? E fofo. Então para de julgar.

— Ai, meu Deus. — Eu suspiro.

— Ele é — choraminga Mara. — E é perfeito pra você.

— Não sei por que a gente ainda está falando sobre isso. Eu já disse... não estou interessada.

— Por quê? — pergunta, fingindo estar surpresa.

— Porque, Mara, não estou a fim da merda de um encontro duplo com você e a merda do Cameron, tá bom? — Muito ríspido o meu tom, eu sei. Mas não pude evitar.

— Bem, foi mal! Credo, Edy, às vezes você pode ser muito cruel! Sabe, eu já prometi ao Steve que você iria. Além do mais, você me deve uma.

— Como assim eu te devo uma?

— Fala sério! Eu já livrei a sua cara tantas vezes... provavelmente mais vezes do que você imagina!

Eu me levanto com a tigela de cereal na mão, vou até a pia e jogo o excesso de leite pelo ralo.

— Não posso. Desculpa.

— Muito obrigada, Ed. Bela maneira de me apoiar. Nunca te peço nada! — Ela cruza os braços e se joga para trás na cadeira, fazendo beicinho como se tivesse doze anos.

Fico parada ali, tentando avaliar se ela está falando sério, quão irritada ficaria se eu lhe desse um perdido.

— Minha nossa — gemo. — Olha, eu vou com você, mas, por favor, deixe bem claro que não é um encontro.

Ela revira os olhos.

— Tudo bem.

— Preciso ir embora.

— Espere, ainda não — diz ela, se levantando, como se realmente pretendesse tentar me impedir.

— Não, prometi a Vanessa que a ajudaria a fazer uma coisa. — Mas é mentira. Raspo os restos de cereal empapado na lata de lixo embaixo da pia. — Só me ligue mais tarde para me avisar a que horas devo encontrar vocês.

— Está com raiva de mim?

— Desculpe. — Eu cedo, percebendo que estou sendo desagradável. — Não estou brava. Só estou de ressaca e preciso de um cigarro, minha cabeça está doendo.

Não me preocupo em me vestir, pentear o cabelo ou mesmo escovar os dentes. Simplesmente pego minha mochila e jaqueta e saio pela porta o mais rápido possível. A casa de Mara é o único lugar no mundo do qual jamais tive pressa de ir embora. Mas as coisas mudam o tempo todo. Enquanto me afasto, a calçada parece um pouco instável sob meus pés. Atravesso dois quintais e tenho que ultrapassar um terrier raivoso só para evitar passar na frente da casa de Kevin... da casa de Amanda.

ooo

Paro na praça de alimentação, com certeza antes da hora. É uma oferta de paz para Mara, para provar que não me considero boa demais para ir ao shopping, se minha presença realmente significa tanto para ela. Eu me sento na beirada de um grande vaso de flores feito de concreto, perto da área de descarte das bandejas, e acendo um cigarro. Noto minha mão trêmula enquanto o levo aos lábios. Eu estou nervosa. Inquieta. Estou com medo dessa noite. É tudo muito saudável e sem propósito. Passo meu cigarro para a outra mão, mas esta treme tão freneticamente que a guimba salpica meus dedos. Tenho que me levantar para a cinza não cair no meu colo e me queimar.

No momento que estou limpando a cinza da manga do casaco, a voz de Mara me assusta:

— Tudo bem aí?

— Ah! — Solto uma exclamação. — E aí? Sim, acabei de deixar cair... Tanto faz, não importa. Oi.

— Oi. — Cameron levanta a mão que está unida à de Mara, esmalte preto descascado nas unhas. — Fico feliz que conseguiu vir — mente. A luz da rua reflete na bola de metal dentro da sua boca enquanto ele fala, nas argolas do lábio inferior e da sobrancelha esquerda. — Steve está estacionando.

Enquanto esperamos, Mara sorri em meio a uma careta, como se me pedisse para me comportar. Então vejo Steve marchando pelo estacionamento em seu colete de lã — a corrente da carteira toda brilhante, pendurada no bolso de trás, os tênis muito limpos. Como se estivesse vestido para um encontro. Ele mal chegou e já está se esforçando demais.

— Oi, Eden! — Ele acena enquanto se aproxima de nós, com um sorriso imenso.

— Oi. — Tento não suspirar muito alto.

Durante o filme, Mara e Cameron ficam de mãos dadas. Ela pousa a cabeça no ombro dele. Ele beija sua testa, depois me lança um sorriso estranho, quando me flagra os observando. Eu me viro para encarar Steve ao meu lado. Ele sorri timidamente e se concentra na tela. Poucas coisas no mundo têm o poder de te fazer sentir tão idiota.

O filme é em francês, legendado. Acho que Mara esqueceu de mencionar esse detalhe. Depois dos cinco minutos iniciais, parei de ler. Em algum momento, fechei os olhos. E, bem nesse intervalo entre a vigília e o sono, ouço minha própria voz, choramingando:

— Não, eu quero ser o cachorro... sempre sou o cachorro, Kevin.

E é como se eu tivesse voltado àquele momento, mas não como eu mesma. Sou outra pessoa, como um espectador sentado à mesa com as duas pessoas, observando a menina deslizar para o assento em frente a ele. É como se eu estivesse assistindo a um filme, procurando sinais do que vai acontecer em apenas algumas horas. Ele estica o braço sobre a mesa da cozinha e coloca o cachorrinho de metal diante da menina, com um sorriso.

— Obrigada — cantarola a garota. Ela sente o rosto ficando vermelho, corando por causa dele.

— Acho que vou ser o chapéu. — Ele parece resignado.

— O sapato... o sapato é melhor. — As opções eram bem limitadas. O cachorro era obviamente a primeira escolha de todos. Eles tinham perdido o carro alguns anos antes, em uma malfadada partida de Banco Imobiliário ao ar livre, interrompida por causa da chuva, então ficaram apenas com o carrinho de mão, o dedal, o chapéu e o sapato. Para a menina, o sapato ao menos era um pouco mais relevante que os outros, ele podia andar. Em tese, pelo menos. Chapéu, dedal e carrinho de mão lhe pareciam muito arbitrários.

— Tudo bem. Se você acha que o sapato é melhor, vou ser o sapato. — Do outro lado da mesa, ele sorriu para a garota. Os dois colocaram suas peças na casa INÍCIO ao mesmo tempo, e ela não saberia dizer se tinha roçado os dedos nos dele ou se ele o fizera.

— Você quer que eu seja o banqueiro, né? — ele perguntou a ela. Ela assentiu, com um embrulho no estômago, mas era uma sensação estranha, no bom sentido. Ele havia se lembrado de que ela odiava ser o banqueiro. E ela ficou lisonjeada. O rosto ardia, avermelhado, como o de uma completa idiota.

Ele deu a volta no tabuleiro duas vezes enquanto ela estava presa em propriedades baratas: Baltic Avenue, depois Sorte ou Revés, o que a fez recuar três casas por causa do Imposto de Renda. Jamais se dera bem naquele jogo, afinal de contas.

— Onde está meu irmão? — perguntou a garota, com displicência. Não era comum ele ficar longe de Caelin. Não era comum ele tratá-la como um ser humano, passar algum tempo com ela assim, voluntariamente.

— No telefone. — Ele rolou um onze e comprou St. Charles Place, o que lhe garantiu o monopólio das propriedades cor-de-rosa; colocou duas casas em Virgínia.

— Com quem? — perguntou ela, desesperada para não deixar a conversa morrer. — Ela rolou um e dois, e acabou voltando para Sorte ou Revés: outros quinze dólares para o Imposto Social. — Pooooxaa! — exclamou, com sua voz de menina boazinha. Nunca poderia ter dito *porra*.

Então ele sorriu para a garota como ninguém jamais sorriu antes. Pela primeira vez, ela teve a impressão de que deveria se sentir envergonhada por estar vestindo aquela camisola infantil de flanela, estampada com minúsculos basset hounds adormecidos, na frente dele.

— Com a namorada... Quem mais seria? — respondeu, pegando o dinheiro da mão dela.

— Você acha ela bonita? — perguntou a menina, enquanto o observava rolar os dados e sair dois quatros e pegar a New York Avenue para o grupo da cor laranja.

— Sei lá, acho que sim. Por quê?

Ela deu de ombros. Tinha visto a namorada de faculdade do irmão apenas por fotos, mas achou a garota muito bonita. Não sabia por que, de repente, se importava se Kevin achava a garota bonita ou não. Talvez porque, no fundo, soubesse que ela mesma não era. Porque era toda angulosa e reta. Porque não parecia uma garota que alguém como Kevin poderia achar bonita, e temia que nunca seria.

Ela rolou o dado e saiu um seis e um quatro. Cadeia.

— Ah, fala sério! Eu tenho que ir presa agora? — reclamou, virando a carta para ele ver.

— Ah, poxa! — zombou ele, imitando uma voz feminina.

— Ei! — Ela sorriu, mas só quando se deu conta de que ele estava se divertindo à sua custa. E então chutou o pé dele por baixo da mesa.

— Tá bom, tá bom. — Ele colocou casas na Illinois Avenue e em Marvin Gardens, enquanto a menina tentava tirar dois números iguais para sair da prisão.

Quando chegou a sua vez, ela balançou os dados com as duas mãos e então os lançou. Um seis caiu fora do tabuleiro, na borda da mesa, e o outro caiu no chão, embaixo da cadeira de Kevin.

— Aaah, o que deu? O que é? — perguntou ela, tentando ver.

— É um seis — anunciou ele, embaixo da mesa. Então colocou o dado no centro do tabuleiro, a face do seis para cima. — Você está livre. — Ele sorriu.

— Foi um seis mesmo? — ela perguntou. Afinal, a menina não era trapaceira.

— Juro por Deus — proclamou Kevin, erguendo a mão em juramento. Desconfiada, ela o encarou do outro lado da mesa, enfim se decidindo.

— Não acredito em você.

— Ai. Como assim você não confia em mim? Essa doeu, Edy. Sério. — Ele falou em um tom estranho, quase sério, mas nem tanto, porque estava sorrindo. A menina não entendeu direito. Só sabia que aquilo a deixava inquieta e animada ao mesmo tempo. Como se houvesse algo mais acontecendo, sem ter certeza do quê.

— Tudo bem, eu acredito em você... confio em você — ouço a menina lhe dizer.

Eu quero dar um tapa na menina. Quero me levantar e passar o braço sobre a mesa, derrubando o cachorrinho e o sapatinho, as casas de plástico e o dinheiro de brinquedo. Porque, enquanto a garota sorri timidamente, eu olho nos olhos dele e vejo agora o que ela não podia ver então: que esse é o momento. Ele vinha planejando havia algum tempo e estava decidido, eu podia ver, mas esse foi o momento em que não apenas soube que o faria como soube que a menina iria deixá-lo sair livre dessa.

— Ótimo. — Ele sorriu novamente. — É sua vez.

Ela moveu seu cachorro para a frente, sem pensar em nada, exceto na maneira como ele a olhava, como se fosse uma garota, e não apenas uma criança irritante. Ela fingiu ter algo no olho para ter uma desculpa para tirar os óculos.

— Então — começou ela, tentando soar o mais indiferente possível —, você tem namorada? — E eu me lembro de como o coração disparou enquanto esperava a resposta, fazendo um inventário mental de todas as garotas bonitas com quem já o vira.

— Tenho — respondeu ele, como se fosse a pergunta mais ridícula que alguém já havia proferido na história do mundo.

— Ah. Ah, você... você tem? — Tentou soar casual, mas até ela sabia que soava apenas patética e triste. Então rolou os dados mais uma vez, e tentou desesperadamente somar os dois números.

— Deu oito. Você só andou sete — avisou ele, com naturalidade. Ela moveu seu cachorro mais uma casa. — Ficou chateada? — perguntou, lendo seus pensamentos, de alguma forma.

A menina o encarou. Ele parecia um pouco desfocado agora que ela o via sem seus óculos.

— Chateada? Não. Por que... por que eu ficaria?

— Você tem namorado? — perguntou ele.

A respiração da menina ficou presa na garganta. Ela teve a certeza de que ele estava curtindo com sua cara.

— Namorado? Ah, tá... — resmungou ela, estendendo a mão para pegar os óculos. Mas, de repente, a garota sentiu a mão dele em cima da sua, só por um segundo.

— Você fica bem sem óculos, sabia?

Ela literalmente não conseguia respirar.

— Eu... fico? Jura? — Ela prendeu a franja longa e bagunçada atrás das orelhas. Passou a casa INÍCIO e recolheu seus duzentos dólares. O coração parou por alguns segundos.

— Sim, sempre achei. — Ele se inclinou sobre a mesa muito levemente, encarando a menina com intensidade. — Você ainda tem aquela cicatriz... — disse, tocando a própria testa no lugar onde ficava a cicatriz da menina, o lugar onde minha cicatriz ainda é visível.

A menina o imitou, muito confusa com o que estava acontecendo para articular frases. Ela começou a ficar com medo de desmaiar de verdade.

— Lembra daquele dia? — sussurrou ele, sorrindo em meio às palavras, como se significasse algo para ele, como se aquele dia significasse algo, do mesmo jeito que significava para ela. — Na sala de emergência — lembrou a ela. — Seu acidente de bicicleta?

— Aham — sussurrou a menina. Era como se o garoto soubesse que ela pensava naquele dia o tempo todo. Que acreditava que provavelmente foi a coisa mais romântica que já aconteceu em toda a sua vida.

— Então você quer ter um namorado? — Ele estreitou os olhos para a menina. — Até que enfim começou a gostar de meninos, né?

— Eu... sim, quero, mas eu... — Mas ela estava confusa. Porque... o que ele estava realmente perguntando a ela? Parecia, de certa forma, que ele estava perguntando se ela queria que ele fosse seu namorado, mas não. Não, claro que não, disse a si mesma, silenciosamente. Ela olhou para o peito achatado e pensou... definitivamente não, não pode ser. Além do mais, ele tinha namorada. Havia acabado de dizer a ela. E era muito velho, muito maduro para ela, pensou a menina. Ainda assim, ela não conseguia entender aquele sorriso.

O irmão da menina saiu do quarto, parando perto da mesa, e olhou para o jogo.

— Kev, não precisa dar uma de babá. Ela sabe se divertir sozinha, cara. — Ele sorriu. A garota nem sabia que deveria ficar ofendida. Ela deveria ficar com raiva do irmão quando dizia coisas assim sobre ela. Mas não ficou. Seu irmão desapareceu na cozinha e voltou segundos depois, com um saco de batata chips debaixo do braço e duas cervejas em cada mão. — Vamos — sussurrou o irmão para Kevin, certificando-se de que o pai não os veria roubando sua cerveja.

Mas a menina queria continuar brincando, independentemente do jogo. Ela queria terminar a partida. Porque aquela, pensou, poderia ser a noite mais importante da sua vida.

— Edy. — Caelin chamou a atenção da garota. Ele apontou um dedo para ela e depois o colocou sobre os lábios, o sinal universal de silêncio. — Entendido?

Ela assentiu, pensando que eles eram tão legais, se sentindo tão especial por ter sido incluída naquele ato de delinquência.

Kevin empurrou a cadeira e se levantou.

— Bom jogo, Ed.

Então os garotos saíram da sala com suas cervejas e batatas chips contrabandeadas. A menina tentou respirar normalmente, em seguida ajeitou os óculos no rosto. Ela juntou o dinheiro colorido e as casinhas de plástico, o cachorro e o sapato. Dobrou o tabuleiro e o guardou dentro da caixa velha, e a colocou de volta na prateleira de jogos, no armário do corredor, onde era seu lugar. Mas algo ainda parecia errado.

Ela andou na ponta dos pés até a sala, deu um beijo de boa-noite na mãe e no pai, e se recolheu pontualmente às onze horas. Ela sabia porque, ao fechar a porta do quarto, ouviu no canal de notícias: *São onze horas. Você sabe onde estão seus filhos?* Ela se aconchegou e empurrou todos os bichos de pelúcia para longe, amontoados perto da parede. Bichos de pelúcia eram para crianças, e, nossa, como aquela menina estava cansada de ser criança, aquela menina estúpida, estúpida.

Quando a menina fechou os olhos, estava pensando nele. Pensando que talvez ele estivesse pensando nela também. Mas o garoto não estava pensando nela do mesmo jeito. Ele a estava segurando na palma da mão, envolvendo-a com os dedos, um de cada vez, torcendo e moldando, e dominando sua mente. Tento sussurrar no ouvido da menina:

— Edy, levante. Tranque a porta do quarto. Você só precisa fazer isso. Tranque a porta, Edy, por favor! — grito, mas a menina não me ouve. É tarde demais.

○○○

Abro os olhos, ofegante. Minha testa está molhada de suor; as mãos apertadas ao redor dos descansos para copos. Olho em volta rapidamente. Mara toca meu braço e sussurra:

— O que deu em você? Está tudo bem?

Estou bem. Estou segura. Foi um sonho. Só um sonho. E agora estou acordada.

Meneio a cabeça e murmuro as palavras:

— Sim. Estou bem.

NO SEGUNDO BIMESTRE MARA e eu somos colocadas na mesma sala de estudo. É a única maneira de eu conseguir passar algum tempo com ela. Óbvio, Cameron e Steve vêm no combo, um bônus que eu dispenso.

Mara, Cameron, Steve e eu nos sentamos à mesma mesa. E, com minha sorte, Amanda se senta à mesa ao lado, me encarando com malícia sempre que olho em sua direção. No primeiro dia, acenei e tentei sorrir para ela, tentei lhe dizer silenciosamente que de fato não me importo se suas mentiras me transformaram na vadia da escola. Nada de mais. Por mim tudo bem. Na verdade, devo uma a ela. Amanda havia me transformado no que sou, afinal, alguém interessante e impulsivo, alguém que não precisa se importar tanto. Com nada. Mas seus olhos escuros apenas olham através de mim, imutáveis.

Ela até treina seus companheiros de mesa para também me fuzilarem com os olhos. Um deles eu conheço; aquela garota sarcástica que acrescentou *vadia nojenta e totalmente* ao meu epíteto, na parede do banheiro. Tento ser legal, ignorar, deixar rolar. Muitas garotas na escola me odeiam, pensam que sou um lixo, preocupadas com os próprios namorados. Eu não sou uma idiota. Vejo o jeito como me olham, como se eu fosse perigosa, ouço a maneira como falam sobre mim, os sorrisos por trás das mãos em concha e seus sussurros. Estou acostumada com isso. As outras garotas, elas não importam. Mas Amanda é diferente. Porque... que direito ela tem? Eu quem deveria odiá-la. Se eu me importasse o suficiente, óbvio. O que não é o caso.

Mara coloca os dedos nos lábios e os beija, em seguida coloca a mão espalmada na frente da boca, com a palma voltada para cima, e assopra. O beijo vai até o outro lado da mesa. Cameron para de afiar seu lápis, pega o beijo, depois coloca a mão dele junto à boca.

— Então, vocês ainda não... aquilo... mesmo? — sussurro para Mara.

— Ainda não, mas em breve. Eu acho — ela responde, calmamente, encarando Cameron com um olhar sonhador, enquanto ele continua afiando os lápis de desenho de Mara, como se nada no mundo pudesse fazê-lo mais feliz.

Ela tem estado tão ocupada com Cameron, sonhando com o futuro dos dois, que nem perguntou sobre meu aniversário. Todos os anos vamos comer em algum lugar, só nós duas. É tradição. A escolha deste ano, já decidi, é a Cheesecake Factory, mas ela ainda não sabe, porque não consegui contar, sobretudo porque ela não perguntou.

— Mara, você está lembrando que amanhã...

— Shhh. — O sr. Mosner, nosso professor da sala de estudo, coloca um dedo nos lábios. — Mocinhas, por favor! Isto aqui se chama sala de estudo por uma razão. É para estudar, não falar.

— O que você estava dizendo? — Mara sussurra para mim.

— Nada.

ooo

Naquela noite, espero pelo telefonema anual de feliz aniversário de Mara, à meia-noite. Eu espero e espero e espero. Talvez ela tenha pegado no sono. Ou talvez estejamos ficando velhas demais para ligações de aniversário à meia-noite.

Na manhã seguinte, quando chego a meu armário, não há decoração de aniversário. Tudo bem, talvez também estejamos ficando velhas demais para decoração de aniversário no armário. Mas então, quando a vejo na aula de matemática, no almoço, na sala de estudo e mais quatro vezes entre as aulas, ela nunca diz algo que dê qualquer indício de que sabe que é o dia do meu aniversário. E, quando me deixa em casa depois da escola, não pergunta onde vamos jantar, não diz quando vai voltar para me pegar.

— Edy? Achei que você fosse sair com a Mara — comenta Vanessa, entrando em casa e dando de cara comigo no sofá. Ela pousa a bolsa e as chaves e a correspondência que trazia debaixo do braço, depois me encara, quase preocupada demais. — Não temos visto Mara por aqui ultimamente. Vocês duas não brigaram nem nada, né? — pergunta, naquele tom pseudocasual e muito alto, que me diz que está se esforçando muito para interpretar o papel de mãe zelosa.

— Não, ela só tem um namorado com quem está passando todos os minutos do dia.

— Então vocês ainda vão sair para jantar? Porque eu poderia preparar alguma coisa, não me importo.

— Não, sei lá, tudo bem. Quer dizer, ainda vamos sair.

— Então ótimo. Aonde vocês vão? — pergunta ela, enquanto folheia os envelopes, separando-os em pilhas de boletos e lixo.

— Cheesecake Factory — minto. — Eu tenho cupons! — O que é tecnicamente verdade, mesmo que eu tecnicamente não vá usá-los.

— Ótimo. — Um ela coloca no lixo. Outro é boleto. Lixo. Lixo. Boleto. — Parece que você recebeu um cartão da vovó e do vovô, ah, e um da tia Courtney, de Phoenix — diz ela, me entregando um envelope vermelho, e depois um roxo. Ela sempre faz isso. Tia Courtney, de Phoenix, tio Henry, de Michigan, a prima Kim, de Pittsburgh, como se eu tivesse mais de uma tia Courtney, tio Henry e prima Kim.

Abro o roxo primeiro. De meus avós. A frente do cartão tem um cachorrinho dando um balão para outro cachorrinho; no interior, *Espero que seu aauniversário seja especial pra cachorro*. O cartão provavelmente era para uma criança de cinco anos, mas também trazia um cheque de dezessete dólares e, como dedicatória, na trêmula caligrafia da minha avó, *Feliz aniversário de 17 anos, Eden*. Ano passado foi um cheque de dezesseis dólares, no ano que vem será de dezoito. Tia Courtney mandou uma nota de vinte, que graciosamente enfiei no bolso.

Levanto do sofá e vou para meu quarto, troco de roupa e, com dissimulação exagerada, me preparo para minha incrível festa de aniversário. Na verdade, não faço ideia de para onde deveria ir pelas próximas duas a três horas.

— Divirta-se! — Conner grita da cozinha quando estou saindo.

— Edy, espere. Se nós estivermos dormindo quando você chegar em casa, feliz aniversário de novo. — Vanessa avança e me dá um estranho abraço na entrada. — Nós amamos você — acrescenta, no último segundo.

Eles estão tentando — eu reconheço.

Simplesmente não suporto mais. É muito difícil.

NO FIM DAS CONTAS, a biblioteca pública é o esconderijo perfeito, ainda melhor que a biblioteca da escola. Você pode se sentir como um grande fracassado, patético e desesperado, na mais completa paz, sem ser julgado.

Estou com o celular a postos. Bem ali na minha frente, esperando o telefonema. Posso até ouvir o toque em minha cabeça, antecipando o momento em que ela percebe como tem sido ridícula por esquecer o aniversário da melhor amiga.

Folheio distraidamente as páginas de um dos meus cadernos da escola. Cada página começa da mesma forma, com a data e nada mais. Acho que tentei fazer anotações no início do ano, mas agora é só o de vez ou outra *Essa caneta funciona??* rabiscado na margem. A cada virada de página, percebo minhas mãos cada vez mais trêmulas. Eu as sacudo. Estico os dedos à frente, até onde consigo. Então os fecho com força, em punho. Repito o movimento diversas vezes. Esfrego as palmas das mãos nas coxas, em uma tentativa de ativar a circulação, ou qualquer que seja o problema. Mas só consigo piorar a sensação. Isso começa a me deixar nervosa, o que só as faz tremer ainda mais. Eu fecho o caderno com força e coloco as mãos em cima da capa. Elas não param de tremer.

Minha respiração está ofegante quando pego o celular e o restante das minhas coisas, e me dirijo ao balcão de informações para usar o computador. Muito embora seja uma desculpa completamente esfarrapada, isso me faz sentir muito melhor por um instante. Verifico minha caixa de entrada: nada de Mara, mas há uma mensagem de Caelin. No assunto diz *Feliz Aniversário*. Clico em cima:

Querida Edy,
Feliz aniversário
Cae

Bem, é conciso. Mas pelo menos ele se lembrou.

RE: Feliz Aniversário
Querido Cae,
Obrigada. Você vem para casa no Dia de Ação de Graças semana que vem?
Edy

Ele responde logo:

Sim, vou estar aí! Talvez a gente possa passar um tempo junto, só você e eu, no próximo fim de semana, o que acha?

Não respondo. Junto minhas coisas. Preciso sair. Preciso ir a algum lugar. Qualquer lugar. Voltar para casa, se for preciso.

Eu ando. E ando. O frio ar de novembro lambe minha pele com sua língua gelada. Eu ando e ando, sem saber para onde vou. Até que percebo que estou ali, parada na calçada, em frente a uma casa que conhecia tão bem. Fico ali no meio-fio. Estendo a mão e toco a bandeira vermelha na caixa de correio com o indicador, deixando minha mão correr suavemente sobre as letras em relevo coladas ao longo da lateral da caixa preta de metal: M-I-L-L-E-R.

Recolho a mão rapidamente. O quanto devo parecer esquisita se alguém estiver me observando? A TV da sala projeta um brilho azulado nas paredes. Uma luz no quarto dos pais também está acesa. O quarto dele está todo escuro, lógico. Porque ele não está aqui. Está longe, na faculdade.

De repente, nas sombras, vejo sua gata. O corpo ágil e macio dispara de trás dos degraus da frente. Ela caminha em minha direção furtivamente, atravessando a calçada em linha reta, as patas silenciosas como um fantasma. Eu congelo. Porque tenho o desejo insano de pegá-la nos braços e levá-la para casa comigo.

Cogito seriamente levá-la.

— Controle-se, Edy! — sussurro em voz alta.

Enfio as mãos nos bolsos do casaco e forço meus pés a continuarem seguindo pela calçada. Eu me viro. Ela está me seguindo.

— Vá embora! — grito. — Vá pra casa! — eu a espanto, mas a gata continua caminhando em minha direção.

Praticamente saio correndo, com o coração em disparada.

— **VOCÊ NUNCA VAI ADIVINHAR** o que eu fiz ontem! — exclama Mara, enquanto me sento no banco do passageiro e aperto o cinto. Neste instante, de frente para ela, estou com mais raiva do que pensei que estaria. Mais brava do que pensei que estaria. Mara está praticamente em êxtase, então sei que o que ela fez na noite passada deve envolver Cameron. Ela sai de ré da entrada da minha garagem, depois engata a primeira.

— Bem... Nós fizemos. — Ela olha para mim, muito animada.

— Que ótimo. — Ela transou com o namorado e eu quase roubei um gato. — Ótimo mesmo — repito.

— O que foi? Pensei que você ficaria feliz por mim. Empolgada.

— Parabéns! — Lentamente, bato palmas duas vezes.

Seu sorriso desmorona quando ela reduz a velocidade no sinal de pare.

— O que aconteceu?

— Meu problema é que você me deixou sozinha ontem à noite!

— Do que você está falando?

— Pense um pouco, Mara. Que dia foi ontem?

— Não sei, quinta-feira?

— Quer saber? Deixa pra lá, nem importa mais.

— Tudo bem — diz Mara, seca. Ela pisa fundo no acelerador quando entramos na rua principal.

Não dizemos nada no restante do caminho até a escola. O ar no carro está abafado, denso com todas as palavras amargas não ditas e as coisas que vínhamos sufocando havia muito tempo. A pressão é suficiente para trincar o para-brisa. Quando finalmente paramos no estacionamento, solto o cinto de segurança e, quando estou prestes a abrir a porta, a válvula que nos impedirá de explodir ali.

— Espera, Edy — chama Mara. Eu hesito. — Eu não ia falar nada, mas... bem, agora eu vou. — Ela inspira fundo e exala. — Você tem sido uma pessoa bem difícil ultimamente. Está muito, muito difícil ficar perto de você. Parece que, desde que eu comecei a sair com Cameron, você tem se comportado como a maior... — Ela faz uma pausa, procurando uma palavra diplomática.

— O quê... vaca? — Eu rio quando digo isso. Sendo muito vaca mesmo.

— Sim — concorda ela, lentamente.

— Bem, desde que você começou a sair com o Cameron, você tem sido uma amiga de merda. E tem sido muito difícil conviver com você também, porque é uma egocêntrica, alheia a qualquer coisa e a qualquer outra pessoa além de si mesma! E ninguém está te forçando a ficar perto de mim, Mara, então, se tem coisa melhor para fazer, por favor, não quero ficar no seu caminho... — Só paro porque preciso recuperar o fôlego.

— Uau. Isso tudo é inveja? — acusa Mara.

— Inveja? Que piada!

— Você simplesmente não suporta me ver feliz, né? — ela pergunta, como se presumisse que eu responderia a uma pergunta tão dolorosa. — Olha, eu não vou ficar infeliz só porque você é, e, se você fosse minha amiga de verdade, não iria querer isso. Você ficaria feliz por mim!

— Eu não sou infeliz. E não quero que você seja infeliz ou... Nossa, nem acredito que você me disse isso!

— Sim, você é, e sempre precisa arrastar todo mundo com você. Não vou mais participar do drama... para mim já deu, tá bom? Vá em frente e seja infeliz se quiser, mas me deixe fora disso de agora em diante, tá bem? Estou apaixonada pelo Cameron e finalmente feliz, e você age como se fosse uma coisa ruim, como se você pensasse que eu sou uma ridícula ou sei lá.

— Sim, talvez você seja. Talvez seja patético deixar um cara controlar totalmente a sua vida! — grito, o sangue irrigando cada célula do meu corpo.

— E talvez seja você a patética! Prefiro ter alguém na vida que se importe comigo de verdade a... — Mas ela se interrompe antes que diga o que quer mesmo dizer, o que ela vem querendo me dizer há um bom tempo.

— Vai, termine o que você ia falar, Mara... está quase lá!

— Pode admitir — começa ela, com um tom ríspido —, tudo o que você precisa fazer para esquecer um cara é tomar um banho. Isso sim é patético!

Saio do carro antes que meu cérebro processe a informação, batendo a porta com tanta força que sinto algo arranhar meu ombro.

Não conversamos nem olhamos uma para a outra pelo restante do dia. E, então, o sábado passa sem qualquer sinal. Ela liga no domingo. Deixo cair direto na caixa postal, mas ouço o recado imediatamente.

— Oi. Sou eu. Olha, desculpe por ter esquecido o seu aniversário. Talvez eu tenha sido uma amiga de merda. Me desculpe pelo que eu te disse. Assim, me desculpe pelo jeito como falei. Mas eu estava falando sério, Ed. E acho que a gente devia conversar sobre isso. Então, é só me ligar de volta quando você receber esta mensagem. É... Tchau.

VOU A PÉ PARA a escola na segunda-feira, e chego cedo demais. Uso o tempo extra para limpar meu armário. Ouço passos leves. Sei que é Mara sem nem precisar olhar. Finjo que não a vejo, embora sejamos as únicas pessoas no corredor.

— Oi — cumprimenta ela, parada ao meu lado. — Passei na sua casa. Sua mãe disse que você saiu mais cedo.

Eu não respondo. Simplesmente continuo mexendo os papéis que ficaram amontoados no fundo do armário.

— O quê, não está falando comigo agora? — pergunta, em um tom incisivo.

Enfim me viro para encará-la.

— Achei que teria notícias suas no fim de semana — continua. — Você não recebeu minha mensagem?

— Recebi, sim — respondo, finalmente.

— Hum, então você pretendia nunca mais retornar minha ligação?

— Então, não era exatamente o pedido de desculpas que eu estava esperando, Mara.

— Não acha que me deve um pedido de desculpas também?

Ficamos nos encarando, braços cruzados, ambas esperando que a outra ceda primeiro.

— Tudo bem. Sinto muito mesmo pelo que eu disse — admito. — Não acho que você seja ridícula por estar com Cameron. E quero que você seja feliz, eu juro. Você só... você me magoou de verdade.

— Edy, eu sei. Eu me senti tão culpada pelo que te falei, sério, não queria falar daquele jeito. Só estou preocupada com você, é isso. E sou a maior babaca do universo por esquecer seu aniversário. Ainda não consigo acreditar que fiz isso!

— Não, está tudo bem, sério. Eu exagerei.

— Não. Mandei muito, muito mal. Foi imperdoável.

— Não foi imperdoável — digo a ela. — Temos permissão para uma briga a cada sete anos, né? Que tal eu te perdoar se você me perdoar?

— Combinado. — Ela sorri.

— Então... — Eu sabia que ela estava morrendo de vontade de me contar. — Como foi?

Ela inspira fundo e suspira, encosta nos armários, fitando o teto de um jeito sonhador.

— Incrível! Foi tão bom, Edy, sério. Nunca pensei que iria me sentir assim por alguém. Espera, não posso falar sobre isso aqui. Vamos cair fora antes que alguém nos veja. Vamos tomar café da manhã, chegar mais tarde. Por minha conta, ok?

Bato a porta do meu armário.

— Ei, você me convenceu no *Vamos cair fora* — brinco, com uma risada. Disparamos para a saída mais próxima.

CAELIN VEM PARA CASA para o Dia de Ação de Graças, conforme planejado. Ele tenta agir como se as coisas estivessem bem entre nós, mas ambos sabemos a verdade. Depois do jantar na sexta-feira, ele aparece em meu quarto, bate à porta. Põe a cabeça para dentro e diz:

— Então, Edy, amanhã? Você e eu. Ainda de pé?

— Acho que sim. — Dou de ombros.

— Ótimo. — Ele sorri, então fica parado ali, sem jeito. — Bem, vou sair então... — Ele levanta a mão para acenar e começa a se afastar.

— Também vou sair — digo, como se fosse algum tipo de competição. Ele reaparece na soleira.

— Vai?

— Sim, e daí?

— Nada — responde ele, mas me lança um olhar sério. — Só, por favor, tenha cuidado, ok, Edy?

Reviro os olhos e volto a escolher as roupas no armário.

ooo

Há um frenesi, uma vibração no ar, enquanto eu, Mara, Cameron e Steve seguimos de carro até a festa no dormitório de um amigo de um amigo de um colega de quarto de um amigo que conhece o primo de Steve. O que é quase como ser convidado. E isso basta, porque todos ficamos presos em espaços pequenos e confinados com as respectivas famílias por mais de dois dias, e estamos prestes a entrar em combustão espontânea. Ou talvez seja apenas eu. Jogamos pedra-papel-tesoura no carro, para ver quem seria o motorista da rodada. Cameron foi o mais lento; portanto, deve permanecer sóbrio.

— Não tô nem aí, só quero estar perto da Mara — anuncia. — Não preciso encher a cara para me divertir.

Steve abre a maldita porta do carro para mim. Eu o ignoro.

— Que ótimo, Cameron. Mas eu preciso, sendo bem sincera, encher a cara para me divertir, então podemos entrar de uma vez? — Começo a puxar a fila em direção à música. Steve ri. Não foi uma piada, quase digo a ele. Na verdade eu não poderia estar falando mais sério. Não só preciso, de fato, encher a cara para me divertir como preciso me anestesiar para sequer ficar consciente agora, ciente de que ainda tenho o fim de semana inteiro pela frente antes que Caelin vá embora, e Kevin com ele. Sinto como se precisasse me injetar heroína ou algo assim. Se soubesse onde conseguir um pouco, bem que eu faria isso.

Mara me alcança.

— Então. E aí? Está interessada ou não?

— Nele? — Aceno com a cabeça na direção de Steve. — Não, claro que não.

— Qual é, Edy, por que não? — pergunta ela, passando o braço pelo meu de forma que nossos braços ficam enganchados.

— Porque ele é tão... — Olho para trás e ele acena com o braço para mim. — Ele é tão...

— O quê... tão legal? Ele é muito bom para você? Muito inteligente? Fofo e doce de um jeito muito querido?

Chuto uma pedra solta da calçada pelo caminho.

— Só não ache que eu vá transar com ele, tá bom?

— Eu não! — exclama ela, correndo alguns passos à frente para chutar a pedra antes que eu possa, puxando meu braço, me fazendo cambalear para a frente.

— Sim, bom, ele acha que vai rolar! — Dou um passo grande e tento um último chute, lançando a pedra em uma fileira de sebes que contornam a calçada, e pondo fim a nossa pequena diversão.

— Ele não... — Ela para, então sussurrando, se aproxima e diz: — acha que você vai dormir com ele.

— Ele está esperando alguma coisa, isso eu posso te garantir. — Eu me volto para encarar Cameron e Steve mais uma vez; os dois estão rindo, empurrando os braços um do outro enquanto nos alcançam.

— Você não tem jeito, de verdade — diz ela, com uma risada. — Steve é um cara legal e decente, que está interessado em você. Não pode simplesmente deixar rolar?

Quatro e meio copos plásticos vermelhos depois, estou em um corredor lotado, impregnado de bebida e tomado por som alto, com Steve me fazendo perguntas sem nexo sobre mim mesma.

— Então, já decidiu onde vai estudar ano que vem? — grita ele, acima de todo o barulho.

Não vou para a faculdade no ano que vem, mas não vale a pena admitir. Então só tomo mais um gole e deixo Steve continuar falando.

— Já pensou em estudar aqui? — ele me pergunta. — Eu sei que é uma faculdade estadual, mas é perto de casa. Então é legal, né?

— Aham. — Tomo outro gole longo; a bebida queima ao descer.

Caelin poderia ter frequentado a faculdade daqui, ter ficado em casa. Mas meu irmão era bom demais para a universidade estadual. Ele poderia ter o pacote completo, bolsa integral e tudo o mais. Nunca vou conseguir alguma coisa assim, jamais vou conhecer essa sensação, mas não foi o suficiente para ele. Caelin teve que ir embora. E me deixar aqui para apodrecer. Me deixar para enfrentar Vanessa e Conner sozinha. Babaca.

— Estou em dúvida entre... — começa Steve. Mas não faço ideia do que ele está dizendo, porque dois caras surgem correndo sem camisa pelo corredor, gritando muito alto, e ele nem parece perceber. — Então... basicamente... — Pesco alguns trechos. — Eles têm um curso com aprendizagem interdisciplinar que é incrível, mas é muito caro, então não sei. Minhas notas não são tão maravilhosas a ponto de me garantir uma bolsa de estudos.

Concordo com a cabeça, finjo que estou ouvindo.

— Então, você gosta de fotografia? — grita ele.

— Hã?

— Perguntei se você gosta de fotografia — ele repete ainda mais alto. Na verdade eu havia escutado da primeira vez, simplesmente não conseguia compreender de onde vinha a pergunta. Talvez fosse parte do que perdi antes. Lembro que ele ficou responsável pelas fotos para o anuário do primeiro ano.

— Ah, sim. Com certeza.

— Você devia passar lá em casa neste fim de semana. Vou te mostrar minha câmara escura.

Solto uma risada. Essa é nova. Pelo menos Steve ganhou alguns pontos pela criatividade.

— O que é tão engraçado? — pergunta, a boca em um sorriso confuso.

— Nada, é só... sua câmara escura... o que você está insinuando?

— Minha câmara escura. Transformei o armário do meu quarto em uma. Sabe? Para revelar fotos.

— Ah, uma câmara escura. — Ele está falando literalmente.

— Certo.

— Certo.

— Então? — insiste ele.

— Então... — repito — o quê?

— Então, você quer?

— Quero o quê?

— Dar um pulo lá em casa.

— Hã...

— Não?

— Não, eu disse *hã* — explico, mais alto.

— Ah. Então sim?

— Hmm...

— O quê?

— Tudo bem, caramba.

— Que horas? — pergunta ele. — Não sei, quando você quiser, eu acho. Eu trabalho de manhã, então... Não sei, talvez, tipo, à tarde?

E é por isso que as pessoas não conversam em festas como esta. Entorno o que resta do meu copo. Que conversa insuportável.

— Ei, Steve? — Sorrio com doçura, manipulando seu coraçãozinho íntegro. — Você se importaria de me trazer outra bebida? — Estou precisando.

— Sim! Sim, com certeza. Sim, já volto. — E alegremente desaparece no mar de rostos segurando meu copo de plástico vermelho.

— Ei, parece que você precisa de uma bebida — diz um cara que acabava de passar por ali, se encostando na parede ao meu lado, uma garrafa de cerveja marrom em cada mão.

Ele não é particularmente atraente. Mas também não é particularmente coisa nenhuma. E é exatamente o que estou procurando.

— Talvez — respondo.

— Você não mora neste prédio, né? — pergunta ele, enquanto me entrega a garrafa.

— Não. — Eu a pego. Mas está aberta. Espero estar sóbria o suficiente para continuar a me lembrar de não beber desta cerveja. Embora ele não tivesse de me drogar para me fazer sair com ele; já estou pronta para ir.

— Achei que não, eu lembraria se já tivesse visto você. — Ele sorri enquanto os olhos passeiam pelo meu corpo. Estou definitivamente sóbria o suficiente para entender do que se trata. — Onde você mora? — grita ele, com relutância encontrando meus olhos.

— Fora do campus. — O que não é mentira.

— Ah, não consigo te escutar direito. Quer descer o corredor? Tem um quarto...

Tomo um grande gole da cerveja que ele acabou de colocar em minha mão.

Quando me dou conta, estou seguindo o cara pelo corredor, com ele me arrastando pela mão em um aperto frouxo de peixe morto.

254

Ele me leva a uma daquelas suítes que você vê na TV, com uma sala comum e quartos separados nas laterais. Há todo tipo de gente pelos cantos, rindo, gritando, se beijando em sofás e cadeiras e mesas de centro. Entramos em um quarto com um cartaz na porta, RESERVADO PARA RACHAEL — TODOS OS OUTROS SUJEITOS A GUINCHO. Uma lâmpada de lava lança assustadoras sombras submarinas roxas e azuis em tudo. Rachael pode voltar a qualquer momento. Ele pega a garrafa da minha mão e coloca nossas cervejas na mesa do computador de Rachael.

Ele se aproxima, acariciando meu braço com os dedos.

— Então, hã, qual é seu curso?

— Não precisamos conversar — digo a ele, descalçando os sapatos.

— Certo — retruca ele, com bafo de cerveja.

Não perdemos tempo. Ele arranca um botão enquanto tira minha blusa de maneira desajeitada. Nesse ritmo, Steve nem vai notar que eu sumi. Em apenas quatro passos, caímos sobre a minúscula cama de Rachael. Ele desafivela o cinto, desabotoa e abre o zíper da calça.

— Nossa, você é gostosa pra caralho — murmura ele em minha boca, enquanto tenta simultaneamente me beijar, tirar minha calça e colocar as mãos dentro do meu sutiã. Procuro no bolso de trás aquela camisinha para o caso-de-Steve-não-ser-só-um-cara-educado-e-chato. Ele tira a camisa. Seu corpo parece mole e flácido junto ao meu. Tudo bem. Não me importo com a sensação. Eu me importo apenas com o momento, com o esquecimento, com deixar o que eu sou para trás.

Quando ele está deslizando minha calça pela minha bunda, a porta se abre. Olho para a entrada. São duas pessoas: Rachael, eu presumo, e o cara com quem ela está de mão dada.

— Que merda é essa? — grita o cara que está em cima de mim para as duas figuras na penumbra.

— Este quarto é *meu*, seu babaca! — Uma minúscula Rachael entra e acende a luz; cubro os olhos com uma das mãos, meu corpo com a outra.

— Que merda é essa? — ouço uma voz estranhamente familiar repetir muito devagar.

Abro os dedos e dou uma olhada. Não. Não, não, não.

— Eden, levante! — ordena. — Ei! Levante agora, seu otário de merda, ela é minha irmã! — grita ele com o cara.

— Saiam da minha cama! Que nojo! — grita Rachael, com seu jeans skinny e falso corte de cabelo punk, quase chorando. Ela poderia passar por descolada, ou pelo menos interessante, na rua. Uma pena que, ali, os pôsteres de revistas teen, com celebridades em poses sensuais e sem camisa, a denunciem. Ela é até mais impostora do que eu. Começo a rir. Quero perguntar a ela se o piercing no nariz é magnético, mas não consigo lembrar de como falar no momento. O cara paira sobre mim, me encarando como se eu fosse louca.

— Vou acabar com essa sua raça — Caelin avança na direção da cama — se você não sair de cima da minha irmã agora!

— Cara, relaxa — diz o cara em cima de mim, enquanto tenta freneticamente fechar o zíper da calça para que possa se levantar.

— Todo mundo vai sumir daqui agora! — grita uma Rachael de voz esganiçada, as mãos nos quadris, não parecendo nada ameaçadora, apenas cômica.

Finalmente o cara está de pé e eu me esforço para abotoar e fechar o zíper do meu jeans.

— Caelin, o que voxêiiixtáá... fazendo... — *Aqui*, eu ia dizer. Isso me surpreende, o jeito como minha voz soa arrastada, como estou falando devagar, como me sinto tonta de repente, enquanto me apoio na mesa.

— O que *você* está fazendo? — grita ele na minha cara. Mal posso me aguentar de pé sem cair; definitivamente estou mais bêbada do que imaginava. — E você — continua ele, empurrando o cara contra a parede do quarto de Rachael, derrubando uma pilha de livros no chão. — Ela tem dezesseis anos, seu doente! O que você tem na cabeça?

— Pare com isso! — grita Rachael. — Está destruindo o meu quarto.

— Cara, relaxa... Eu não sabia, valeu? Não quero problema, de verdade. — Ele levanta as mãos no gesto universal de *Não atire, sou inocente*. Parece mesmo estar com medo do meu irmão.

— Não tenho dez... — *Esseis*, tento falar, mas o olhar de Caelin dispara em minha direção, e seus olhos têm um brilho de repulsa e ódio que me faz congelar. Simplesmente congelar. Porque meu irmão acabou de me flagrar quase transando com um cara, em um quarto em que ele deveria estar transando, com a garota que é a verdadeira dona do quarto, e agora estou de pé, com meu sutiã preto rendado, e com certeza é difícil para ele, meu próprio irmão, não olhar para os meus seios.

— Puta que pariu, Edy! Dá pra vestir a merda da roupa? — Ele desvia o olhar e se afasta do cara.

— Vou cair fora daqui — diz o cara, pegando sua camisa enquanto tropeça de volta à festa.

— Você ia mesmo transar com aquele otário, Eden? Pelo menos o conhece?

Termino de abotoar a blusa e pego a camisinha fechada da cama, deslizando-a de volta para o bolso.

— E daí? Você pelo menos a conhece? — pergunto, gesticulando para Rachael, que está inspecionando suas coisas para se certificar de que não roubamos ou estragamos nada.

— Quer saber, eu só quero que vocês dois sumam daqui agora... agora mesmo — diz Rachael, colocando as duas garrafas de cerveja nas mãos do meu irmão.

— Desculpe por tudo — lamenta Caelin, puxando-a de lado.

Rachael cruza os braços e revira os olhos.

— Saia — ordena ela.

— Sim — sussurra ele. — Desculpe.

Saímos do quarto de Rachael e voltamos à área comum sem dizer uma palavra, sem contato visual.

— Cacete, não acredito — xinga ele baixinho, enquanto coloca as garrafas de cerveja em cima de uma pilha de papéis na mesa ao lado da porta. Assim que chegamos ao corredor, ele grita: — O que você está fazendo aqui, Edy? — Em parte por causa da música, mas sobretudo porque ele está puto, puto de verdade, mais puto do que já o vi em muito tempo.

— Pelo que eu vi, a mesma coisa que você está fazendo aqui, Caelin.

— Não faça isso. Não. Faça. Isso. Merda. Não venha com gracinhas.

— *Porra*, não estou fazendo nada! — grito na sua cara, sem me decidir ainda se ele está me encorajando a ser cruel ou engraçada. Sinto minha boca sorrir. — Ou você só está bravo porque eu acabei com seus planos para foda. Digo, porque eu acabei com seus planos para foder.

— Ainda assim, não é o que eu pretendia falar. — Você me entendeu. Você queria transar com aquela garota. — Solto uma risada, porque *transar* soa como a palavra mais engraçada de todas.

— Você está bêbada, Edy. Está muito bêbada, e aquele cara estava tentando se aproveitar de você! Ainda bem que eu apareci na hora — diz Caelin, falando sério, como se alguém se aproveitar de mim fosse a pior coisa que poderia acontecer, como se não fosse algo que acontecesse com garotas todos os dias.

— Se aproveitar de *mim*? — Rio, histérica. — De mim? — É tão engraçado. — Você está bêbado, Caelin? — Minha intenção é empurrar seu ombro, mas apenas caio sobre ele. — É mais o contrário, se você quer saber. Ainda não entendeu? Não sou sua irmãzinha fofa, estúpida e inocente. Não sou...

— Tudo bem, tudo bem, só... pare. — Ele levanta a mão, como se pudesse me calar apenas com um pequeno gesto, nada mais. Olha ao redor, como se estivesse constrangido.

— Não. O que você acha? Você acha que eu não bebo e fumo e trepo...

— Nossa, Eden!

— Ah, desculpe... que eu tenho relações sexuais ou faço amor... Como você fala?

— Pare.

— Você acha que eu não transei com centenas de caras, Caelin?

— Cale a boca!

— Tudo bem, talvez não centenas. Está mais para uma centena mais ou menos. — Então, o número exato seria dezesseis, se não tivéssemos sido interrompidos, mas aposto que, se contar todos aqueles com quem dei uns amassos mas não fiz sexo-sexo, provavelmente chega bem perto. E cem parece muito mais chocante que uns míseros quinze. Às vezes dar uns amassos é suficiente. Não ultimamente, no entanto. Nos últimos tempos nada parece suficiente.

— Cale a boca, Edy, estou falando sério! — avisa ele baixinho, entre dentes.

— Edy. — Ouço atrás de mim. Eu me viro depressa, perco o equilíbrio. Caelin agarra meu braço. Eu me desvencilho. — A gente estava procurando você. — É Mara, com Cameron e Steve logo atrás. — Que foi? — pergunta ela, olhando de mim para Caelin.

— Que foi digo eu, Mara! — grita Caelin. — Nenhum de vocês devia estar aqui! — Em seguida, encara Cameron e Steve. — E quem são vocês?

Resolvo fazer as apresentações.

— Caelin, este é Cameron, o namorado de Mara, e ele é tão maravilhoso e encantador e não precisa ficar bêbado para se divertir, você vai gostar dele, é o motorista da rodada. E este — jogo meu braço sobre o ombro de Steve —, este é Steve. Mas não precisa se preocupar com ele. Não se deixe enganar pelas aparências. Ele pode parecer um cara comum, mas lá no fundo é só um bobão tímido, né, Steve?

Viro a cabeça para encará-lo, mas meus pés seguem o movimento e meu corpo esbarra no dele. Agarro seu ombro com mais força, tentando me equilibrar, e ele me coloca de pé.

— Viu? — Solto uma risada. — O que estou dizendo é que o Steve é um cara legal, Caelin. Um cara muito legal e decente, mas... — grito, parando a fim de recuperar o fôlego. — Mas ele me convidou para conhecer a câmara escura dele, e ele é meu acompanhante de hoje. Meu acompanhante, Caelin. Sim, eu vim aqui em um encontro! — Sinto Steve se esgueirar para fora do meu abraço, mas não desvio os olhos do rosto de Caelin. Quero memorizar cada detalhe da sua reação.

— Edy, por favor, por favor, cale a boca! — grita ele. Registro tudo, tento mesmo gravar tudo isso em meu cérebro: o rosado nas bochechas, o latejar da veia na têmpora, a voz instável, as mãos trêmulas, o jeito como está perdendo o controle.

— Ei, ei, que isso... — Mara começa a me defender.

— Não, está tudo bem! — grito, mais alto do que era minha intenção. — Caelin está tendo uma certa dificuldade para lidar com o fato de que a irmã é uma grandessíssima puta. Não é, Cae? É isso, né? Ou tem mais alguma coisa te incomodando?

Ele olha para mim, apenas por um segundo, realmente olha para mim, e parece tão furioso, talvez furioso o bastante para me bater. Quase desejo que o faça, porque seria melhor do que ser eternamente ignorada por ele, melhor do que sentir que sou apenas uma inconsequente partícula de poeira, sujando sua vida imaculada. Mas então o momento passa com a mesma rapidez que surgiu — e ele não me enxerga mais.

— Olhe, ela está muito bêbada — diz ele, se virando para os três. — Vocês podem levá-la para casa ou não? — pergunta, fingindo que não existo, um jogo em que é ainda melhor que no basquete.

— Sim, cara. Com certeza. Vamos, sim, eu prometo — garante Cameron, assentindo, todo sério e responsável. Sinto vontade de gritar VÃO À MERDA para todos ao alcance da minha voz, Caelin, Cameron, Steve, até mesmo Mara, as pessoas paradas nos observando, Rachael, aquele cara que seria o número dezesseis, Kevin, se estiver por perto, e está, tenho certeza.

Caelin vai embora. Não me olha, não diz outra palavra. Apenas se afasta de mim. Todo mundo me olha de esguelha, olhares constrangidos de pena, como se eu tivesse acabado de perder uma partida muito importante. O que quer que estivéssemos jogando, todos pareciam achar que eu era a perdedora. Não era. Ele perdeu! Ele era o perdedor. Eles eram todos perdedores. Não eu.

— Você está bem? — pergunta Mara, tocando meu ombro.

— Sim, claro. — Eu bufo. Sou foda. Eu aguento. E daí?

— Amiga, você está chorando — diz ela, parecendo preocupada.

— Não estou! — É ridículo. Mas esfrego os olhos com as mangas, o que deixa duas manchas pretas de rímel.

— Ela nunca chora — avisa ela a Cameron e Steve.

— Estou te ouvindo, e não estou chorando! Talvez meus olhos estejam lacrimejando por algum motivo, mas não porque estou chorando — grito.

Ninguém fala muito durante todo o caminho para casa.

ooo

Caelin não me dirige a palavra no dia seguinte. Nem é preciso dizer que nosso programa especial irmão-irmã, como ele queria, não acontece. E, quando acordo no domingo de manhã, ele já foi embora.

E então ninguém chega a falar muito comigo na escola, na segunda-feira. Ou na terça. Ou na quarta. Não me importo se Cameron não conversa comigo. Para ser sincera, não me importo se Steve não conversa comigo. E Mara, não se pode dizer com razão que ela esteja me ignorando, só não parece particularmente feliz por eu existir.

— Beleza, então... por que todo mundo está estranho? — finalmente, na quinta-feira pergunto a Mara no corredor, perto do seu armário.

— Como assim? — murmura ela, sem nem mesmo me encarar.

— Desde a festa ninguém fala comigo.

— Estou falando com você agora.

— Sim, está sendo forçada.

— Bem, você pode mesmo culpar os meninos? Você foi muito cruel, Edy.

— Não com você, não fui.

— Não, mas você zombou da cara do Cameron. — Ela faz uma pausa, esperando a minha reação. — E Steve, você sabe que ele gostava mesmo de você, e você foi horrível com ele.

— Não fui. Não *horrível*. Se Steve foi estúpido o bastante para gostar de mim de verdade, isso é problema dele.

— Edy, você obviamente o largou sozinho para ficar com algum outro cara. Mas acho que ele é só um pouco estúpido, certo? Então, quem liga, afinal de contas? — ironiza ela, revirando os olhos.

— Bem, quando você fala assim, parece mesmo cruel, mas não foi o que eu quis dizer. Não foi assim que aconteceu. Não de verdade.

Ela cruza os braços e balança a cabeça.

— Eu estava bêbada, Mara. Aquilo não significou nada, você sabe disso.

— Sim, exato. — Ela inspira fundo. — E acho mesmo que você tem um problema, Edy.

— O quê, um problema com bebida? Eu não bebo tanto assim... Você bebe mais que eu.

Ela bate o armário, exaltada, como se fosse uma grande façanha falar comigo.

— Não, não é isso que estou querendo dizer. Você não é alcoólatra, mas tem algum tipo de problema. Aquilo não significou nada, né?

— Sim, foi o que eu disse — retruco, ficando impaciente.

— Mas nunca significa nada.

— E daí? — Eu peço, peço a Deus, que ela diga logo o que quer dizer, em vez de me fazer um caminho tão complicado.

— Daí que nada nunca significa alguma coisa para você, Edy. Você está completamente alheia nos últimos tempos, isolada. Isso me preocupa.

— Isolada do quê? Do que você está falando?

— Sei lá, não sei, só sinto que você está a ponto de ultrapassar algum limite ou alguma coisa assim. — Seus dedos percorrem uma linha imaginária através do ar, e em seguida ela deixa a mão cair, como se encenasse alguém despencando de um penhasco.

— Você está exagerando.

Ela balança a cabeça com firmeza.

— Não, você está fora de controle dessa vez. Sério. Tipo, está agindo feito uma desequilibrada. Até mesmo para os seus padrões.

— De onde você tirou essa ideia? Eu bebo um pouco além da conta, daí não sou perfeitamente educada com seu namorado, e do nada agora estou louca?

— Edy, pare com isso. Você sabe do que estou falando. Só isso.

Sinto meu rosto se contorcer em um sorriso — aquele sorriso realmente condescendente típico de Caelin, que me deixa com vontade de socá-lo só para arrancar o estúpido sorriso malicioso dos seus lábios.

— Obrigada pela preocupação — rosno —, mas sei cuidar de mim mesma.

— Edy... — Os cantos da sua boca se curvam para baixo, daquela maneira que mostra que está se esforçando para não chorar, mas pode começar a qualquer segundo. — Não gosto de você desse jeito.

— Assim como? — pergunto, em um tom nada agradável. Para Mara, essa é a gota-d'água.

— Você não está raciocinando direito, e você... vocêvaisemachucar. — Ela tem que falar muito depressa para que consiga colocar tudo para fora antes das lágrimas. — Por favor. Preste atenção. Ok? — Então ela respira fundo e, do nada, seus olhos estão marejados, prestes a transbordar. Então uma lágrima rola, depois um exército inteiro delas, como chuva batendo em uma janela. Ela chora. E então, porque sou uma grande amiga, simplesmente me afasto.

PASSA DA MEIA-NOITE. A neve cai forte lá fora, o vento uiva. Não consigo dormir. Não consigo encontrar uma posição confortável. Maldito saco de dormir cheio de calombos. Viro a cabeça e meus olhos se concentram no meu anuário do nono ano, imprensado entre o chão e a perna da mesa, servindo de calço. Eu o puxo pela lombada frágil — ele se solta facilmente. E a mesa balança para a frente sem seu apoio.

Folheio as páginas, distraída, até chegar à seção de clubes e organizações.

Clube do Livro da Hora do Almoço.

A srta. Sullivan posa atrás do balcão, seus óculos caídos na ponta do nariz, o indicador na frente dos lábios, fazendo o gesto de *shhh*. Nós seis estamos ao seu lado, três de cada lado, cada um de nós com a expressão mais angelical e segurando uma brilhante maçã vermelha para ela. Muito nerd, muito, muito nerd. A ideia foi minha. Steve tinha montado o tripé da câmera exatamente onde eu havia marcado o chão com fita adesiva. E eu também fui rigorosa quanto às maçãs. Todas as maçãs vermelhas estavam liberadas, mas nada de pequenas, e absolutamente nenhuma maçã verde seria permitida em qualquer foto do anuário que eu estivesse organizando. Até mandei um e-mail apontando isso, para que ninguém aparecesse com a maçã errada e acabasse com a minha foto. Acho que foi o começo do fim do Hora do Almoço. Mas, se houvesse um concurso para melhor foto de grupo naquele ano, o Clube do Livro da Hora do Almoço teria vencido por quilômetros de distância. Comparo os tons de cinza-granulado de nossas maçãs. Elas combinavam perfeitamente. Um amarelo ou verde teria estragado a coisa toda, tenho certeza.

Examino mais de perto a expressão pateta de todos: as bochechas rechonchudas de Steve, a sinceridade de Mara, a srta. Sullivan embarcando na brincadeira, e então ali estou eu. De rabo de cavalo e aqueles meus antigos óculos. E estou com um sorriso no rosto, mas parece totalmente errado, porque há um vazio em meus olhos, uma escuridão monótona e morta. Como se algo estivesse ausente. Não sei dizer o quê. Mas o que falta é algo importante, algo crucial, algo arrancado. Algo que agora se foi. Talvez para sempre.

Abro na seção de esportes. Time de basquete masculino. Ele havia ficado ali, no fundo da minha mente, como alguém cutucando meu ombro sem parar. Desde a noite em que acabei do lado de fora da sua casa. Eu o empurrei de volta para um canto, onde é o seu lugar. Mas agora tenho que olhar. Não posso mais ignorá-lo. Não quando estou tão perto. Corro o dedo sobre os rostos. E lá está ele. Com a camisa número doze. Josh. Meu coração bate acelerado, do jeito que fazia antes. Forço meus olhos a se fechar. Forço meus dedos a virar a página. Assim não posso ver seu rosto novamente, assim não vou ver seu nome listado na legenda, assim posso voltar a esquecer sua existência pelo resto da vida.

Pulo para a seção do nono ano para visitar o fantasma da garota que eu era antes. E lá está ela, bem entre Maureen Malinowski e Sean Michaels. De óculos e tudo. Um sorriso estúpido e inocente estampado em seu rosto estúpido e inocente. Aquela foto foi tirada bem no primeiro dia — o primeiro dia do ensino médio —, no dia em que ela pensou que sua vida estava prestes a começar. Quando ela teria imaginado que seus dias estúpidos, patéticos e monótonos estavam contados?

Eu a invejo, aquela garota esquisita, nem-tão-feia-nem-tão-bonita. Gostaria de poder recomeçar. Ser ela mais uma vez. Observo seus olhos com atenção, como se ela guardasse algum segredo especial, alguma maneira de resgatá-la. Mas seus olhos são apenas pixels. Ela só existe em 2D. Não sabe merda nenhuma. Começo com um sorriso, um sorriso por causa da ironia, em seguida dou algumas risadas, balançando a cabeça para a frente e para trás. Então estou rindo, rindo do absurdo, e depois preciso usar as duas mãos para cobrir a boca porque estou às gargalhadas. Em seguida, preciso usar ambas as mãos para cobrir meus olhos, porque estou chorando, chorando por causa da atrocidade de tudo aquilo, do arrependimento, do tempo, das mentiras e da incapacidade de fazer algo a respeito.

Só que agora não consigo lembrar, caramba, onde as mentiras terminaram e eu comecei. É um borrão. Tudo de repente parece ter se tornado confuso, tão cinzento, tão indefinido e aterrorizante. Tudo o que sei é que as coisas deram muito errado, o que não era o plano. O plano era melhorar, me sentir melhor, não importava como. Mas não me sinto melhor; eu me sinto vazia, vazia e estilhaçada, inerte.

E sozinha. Mais sozinha do que nunca.

Sinto que esses pensamentos proibidos às vezes se infiltram em minha mente sem aviso prévio. Pensamentos arrastados, que sempre surgem em silêncio, como sussurros que você nem tem certeza de estar ouvindo. E então eles ficam mais altos e mais altos, até que se tornam todos os sons do mundo inteiro. Pensamentos que não podem ser destruídos.

Alguém se importaria?

Alguém ao menos perceberia?

E se um dia eu simplesmente não estivesse mais aqui?

E se um dia tudo simplesmente parasse?

E se? E se? E se?

— EDY? — **CHAMA VANESSA, ABRINDO** a porta do quarto. — Já te pedi dez vezes, muito gentilmente, para ir tirar a neve da entrada. — Começou a nevar na quarta-feira à noite. E então, na quinta, a escola está cancelada, o trabalho está cancelado. A vida está cancelada, me prendendo em casa com Vanessa e Conner durante todo o fim de semana. Dirigir está proibido em todo o condado, e os carros estão enterrados sob quase um metro de neve, mais alta a cada hora que passa.

Realmente, só quero ignorá-la, porque ela já me interrompeu umas vinte vezes, não dez, para me atormentar sobre limpar a neve. Afinal, para que servem os dias de neve? O que há de tão errado em simplesmente sentar à escrivaninha, fingindo fazer o dever de casa, enquanto me afogo em um dia de folga mais do que justo?

Tiro os fones e olho para ela, como se não tivesse ouvido.

— Hã?

— O que você está estudando? — pergunta ela, tentando sorrir para mim.

— Lição de casa. Inglês — minto.

— Bem, você acha que poderia fazer uma pausa? Seu pai não devia ficar lá fora por tanto tempo.

— Então por que ele não entra? — argumento.

— Edy, estou pedindo para você — diz ela, com firmeza.

— Sim, mas nem faz sentido ficar cavando durante a tempestade de neve. Não faria mais sentido cavar depois que parar? Nenhum de nossos vizinhos está usando a pá agora. Por que nós sempre temos de fazer isso?

— Não, por que *você* sempre tem de fazer isso? — Ela aponta o dedo para mim. Então a observo enquanto ela inspira fundo, como faz quando está tentando se acalmar. Vejo que ela dá um passo deliberado para trás. Eu me pergunto se está com medo de me dar um tapa. — O que estou dizendo é — começa de novo, mais contida — por que você não pode simplesmente fazer o que pedi? Sabe, por que você tem que questionar tudo o que eu digo, Eden? Não entendo.

— Não estou question...

— Lá vem você de novo — acusa ela, gesticulando em minha direção. Ela começa a exibir aquele brilho no olhar. Aquele que faz sua vítima sentir que tudo de errado com o mundo, como guerra, fome, aquecimento, é culpa dela. — É exatamente disso que estou falando.

— Não estou questionando nada. Nossa! Só estou apontando o óbvio. Por que a gente tem que cavar o dia todo, em vez de só uma vez?

Ela joga os braços para cima e se afasta, resmungando para si mesma:

— Não aguento mais. Não consigo. Simplesmente não consigo.

— Tudo bem — cedo, jogando meu livro na mesa. — Eu vou, mesmo que seja a coisa mais ridícula que já ouvi!

Quando enfim abro caminho até o fundo da calçada com a pá, o frio parece ter se infiltrado até a minha alma, mas, de alguma forma, a sensação é revigorante. Olho adiante, semicerrando os olhos para que minha visão desfoque as casas, os carros, as ruas e as árvores, todos idênticos, até que eu seja o centro de uma paisagem de subúrbio congelada e indistinta.

Ajusto o foco dos olhos e me viro para observar a casa. No ritmo em que a neve está caindo, parece que nem cheguei a cavar. Os carros ainda estão bloqueados e minhas extremidades agora parecem prestes a cair. E, de algum modo, isso satisfaz Vanessa.

— Obrigada — agradece ela, quando entro com gelo pingando dos cílios.

— Nem parece que eu fiz alguma coisa.

— A questão não é bem essa, é? — Ela sorri, lambe o dedo indicador e vira a página da sua revista.

— Não é? — pergunto, pendurando meu casaco no gancho perto da porta.

— Não é o quê? — pergunta ela, distraidamente.

— A questão — respondo — de cavar com a pá?

— Ah. Bom... — Ela coloca o dedo em uma palavra e ergue o olhar da revista, encara o nada por um segundo, estreitando os olhos como se estivesse pensando em algo para me dizer. Eu fico ali, de fato em expectativa, esperando. Mas, então, seus olhos voltam a se concentrar no desbotado papel de parede, e ela bate as mãos na frente do rosto, como se estivesse espantando algum inseto irritante. Ela volta a atenção para sua revista, jamais terminando a frase.

Eu me arrasto para o quarto, me tranco, abro uma fresta da janela e acendo um cigarro. Nunca fumei em casa antes. Sempre tive medo de que sentissem o cheiro e, mais uma vez, ficassem desapontados comigo. Mas ninguém estava percebendo nada. Ela nem mesmo se dignava a terminar uma frase.

Depois do jantar, Vanessa bate à minha porta, pergunta se eu quero ajudar a decorar a árvore. Não respondo. Fecho os olhos, cubro os ouvidos e torço para que ela simplesmente vá embora. Ela não pergunta uma segunda vez.

ooo

Enquanto estou sentada no chão do quarto, fumando — ouvindo o som da TV por baixo da porta e o farfalhar dos enfeites de Natal sendo desembrulhados e desempacotados —, sinto muita vontade de ligar para Mara. A fim de fazer as pazes, apenas dizer quaisquer palavras necessárias para colocar as coisas de volta no lugar. Mas sei que o único modo de fazer as pazes é pedir desculpas a Steve primeiro. Balanço a cabeça e, com relutância, digito o número.

Só toca uma vez antes que ele atenda.

— Steve, oi. É a Eden.

— Eu sei. — É tudo o que ele diz.

Faço uma pausa, considero desligar.

— Olhe, desculpe pelo que aconteceu na festa — por fim digo a ele.

Silêncio.

— Desculpe se eu me comportei como uma babaca — arrisco. — Eu estava doidona. Me desculpa.

Finalmente, ele suspira ao telefone.

— Tudo bem. Eu entendo, sabe?

— Obrigada, Steve. Bem, a gente se fal...

— Então, o que está rolando? — interrompe ele, antes que eu possa me despedir. — O que você tem feito... com essa neve toda? — pergunta, sem jeito.

Ele quer me segurar no telefone.

— Nada de mais — respondo, de repente percebendo que meio que quero ser segurada no telefone.

— É, nada de mais por aqui também.

Silêncio.

— Bem, o que você está fazendo agora? — pergunto a ele.

TOCO A CAMPAINHA DA casa de Steve. Ainda não sei o que realmente quero dele. Só sei que não podia suportar ficar em casa nem mais um minuto.

— Oi! — Steve atende a porta com aquele sorriso caloroso e tímido, que nunca deixa de me fazer sentir mal por não ser mais legal com ele. Olho para ele e desejo, por apenas um segundo, que eu pudesse ser o tipo de garota que poderia gostar dele, gostar mesmo dele. Às vezes me pergunto quão difícil seria fingir. — Entre, entre — convida Steve.

Tiro meu casaco e as botas no hall de entrada. Tudo está arrumado, limpo e silencioso. A casa tem a mesma arquitetura da de Josh, só que ao contrário. Pensando bem, a maioria das casas do nosso bairro é exatamente igual. Existem apenas cerca de três ou quatro variações.

— Você acredita que nós tivemos mesmo um dia de folga por causa da neve? — comenta ele. — Parece que devem fechar a escola amanhã também, meu pai disse. Ele acabou de ligar do trabalho. Falou que as ruas ainda não estão completamente limpas, então... — Ele se afasta. — Enfim, estou muito feliz que você tenha ligado. Podemos subir para o meu quarto. Vou te mostrar o equipamento fotográfico. Tipo, se você estiver interessada mesmo.

— Sim, com certeza — minto.

Eu o sigo escada acima até o quarto, da mesma maneira que seguia Josh escada acima até o quarto dele. Depois atravesso o corredor familiar, um piso familiar sob os pés.

— Então — diz ele, estendendo os braços, nós dois parados no meio do cômodo. Mas tudo o que posso ver, quando olho ao redor, é o quarto de Josh. E, de súbito, ele está ali, de novo, na minha mente, ocupando todo o espaço, consumindo todos os pensamentos, fazendo meu coração disparar. Mal consigo respirar. Eu me encontro, pela primeira vez, não desejando ser alguém diferente, outra pessoa, mas que *Steve* fosse outra pessoa. Que Steve fosse Josh. Que Josh estivesse ali no lugar de Steve, mas sentindo o que Steve sente por mim.

Mas não é a realidade. Não é isso que está acontecendo. Na verdade, nada está acontecendo.

E percebo de repente que esse é o problema. Preciso que alguma coisa aconteça. Preciso fazer alguma coisa acontecer. Qualquer coisa. Agora.

Fecho a porta atrás de nós e me viro para encará-lo.

— O quê... — pergunta Steve, olhando para mim, inquieto e confuso, conforme caminho em sua direção. — O que você está fazendo?

— Vem cá — digo, estendendo a mão para ele.

— O quê? — repete ele, lentamente.

— Está tudo bem, só vem cá. — Com cautela, suas mãos se estendem para encontrar as minhas, mas ele ainda parece inseguro. E, então, seu rosto se ilumina. Finalmente ele entendeu. Ele se adianta para me beijar, mas hesita, como se precisasse de permissão. — Está tudo bem, eu juro — sussurro. Então fecho os olhos, concentro mente e corpo em fingir que o garoto que estou beijando é Josh, e que sou uma versão melhor de mim mesma, a garota que eu era antes, aquela a quem Josh uma vez sentiu a necessidade de dizer *Eu te amo*.

Eu o beijo e o puxo para mim. Ele me beija de volta. Eu me entrego, mas não me sinto diferente. Preciso que mais aconteça. Mais, caramba. Eu o deito de costas na cama, e ele me puxa para cima de si. Mas não é o bastante. Começo a acariciar seu peito e barriga, mas ele agarra minhas mãos quando meus dedos chegam ao cinto. Ele para de me beijar por completo.

— Espere, espere, espere aí. Edy — sussurra ele, segurando minhas mãos nas dele. — O que nós estamos fazendo? — pergunta, os olhos estudando os meus com intensidade, sondando de um jeito melodramático.

— Está tudo bem, juro. Eu quero mesmo, muito, que isso aconteça. — Mas isso é uma grande mentira. Sinto que estou prestes a implorar.

— Bom, eu também — sussurra Steve. — Mas vamos com calma. Temos tempo, né? — Ele sorri.

Concordo com um gesto de cabeça, mas mal consigo compreendê-lo. Tempo? Tempo para quê? É urgente. Não há tempo algum. Precisamos fazer agora. Ele não entende. Ele não sabe de nada!

Steve me beija, então toca meu cabelo e meu rosto, com vontade; na verdade, ele não me toca em nenhum outro lugar. Parece que a coisa se arrasta para sempre. E, a cada segundo que passa, menos consigo fingir. Quanto mais real se torna, eu o vejo menos parecido com o Josh. Sinto um nó, um embrulho no estômago. Porque eu o estou usando, usando-o vergonhosamente.

Entre beijos, ele sussurra todo tipo de coisa para mim em meu ouvido, tipo, palavras românticas, coisas fofas.

— Nunca conheci alguém como você, Edy. Você não está nem aí para o que as pessoas pensam. Isso é tão incrível, é tão legal.

No entanto, quanto mais ele fala, mais me pego pensando em maneiras de conseguir sair dali. *Como consigo escapar, como consigo escapar?*, repito em minha mente, sem parar.

— Você é tão bonita e interessante... e inteligente...

— Steve, por favor. — Tenho que pôr um fim nisso. — Eu não sou. — Garotas inteligentes não se metem em uma confusão atrás da outra.

— Si... — começa de novo, mas eu o interrompo.

— Não sou nenhuma dessas coisas, tá bom? — digo a ele, com mais firmeza.

— Sim, você é. — Ao me puxar para mais perto, ele não parece mais nervoso, não está com medo. — Eu gosto de você desde o nono ano, com o projeto Colombo, e depois o lance da biblioteca, lembra?

— Hora do Almoço — murmuro distraidamente, movendo o corpo de maneira que eu fique de costas para ele. Pelo menos assim não preciso olhar em seus olhos enquanto calculo minha estratégia de fuga. Ele me abraça por trás, as mãos cruzadas sobre minha barriga.

Minha pele quer descolar do corpo.

— Eu nem lia os livros obrigatórios das aulas, sabe? Mas lia todas aquelas histórias chatas de cabo a rabo só para ter assunto para conversar com você. E eu me sentia um otário, porque eu nunca entendia nada, mas você sempre entendia.

— Uau! — sussurro, olhando para a janela, não através dela, mas para o vidro, para os montinhos de neve presos nos cantos da esquadria, a condensação escorrendo. Tudo isso me dá vontade de chorar. Porque, no fundo, eu sei, não sou quem ele pensa que sou. Nem de longe. E ele também não é quem eu quero que seja.

— Estou tão feliz que isso finalmente esteja acontecendo — sussurra ele. — Quero conhecer você de verdade agora, Edy. Sério. Eu quero saber cada detalhe. Assim... o que te interessa, o que você gosta de fazer, que tipo de música você curte.

Dou de ombros.

— Filme favorito? — pergunta Steve.

Não consigo fazer isso.

— Hum, que tal esta: no que você está pensando quando fica calada tanto tempo?

Tenho que concentrar toda a minha energia em engolir o choro.

— Edy? — Ele aperta mais um pouco os braços a minha volta.

— O quê? — finalmente respondo.

Ele afasta meu cabelo e me beija a nuca.

— Só... não sei, me conte qualquer coisa.

— Não posso. — Ouço minha voz, e soa tão errada, como se não parecesse comigo. Sinto meu corpo se enrolar em si mesmo um pouco mais, me afastando de Steve.

— Que foi? — pergunta ele. — Qual é o problema?

Já chega!

Eu me desvencilho de seus braços e me viro. Então me sento bem ereta, pronta para um confronto direto.

— Steve, por favor, cale a boca! Nossa!

Ele se senta também, parecendo tão confuso que me dá vontade de lhe dar um tapa.

— Quer dizer, o que tem de errado com você? Não podemos só nos divertir? Precisa estragar tudo, é sério?

Ele quase parece se encolher, quase como se eu tivesse mesmo lhe dado um tapa. Como se eu o tivesse machucado. Só com minhas palavras. De maneira deplorável, doentia, isso me faz sentir um pouco melhor, um pouco mais forte.

— Você queria que eu falasse, né? Está feliz agora?

— Eu... — começa. Mas não ouço a palavra que sai a seguir da sua boca, porque já estou de pé. Abro a porta do quarto e desço correndo as escadas. Calço as botas e visto meu casaco. Não amarro nem aboto nada. Só preciso sair dali.

Do lado de fora, no frio, olho para cima e faço um desejo para todo um universo de estrelas para estar em qualquer lugar — fecho bem os olhos —, em qualquer lugar, menos aqui. Mas, quando os abro, estou olhando para o mesmo céu, presa na mesma cidade de sempre, no mesmo meio do nada, sentindo o mesmo de antes. Só que pior.

Acendo um cigarro, mas só dou algumas tragadas antes de ouvir o barulho da porta se abrindo, seguido por passos se arrastando pela neve. Então ouço sua voz, rompendo o silêncio delicado do ar gelado.

— Olha, Edy, não sei o que acabou de acontecer lá dentro.

Continuo de costas para Steve. Ele pousa as mãos nos meus ombros.

— Preciso mesmo ir — digo a ele, com a voz mais impassível que consigo articular. Encolhendo os ombros para dentro, tento me desvencilhar das suas mãos.

Ele me solta e dá a volta para me encarar, com uma expressão que jamais vi em seu rosto. Sua típica postura desleixada dá lugar à rigidez enquanto ele coloca as mãos nos quadris. Parece maior do que habitual, imponente.

— Juro por Deus, não sei o que eu fiz — diz ele, as palavras cortando o ar. — Estou tentando fazer a coisa certa e você está agindo como se me odiasse ou algo assim! — Seus olhos ficam mais arregalados conforme ele pronuncia as palavras, mais frios.

Não digo nada. Ele fica parado ali, esperando que eu negue, ficando mais irritado a cada segundo. Encho os pulmões de fumaça para ganhar tempo antes de responder. Mas então ele joga as mãos para cima abruptamente, deixando-as cair e bater com força em suas coxas. É como se meu corpo inteiro tivesse estremecido. O cigarro escorrega da minha mão e cai no chão.

— Só estou dizendo que... — Ele hesita e me olha de cima a baixo, avaliando meu rosto, meu corpo. Tento me recuperar, tento agir como se estivesse bem. — O que você acha? — diz ele, lentamente. — Que eu ia bater em você ou algo assim?

Balanço a cabeça em uma negativa, mas minha mente não tem mais certeza. De qualquer coisa. Ou de qualquer pessoa.

— Ah, meu Deus, que tipo de pessoa você pensa que eu sou, Edy? — retruca, a voz em um tom alto. Mas não sei que tipo de pessoa ele é... Merda, nem eu sei que tipo de pessoa eu sou.

Eu me sinto recuar.

— Eu não faria nada — assegura ele, quando não respondo. — Não acredito que tenho que te dizer isso. Eu nunca faria uma coisa dessa.

— Tudo bem. Sim, eu sei.

— Espere, só estou tentando explicar... — continua ele, chegando mais perto, mas não consigo sequer começar a ouvir. Faço que sim com a cabeça, concordando com o que quer que ele possa estar dizendo. — Então, isso faz sentido? — finalmente conclui.

Ele estende a mão para tocar meu rosto, talvez meu cabelo, não sei... E não consigo me impedir de recuar.

— Caramba, Edy, você não está... não está com medo de mim, está?

— Sim. — Ouço a palavra sair da minha boca, e meu coração congela. Porque é a verdade. Seu queixo cai. — Quer dizer, não. — Tento consertar, eu tento, eu tento, mas é tarde demais. Estou tremendo, merda, meus dedos estão trêmulos. Nossa. — Eu quis dizer não. Não estou com medo, estou só... — estou tentando, mas não consigo respirar, é como se tivesse tijolos no peito — só muito... — e de repente — muito... cacete... — estou chorando — cansada. — Não há como esconder. — Só estou cansada, tá bom? — balbucio. — Muito. Cansada. Merda. E não estou com vontade de ter nenhuma conversa séria, só isso! — esbravejo, quase aos berros, quase histérica.

Ele não diz nada. Cubro os olhos. Estou chorando com todo o corpo, e tudo o que quero fazer é desaparecer. Sinto sua mão hesitar, pairar sobre mim, em seguida traçar círculos desajeitados em minhas costas, e depois seus dedos estão em meu cabelo. Se ele está dizendo alguma coisa, não ouço. Tudo o que consigo ouvir é meu sangue correndo e meu coração martelando nos ouvidos. Um latejar na garganta, como se houvesse um grande emaranhado de palavras presas ali, ansiosas por sair. Ele me envolve com os dois braços. Mas me sinto sufocada. Não quero ser abraçada. Não quero ser tocada. Por ninguém, nunca mais em toda a minha vida.

Cerro os dentes para me impedir de gritar. Gritar por tudo, gritar para que ele tire as mãos de mim, gritar por socorro, gritar porque não consigo entender o que está acontecendo, o que aconteceu, o que vai acontecer. Gritar porque ainda me sinto presa ao passado, sempre ao passado, em meu coração ainda sou aquela garota. Cerro os punhos e digo a mim mesma *Chega de lágrimas, sua bebê chorona*. No três, vá. Um, dois, *empurre*. Empurre o corpo. Empurre Steve. Empurre, apenas empurre. Três. Eu me desvencilho de seus braços abruptamente. Ele cambaleia para trás. Mas estou livre.

Estou indo embora.

Ele agarra a manga do meu casaco.

— Edy, por favor.

Arranco meu braço do seu aperto no instante em que sinto sua mão em mim.

— Não encoste em mim! — Só percebo que gritei quando minhas palavras ecoam de volta para mim, reverberando nas árvores, no escuro e no frio. Ele olha em volta, em pânico, pensando que talvez os vizinhos possam ouvir.

— Não precisa ficar brava — diz ele, estendendo a mão para mim novamente.

— Não estou brava, só não... encoste em mim, ok? — Minhas palavras tremem quando pairam no ar, minha boca jamais tendo exigido tais coisas antes.

Ele mantém as palmas das mãos na frente do peito.

— Tudo bem, tudo bem, não vou.

Ficamos ali, nos encarando.

— Então o que acontece agora? — pergunta Steve.

— Você entra. Eu saio. — Tento ser estoica quanto a isso, tento fingir que não acabei de ter um colapso na frente dele.

— Digo, o que acontece com nós dois? — Nós. Meu Deus. Não posso responder a essa pergunta, e acho que ele também sabe disso, porque sua expressão e seu tom se alteram, então pergunta, no lugar: — Olha, você está bem?

— Eu tenho mesmo que ir, Steve — digo, com impaciência, tomando cuidado para não o olhar nos olhos.

— Tá bom. Então nós estamos bem, conversamos amanhã?

— Com certeza.

— Tudo bem. Te ligo amanhã. — Ele tenta sorrir.

Tento sorrir de volta.

— Espere, eu quero que você saiba, Edy, eu jamais iria te machucar. — Ele se inclina devagar, e roça os lábios em minha bochecha suavemente.

— Está certo — sussurro, apavorada, com mais medo do que já tive em muito tempo, de nada ou de ninguém.

— Tudo bem — diz ele. — Então boa noite.

— Boa noite — repito, me afastando.

— EDEN? — MAMÃE BATE À porta, tenta girar a maçaneta. Abro os olhos e rezo para que tenha sido um sonho. Procuro meu celular. Uma e quarenta e três da tarde. Apaguei por quinze horas. Dez chamadas perdidas.

— Sim? — Eu gemo, tentando rolar a lista: Mara, Mara, Mara, Steve, Cameron, Steve, Cameron, Steve, Steve, Steve. Merda. Merda. Merda.

— Eden! — chama ela, outra vez.

— Eu disse sim! — grito. Não me faça levantar, Vanessa. Por favor.

— Não vou gritar pela porta! — grita ela pela porta.

Eu me arrasto, tentando me despertar, mas tanto faz, e empurro o saco de dormir para debaixo da cama e jogo meu travesseiro por cima. Destranco a porta.

— Você tem visita — sussurra Vanessa, de boca fechada. — Um tipo esquisito.

— O quê?

— Cameron alguma coisa, você conhece esse garoto? — Ela inclina a cabeça para que eu possa vê-lo, parado no meio de nossa sala de estar, abrindo e fechando a boca. Cam está brincando com o piercing de língua, outro detalhe estúpido e irritante sobre ele que odeio.

— Merda — solto entre dentes.

— Eden — repreende ela. Eu encaro a linha reta da sua boca. — Bem — diz, resignada. — Seu pai saiu e eu estava de saída para ir ao mercado, mas você quer que eu fique? Eu só... eu não gosto da aparência dele — murmura, lançando um olhar sobre o ombro. — Ele é... você vai ficar... ele não é perigoso, é? Ele é seu amigo? — A ideia de minha mãe estar preocupada em sair e me deixar sozinha em casa com um garoto perigoso é tão ridícula que eu poderia vomitar.

— Está tudo bem — murmuro, minha língua e lábios secos como papel. Ou talvez não estivesse nada bem, mas não preciso de testemunhas para o que quer que esteja prestes a acontecer. — Você pode só dizer a ele que vou sair em um segundo?

Passo por ela, me trancando no banheiro. Meu coração começa a bater de forma irregular. Não vou chorar.

— Você *não vai* chorar — sussurro para mim mesma. Lavo o rosto e escovo os dentes, tento passar uma escova pelo cabelo, cheio de nós. Ouço despedidas murmuradas e a porta da frente se fechando. Prendo o cabelo em um rabo de cavalo. Não. Isso passa a impressão de que me importo com minha aparência, parece que estou me esforçando. Solto o cabelo e o prendo cuidadosamente em um coque de qualquer jeito.

— Não dá para você atender o celular? — Ele deixa escapar assim que arrasto meus pés até a sala de estar.

— Sei, sim... quer dizer, dá, se é o que está perguntando.

— Ah, ok. Simplesmente não quer? — retruca, todo nervoso de tentar se conter.

Cruzo os braços, dou de ombros, puxando distraidamente um fio solto da manga, um sinal sutil de que pouco me interessa seguir com esta conversa.

— Você é inacreditável. Ele não merece isso. Assim, você sabe disso, não sabe?

Reviro os olhos.

— Sabe, eu falei para ele que uma garota como você iria simplesmente destruí-lo. Porque garotas como você...

— Garotas como eu? — Solto uma risada. Onde foi que ouvi esse discurso antes?

— Não sei o que ele viu em você, não sei mesmo.

— Fala sério, é bastante óbvio o que Steve viu em mim. O que ele queria. Ele teve a chance dele, né? E meio que estragou tudo, desculpe dizer.

— Que mentira! — Ele cospe a palavra antes mesmo de eu terminar minha frase. — Não finja que acredita mesmo nisso. A menos que você realmente seja tão insensível. Você é? De verdade? — Há uma veia em sua testa que lateja cada vez que ele levanta a voz.

— Acho que sim — murmuro, com o rosto impassível.

— Sim? — pergunta Cam, veias salientes, punhos cerrados ao lado do corpo. — Porque você é muito fodona, não é? Você é fodona de verdade?

Eu sorrio, solto um suspiro. Que babaca. Ele não está me atingindo, não está. Ele dá um passo em minha direção. Resisto ao instinto que me manda recuar, fugir. Mas faço alguns cálculos em minha mente — massa, volume, densidade —, talvez eu possa derrubá-lo. Ele é mais alto, óbvio, só que magrelo. Devemos pesar mais ou menos o mesmo. É, se o empurrão ganhasse impulso, eu poderia derrubá-lo.

— Então era por isso que você estava chorando? Porque você é, o quê, *fodona*? — pergunta ele, com um sorriso frio. Ou talvez ele consiga me derrubar.

Inspiro algo que não parece ar, e então não consigo me lembrar de como expirar. Meus olhos não podem sustentar seu olhar. Eles se desviam para baixo, esses estúpidos covardes.

— Sim, ele me contou — continua ele. — Ele me contou tudo. Disse que estava tentando ser legal, e você foi uma babaca... — Ele faz uma pausa, deixando a palavra cortar o ar. — Bem, estou parafraseando aqui, porque você sabe que Steve não te chamaria de babaca, mesmo que você seja uma, apesar de ser o que ele estava pensando. É, ele disse que você começou a chorar, chorar feito uma garot...

Opa, aí eu desperto.

— Cala a boca, Cameron! Você não sabe... você simplesmente não sabe de nada, então fique fora disso! — Mal consigo tomar fôlego suficiente para continuar meu discurso. — Quer falar sobre fingir ser fodão? Se enxerga! Acha que intimida as pessoas com a sua aparência? Você acha que é fodão?

— Não. Eu nunca disse que era. Espero não intimidar as pessoas, mas essa é a diferença entre nós, não é? Você quer puxar as pessoas para baixo, você quer machucar todo mundo, mas quer saber? — zomba, avançando em minha direção.

Juro por Deus que vou acertar a cara de Cameron se ele chegar mais perto.

— O quê? — A palavra sai estrangulada, não incisiva, não feroz, não como eu queria.

— Ninguém tem medo de você — responde ele baixinho, reservado, contido, e de repente no completo controle das próprias emoções.

Engulo em seco. Estou perdendo o controle. Porque sei que ele está certo. Sei que é verdade.

— Você é tão fraca e medrosa, é patético. — Ele sorri, inclina a cabeça para um lado. — O quê? — Ele faz uma pausa, o veneno pingando em meio ao silêncio. — Você acha que as pessoas não percebem?

— Vá embora. — Minha voz treme.

— Você acha que é um mistério? Você é completamente transparente... eu enxergo através de você.

— Saia! — exijo.

— Você é tóxica. Sabe? Você sai espalhando a sua merda por onde quer que vá. É tão patética que eu quase sinto pena de você. Quase.

Eu não fazia ideia de que Cameron poderia ser tão cruel. Em algum lugar, uma pequena parte de mim quase o admira. Quase.

— Você... você nem me conhece. Como pode...

— Ah, sim, eu conheço — interrompe Cam. — Sei tudo sobre você. Balanço a cabeça. Não. Não consigo falar.

— Vou embora agora — ele se afasta —, daí você vai poder chorar. Sozinha.

— Vá à merda.

— Sim. — Ele levanta o braço e acena. — Com certeza.

— Vá à merda! — grito para suas costas. — Vá à merda! — Pego o porta-copos de cerâmica na mesa de canto, a coisa mais próxima da minha mão, e o atiro na porta assim que ela se fecha.

ooo

De volta ao quarto, puxo meu saco de dormir debaixo da cama, deito e reviro algumas vezes. Depois estou novamente de pé. Enrolo o saco de dormir em uma bola, abro a porta do armário e o enfio ali dentro. Ele desenrola. Eu o chuto, chuto e chuto e chuto. Eu me jogo no chão e empurro de volta, de novo e de novo, mas o saco simplesmente continua caindo para fora do armário. E então a avalanche de papéis, caixas, uma pilha caindo em câmera lenta de roupas velhas que não me servem mais, um exército de bichos de pelúcia, um maldito clarinete estúpido e inútil. Eu me deito na bagunça e tento ao máximo parar de chorar.

Fico em meu quarto o dia todo. A noite toda. Pulo o jantar.

Steve me manda uma mensagem às onze: **por favor, não faça isso.**

Ele liga e deixa outra mensagem de voz às 23h44. E novamente à meia-noite.

Eu desligo o celular.

CHEGO PRIMEIRO, ANTES DO sinal. Temi este momento o dia todo. Sala de estudo. Então os três entram juntos, como uma gangue, contra mim. Em seguida vem Amanda.

Mara marcha até nossa mesa.

— Você não vai sentar aqui. De jeito nenhum.

— Está tudo bem — diz Steve, apoiando suas coisas.

— Não, não está, Steve. Estou cansada das merdas dela! — grita Mara com ele. Depois para mim: — Se manda.

— Tá bom. — Eu me levanto e esquadrinho a sala.

Com o pé, Amanda cutuca a cadeira vazia ao seu lado em minha direção. Acho que ela até tenta sorrir, mas parece mais um tique no rosto.

— Todos em seus lugares. Vamos, Edith, sente-se, por favor. — O sr. Mosner sorri para mim com impaciência. Nem tenho vontade de corrigi-lo. *Edith...* Por que eu não morro?

Eu me sento ao lado de Amanda, fingindo que é um mundo livre e que posso me sentar onde quiser. Olho para ela de soslaio. Em seguida, olho para suas amigas: a Garota Sarcástica, óbvio, e o menino que sempre parece completamente chapado, e a garota que parece uma versão negativa e desbotada de Amanda — cabelo loiro em vez de preto, pálida em vez de queimada de sol, olhos azuis em vez de castanhos. Todos me observam como se eu fosse algum tipo de alienígena.

Não consigo tirar os olhos do relógio. Só mais vinte e quatro minutos até que este tempo termine e eu possa escapar de Steve e de toda a mágoa que ele lança em minha direção. Escapar de Cameron e das palavras que ainda ricocheteiam em minha mente. E de Mara e da amargura que se encrava entre nós com raízes cada vez mais profundas.

— Podemos conversar?

Eu me viro. É Steve.

— O quê? Agora? — pergunto.

— Sim — ele responde em um murmúrio, fitando desconfortavelmente Amanda e seus amigos, que estão olhando. Ele começa a se afastar, na direção da porta. Dá uma espiadela para as costas do sr. Mosner, então faz um gesto com a mão para que eu o siga. Não sei por que obedeço.

— Então... você não está mais falando comigo, né? — pergunta, assim que chegamos ao corredor.

Caramba, ele realmente me odeia. Posso sentir em cada célula do meu corpo, cada núcleo, cada maldito ribossomo.

— Não estou não falando com você, só...

— O quê? — interrompe ele. — Só o quê?

— Só não tenho nada para falar. — Dou de ombros.

— Você não tem nada para falar? Como pode? Como pode não ter nada para falar? — argumenta, quase aos gritos.

— Bom, obviamente você gostaria de falar, então por que simplesmente não continua?

— Tudo bem. Aquilo significou alguma coisa para mim... significa alguma coisa para mim. Pronto. Não tenho medo de admitir. — E então ele simplesmente me encara, esperando, desejando que eu cuspa suas palavras de volta para ele.

— Tudo bem, Steve. Vou ser sincera. Não significou nada para mim. — Verdade? Mentira? Não sou nem mais capaz de dizer. Sei que estou sendo fria e insensível, mas não consigo parar. Ele ignorou a placa de CUIDADO, NÃO TOQUE. Ele se machucou. Ele voltou em busca de mais. Ele entende. Não é problema meu.

— Nem acredito nisso, de jeito nenhum. Eu estava lá, ok? Sei que significou.

— Olha, não é culpa sua, é só o...

— O que é isso? — interrompe ele, todo inquieto e irritado, correndo os dedos pelo cabelo, quase como se quisesse arrancar tudo.

— O que é o quê?

— Isso! Esta encenação — responde, gesticulando com a mão para mim. Ele cerra os dentes e suas narinas se dilatam quando a respiração começa a ficar ofegante. — Qual é a dessa encenação? O que você está fazendo?

— Não sei do que você está falando!

— Talvez funcione com os outros caras, mas é diferente com a gente, então pare, tá bom? — Ele dá um passo para a frente. Eu dou um passo para trás.

— Por quê? Porque você acha que é diferente? Não se engane. Você não é diferente. Você. É. Exatamente. Igual. Essa coisa toda é tão previsível que me dá vontade de morrer! — Minhas palavras atravessam o corredor vazio, nos envolvendo, nos prendendo em sua órbita.

Olho para ele, cada vez mais pálido, cada vez mais magoado, e sinto um sorriso começar a se abrir em meu rosto.

— É, eu consigo perdoar gente esquisita — diz ele calmamente, os músculos do rosto se flexionando, contraídos. Em seguida, mais baixo: — Consigo perdoar gente fodida. — E seus olhos, eles se enchem de água. Ah, caramba, sua voz treme. — Mas você é só uma... puta.

Se as palavras são armas, se podem ferir fisicamente, então ele acabou de atirar uma bala de canhão de cinquenta quilos bem em cima de mim. O tipo de artilharia projetada para derrubar um encouraçado, e certamente equipada para afundar uma garotinha cruel e estúpida.

Em choque e incrédula, pronuncio a palavra:

— O quê?

Steve não deveria me dizer coisas assim.

Ele chega perto de mim. Estou na expectativa de que grite, o que torna tudo muito pior quando ele choraminga, baixinho:

— Você é uma vaca, porra. E uma puta. E não acredito que já pensei que você fosse outra coisa. — As palavras saem entre dentes, e ele é incapaz de segurar as lágrimas, como se ter que pronunciar esses insultos o magoasse, ainda mais do que deveria magoar a mim.

— Eu... — Toco seu braço. Não sei o que fazer. Mas ele afasta todo o corpo de mim. — Steve, não... — *Fique chateado, não se magoe por minha causa, não vá embora com raiva e destruído. Não sabe que eu não valho nada?* Quero agarrá-lo e segurá-lo e lhe pedir desculpas. Quero fazer isso ainda mais do que quero fugir. Porque Cameron tinha razão, ele não merece. — Steve, Steve, por favor, não...

— Vá à merda! — diz ele, com a voz estrangulada e enxugando os olhos nas mangas. Ele se vira e começa a caminhar, passa pela sala de aula, ficando menor na penumbra, dobra o corredor, e desaparece.

Sigo na direção oposta. Desço a escada na outra extremidade do corredor. Até o banheiro sujo e abandonado do porão, onde não há janelas, mas, ainda assim, é perfeito para fumar, porque nem morto um professor que se preze entraria ali. Eu me tranco em um dos cubículos. Cheira a esgoto. Perfeito para um rato, uma ratinha, como eu. No reservado, afundo no chão, pressiono as costas nos ladrilhos frios e acendo um cigarro. Minha respiração ecoa. Bato as cinzas no vaso sanitário manchado ao lado do meu rosto. Fecho os olhos e espero. E espero.

Eu me lembro de Josh novamente. Nada em particular. Só de pequenas coisas, como o jeito como ele sorria para mim, ou o som da sua voz, o jeito como às vezes eu conseguia fazê-lo rir, como ele às vezes conseguia me fazer sentir tão bem, tão livre, tão eu mesma. Como eu pensava que as coisas eram tão complicadas com ele. Mas eram tão fáceis comparadas a agora, comparadas a tudo.

Imagino ele aparecendo ali, me encontrando ali embaixo, na masmorra do banheiro do porão, como um cavaleiro, como algum Homem de Lata com uma armadura enferrujada, segurando um buquê de dentes-de-leão, pronto para matar meus dragões mais sombrios e perturbados. Ele iria arrombar a porta e dizer algo perfeito como *Linda, o que aconteceu? Não chore. Vamos fugir daqui. Você e eu. Vou te levar para onde quiser. Podemos fugir. Podemos recomeçar, podemos ser...*

Mas algo interrompe a fantasia, e, de repente, sinto meu corpo outra vez, a gravidade me puxando para baixo, me ancorando no frio chão de cimento. Algo belisca minha coxa, me trazendo de volta à realidade, beliscando com mais força. E mais forte, queimando, caramba... não, não está beliscando. Abro os olhos e vejo que meu cigarro queimou até o filtro, fazendo a ponta cair e queimar minha calça como ácido, até a pele.

— Merda! — sussurro meio gritando, batendo na perna para tentar apagar minha estupidez.

Então o sinal toca, ecoando pelas paredes e pelo teto, vibrando por todo o edifício — através de mim. Espero até que o barulho distante de gritos e de pés correndo e dos armários se fechando termine.

ooo

Volto para a sala de aula e encontro Amanda pegando minha mochila do chão. Ela está sendo tão gentil com minhas coisas, é perturbador. Todos os outros já foram, exceto Amanda e a Sarcástica. Eu me demoro na porta, ouvindo.

— Então, vocês são o quê, amigas agora? Isso é bizarro demais — sussurra a Garota Sarcástica.

— Amigas não. Só, sei lá, acho que estou tentando não a odiar. — Pelo modo como Amanda pronuncia *a*, tenho certeza, não sei como, de que estão falando de mim, porque sinto um aperto no peito. Eu congelo, indecisa entre lutar e fugir. — Estou tentando ser zen, tá bom? — continua. — Não é isso que você está sempre pregando?

— Mesmo depois que ela... ? — pergunta a Sarcástica, baixinho. — Existe um limite para ser zen e tal.

Amanda dá de ombros.

— Não quero falar sobre esse assunto.

— Depois que eu o quê? — exijo, avançando, a decisão tomada por mim. Vou lutar.

Amanda se vira e me encara, assustada.

— Ah! Nada — responde ela, depressa.

— Não, o que é? O que foi que eu te fiz? Quero saber, de verdade. Adoraria saber. — Eu me ouço dizer, com uma risadinha presa na garganta, me sentindo perto do limite, como se eu pudesse dizer qualquer coisa agora, fazer qualquer coisa, sem dar a mínima para as malditas consequências.

— Esquece — Amanda me diz, balançando a cabeça.

Mas a Sarcástica abre o jogo.

— Você e Kevin.

— O... o quê? — As palavras ficam presas em minha garganta. Kevin e eu não pertencemos à mesma frase, ao mesmo pensamento, à mesma maldita galáxia.

— Cale a boca! — Amanda ataca a amiga. — Eu ia pegar suas coisas para você — diz ela para mim.

— Do que você está falando? — pergunto a Sarcástica.

— Estou falando de você e do irmão da Amanda...

— Merda, cale a boca! — interrompe Amanda. — Já disse que não estou nem aí!

— Mandando ver — conclui a Sarcástica, me olhando de cima a baixo, como se eu fosse mesmo uma vadia nojenta e totalmente puta.

Mal consigo manter um pensamento coerente por tempo suficiente para articular as palavras com minha boca.

— Eu... eu... o quê? Eu nunca... Por que você diria isso?

— Fala sério — diz a Garota Sarcástica, com uma risada. — Todo mundo sabe.

Volto a me concentrar em Amanda, tentando falar em vez de vomitar.

— Você fala isso para as pessoas? Por que você inventaria uma coisa dessa?

— Não estou inventando. Ele me contou! — Ela começa a exibir aquele brilho de ódio nos olhos mais uma vez. — Então você não precisa agir como...

— Eu nunca. Nunca. Eu nunca, sua mentirosa de merda! Eu o odeio. Eu jamais faria uma coisa dessa! Eu o odeio mais do que a qualquer pessoa no mundo inteiro. Tenho nojo dele. Na verdade, tenho nojo de você! Tenho nojo de você porque me faz lembrar dele! — Estou gesticulando com os braços descontroladamente, e as duas começam a se afastar de mim, percebo, porque estou me aproximando.

— Ele disse que você e ele... — Amanda começa a falar, mas não posso deixá-la dizer nem mais uma palavra.

— Eu queria que ele estivesse morto, está bem? Espero. Que ele. Morra. Nada me deixaria mais feliz do que uma coisa realmente horrível acontecendo com ele. Você entendeu? — Estou a centímetros do seu rosto agora. Não consigo parar de ir em sua direção. — Você entendeu, porra? — Sinto algo selvagem e elétrico fluir através de mim, como se minhas mãos pudessem estrangulá-la, como se fossem controladas por alguma parte do meu cérebro que é imune à lógica, a mesma parte que me permite dizer essas coisas, aquelas coisas horríveis que vão acabar me denunciando. Eu poderia simplesmente... minhas mãos. Alcançar. Caramba. Qualquer coisa. Machucar.

Quando dou por mim, ela está no chão. E a amiga está gritando:

— Sua psicopata maldita, mas que merda é essa?

E eu estou gritando:

— Eu vou te matar se repetir isso. — Amanda olha para mim, com lágrimas escorrendo pelo rosto. Isso a faz se parecer com a Mandy de sete anos, mas ainda não consigo me forçar a parar. — Cacete, nunca mais diga isso! Entendeu? Nem para mim, nem para ninguém. Ou eu juro por Deus. Juro por Deus, eu vou te matar.

ooo

Choro o caminho inteiro da escola até minha casa. Simplesmente caminho pelas ruas, soluçando. Não me importando com quem me vê, ou com minha aparência, ou com o que qualquer um pense. Chego em casa e me tranco no quarto.

Só fico ali deitada, olhando para o teto.

Fiz Mara chorar. Fiz Steve chorar. Fiz Amanda chorar.

Qualquer um que já sentiu alguma coisa por mim agora me odeia. Depois de horas refletindo sobre o assunto, fiquei fisicamente doente de verdade.

Não vou para a escola no dia seguinte. Não tenho condições de encarar ninguém. Estou doente, doente, doente, digo a Vanessa. Ela sente minha testa e me diz que estou pegando fogo. Apenas durmo e durmo. E ninguém me incomoda. O dia todo e a noite toda, sou só eu no saco de dormir, alternando entre momentos de consciência e inconsciência.

— **CALMA, MEU AMOR, VAI** ficar tudo bem, eu prometo — ouço Vanessa prometer em um sonho. Nele, estou chorando e ela tenta cuidar de mim; e sinto meu tremendo esforço para permitir que o faça. Abro os olhos. A luz fraca brilha através da cortina. Meu despertador marca 5h10 da manhã.

— Vai dar tudo certo, filho, você vai ver — tranquiliza Conner, com uma voz tão terna que me pergunto se realmente estou acordada.

— Não, pai. Você não estava lá. Acho que não vai dar, não. — É Caelin, e é ele quem está chorando, não eu. E estou acordada, tenho certeza.

— Talvez você devesse ligar para os Armstrong, Conner — sugere Vanessa, a voz abafada atrás da porta trancada do meu quarto. Os Armstrong... Kevin... eu ouvi. Eu me sento depressa, escuto com mais atenção.

— Não! Não ligue para eles. Ainda não, não até a gente saber se... — Caelin faz uma pausa, e então o ouço fungar novamente. Mas Caelin não devia estar em casa. Suas férias de inverno só são daqui a uma semana. Não, alguma coisa está errada.

Destranco minha porta, dou pequenos passos até a sala de estar. Ninguém me ouve entrar. Meu irmão está sentado no meio do sofá, cabeça nas mãos, Vanessa de roupão e chinelos acomodada ao seu lado, o braço envolvendo as costas dele; Conner de pé, rodeando-o, uma das mãos descansando, hesitante, em seu ombro. Eles estão em silêncio. Soluços sacodem o corpo de Caelin.

— O que está acontecendo? — pergunto.

Todos voltam os olhos para mim. Mas não dizem nada. Caelin deixa cair a cabeça de volta no colo. O queixo de Vanessa treme.

— É o Kevin, querida — diz Conner finalmente.

— O quê... o que ele fez?

— Fez? — Caelin cospe em mim. — Ele não fez nada!

— Shhshhshh — murmura Vanessa para ele.

— Hã, então o que aconteceu? — tento no lugar.

— Tudo vai ficar bem, então todos se acalmem — grita Conner. — Edy, Kevin está... com um probleminha, mas tudo vai se endireitar logo.

— Que tipo de problema? — Coço meu braço, a ansiedade borbulhando sob minha pele.

— Uma garota do nosso dormitório está dizendo que ele a estuprou! — grita Caelin. E então, diante da minha falta de reação, acrescenta: — Ele não fez isso, obviamente, mas não sei o que vai acontecer. A polícia veio e...

Não consigo ouvir mais nada, porque alguém está gritando dentro da minha cabeça, batendo com uma marreta no meu cérebro. Gritando *Meu Deus, não, não, não, não.* Sinto como se pudesse cair, como se pudesse parar de respirar por completo. Aquele velho projétil já conhecido avança lentamente. Imagino que esteja a caminho do coração agora. Não, do meu estômago. Corro para o banheiro. Bem a tempo de levantar a tampa e vomitar.

Eu me sento no frio chão de ladrilhos. Minha cabeça lateja, como se literalmente houvesse uma guerra dentro do meu cérebro, completa — com bombas, canhões, armamento pesado e baixas. Ele é culpado. Lógico que é culpado. Não há dúvida. Mas sou culpada também? Eu o obedeci, fiquei de boca fechada, e então Kevin foi e fez de novo, com outra pessoa. Só que a garota, quem quer que seja, foi corajosa, inteligente. Não fez como eu. Simplesmente continuo a mesma covarde chorona de antes. Sou uma ratinha. Sou uma maldita rata.

Do outro lado da porta, ouço mais algumas fungadas e um lamento baixo, sem palavras. Sons gorgolejantes da cafeteira. Saio, torcendo para não aparentar que alguém acabou de me dar uma surra.

— Você está bem, Minnie? — pergunta Conner, apertando meu ombro com certo vigor. Minnie. Faz tempo que não ouço o apelido. Que obscenamente apropriado.

— Na verdade não — admito.

— Não se preocupe com a escola hoje. — Ele sorri. — Vamos todos tirar o dia para cuidar da saúde mental. O que acha?

Concordo com a cabeça, tento sorrir de volta.

Ficamos sentados em casa por horas, todos parecendo arrasados. Caelin está péssimo. Conner tenta agir como se tudo estivesse bem. Vanessa vacila entre agitação maníaca e total imobilidade. Sinto vontade de bater a cabeça na parede.

Não suporto nem mesmo a ideia de comer, mas, ainda assim, ajudo Vanessa a preparar o almoço. Ela diz que vai ajudar todos a se sentirem melhor. Duvido que ajude. Conforme sentamos em volta da mesa da cozinha, basicamente beliscando nossos sanduíches de queijo grelhado e mexendo as tigelas de sopa cheia de pedaços de tomate, a história vem à tona, desarticulada e tendenciosa.

— É a namorada dele. É que... nem faz sentido; assim, por que ele precisaria estuprar alguém com quem já estava dormindo? — argumenta Caelin.

Fazia sentido para mim, óbvio. Ele precisava fazê-la se sentir inútil, precisava controlá-la, precisava machucá-la, precisava deixá-la impotente.

— Ela terminou com Kevin por um motivo qualquer, não sei mesmo, mas não foi nada grave nem nada. E Kevin pediu para ela aparecer uma noite, porque *ela* estava chateada com o rompimento, só para conversar, e foi quando a garota alega que ele a "estuprou". — Ele acompanha a palavra com aspas no ar, e quero pular em cima da mesa e quebrar seus dedos. — Kevin admitiu ter feito sexo com ela. Sexo "consensual". — Ele faz o gesto de aspas de novo.

Não me incomodo em explicar que, se ele está tentando transformar a menina em mentirosa, então não precisa enfatizar a palavra *consensual*.

— Ela demorou uns dias para registrar queixa — acrescenta ele, como se essa fosse uma informação importante, como se significasse alguma coisa. — Se o estupro aconteceu mesmo, então por que ela não denunciou imediatamente?

Comparado com o quanto esperei, dois dias parecem quase instantaneamente, dois malditos dias não são nada.

— Além disso — continua Caelin —, eu estava lá. Quer dizer, eu estava bem no quarto ao lado. Eu saberia se alguma coisa estivesse acontecendo. Se ela estivesse mesmo em pânico, poderia ter gritado, ou me chamado. Nós éramos amigos também. E não ouvi nada!

Ai, meu coração. Pare. Se ele soubesse as coisas que era incapaz de ouvir de um quarto ao lado.

— Nada mesmo — insiste ele. — E foi exatamente isso que eu falei à polícia do campus, quando me interrogaram, na semana passada. Mas então, do nada, eles apareceram ontem à noite, a polícia de verdade dessa vez, e levaram Kevin. É por isso que estou aqui, não sabia mais o que fazer. Simplesmente não consigo acreditar que vão fazer isso e vai ficar tudo bem. Eles não podem só prender uma pessoa sem motivo, né? Não consigo entender por que ela iria mentir assim. Ela parecia tão... normal.

— Talvez ela não esteja mentindo... — por fim deixo escapar, incapaz de me conter por mais tempo.

— Como você pode dizer isso? Claro que ela está mentindo! — Caelin parece prestes a pular a mesa e partir para cima de mim.

— Bem, eles não prendem ninguém sem motivo, e você mesmo acabou de dizer que não acreditava que ela iria mentir — lembro a ele.

— Não, eu disse que não sei *por que* ela mentiria, não que não a achava capaz. E eu não sei, Eden, talvez ela tenha decidido inventar alguma história de merda porque se sentiu mal por ser uma vagabunda. Por terminar com um cara e, mesmo assim, ainda dormir com ele.

— Caelin, não falamos assim à mesa — repreende Vanessa, com delicadeza.

Mas ele a ignora. Em vez disso, olha para mim e murmura entre dentes:

— Você entende isso, não entende?

Minha boca se abre. Por conta do choque ou para falar, não sei. Não consigo nem pensar em palavras — não consigo respirar, não consigo sentir. No entanto, de algum modo, minha voz encontra as palavras, afinal, e elas explodem em minha língua, aquelas palavras perfeitas.

— Vá. À. Merda.

— Vá à merda você também! — Caelin me enfrenta, com um reflexo impecável.

Conner bate o punho na mesa, chacoalhando as colheres das tigelas. Chacoalhando meu coração.

— Ei, ei. O que está acontecendo com vocês dois? Calem a boca agora mesmo! — Ele aponta o dedo para nosso rosto, alternadamente.

Caelin empurra sua cadeira para longe da mesa e, como um furacão, entra na cozinha.

Sigo seu exemplo e marcho até meu quarto, batendo a porta com força atrás de mim.

Eu me sento no chão, encostando as costas na lateral da cama. Deixo a cabeça cair na beira do colchão. Fecho os olhos. Não posso adiar por mais tempo. Não consigo segurar. Sinto algo se romper como um dique dentro da minha cabeça.

O QUE ACONTECEU: ACORDEI com ele subindo em cima de mim, colocando os joelhos em cima dos meus braços. Pensei que fosse uma brincadeira. Sem graça, com certeza, mas, ainda assim, uma brincadeira. Abri a boca. Tentei falar, mas só saiu *oqqqu*, o começo de *O que*. *O que, o que*, o que está acontecendo, o que você está fazendo?

Mas ele logo coloca a mão em minha boca para que minha mãe e meu pai não possam ouvir. Eles não ouviriam, porque meu despertador estava piscando 2h48 na mesa de cabeceira ao lado da cama. Ambos sabíamos que estavam dormindo pesado do outro lado da casa.

Não é uma brincadeira.

Porque agora aquela boca está na sua boca e a mão dele em volta da sua garganta e ele está sussurrando *Caleabocacaleaboca*. Você obedece. Você cala a boca. Você é idiota, idiota.

São 2h49: ele já tinha jogado minha calcinha de dia da semana no chão. E, de algum jeito, você ainda não entende o que está acontecendo. Depois ele ergue com força minha camisola — minha camisola favorita, com os estúpidos basset hounds adormecidos — e sinto a costura rasgar onde o fio já estava se soltando. Ele a sobe até meu pescoço, expondo todo o meu corpo, todo o meu corpo nu e desajeitado. E ele enfia um punhado do tecido em minha boca, me sufocando. Eu estava engasgando, mas ele continuou enfiando a camisola em minha boca, empurrando, empurrando, empurrando, até não entrar mais. Eu não entendia por quê, não até tentar gritar. Eu estava gritando, sabia que estava, mas não havia som, apenas um abafado ruído subaquático.

Consegui soltar meus braços, mas eles não sabiam o que fazer primeiro. Eles se debatiam a esmo, atacando sem direção. Braços estúpidos. Um tapa rápido na muralha que é um corpo de garoto e caí de novo. Lá se vai aquela descarga de adrenalina de força sobre-humana de que sempre ouvi falar — o tipo que permitia que avós levantassem carros de cima dos netos, mas não me permitiria simplesmente escapar das mãos dele. Urgência inútil de merda.

— Pare com isso — avisou ele, enquanto segurava meus braços junto à cama, seus joelhos cravados em minhas coxas, pressionando--os com força até que todo o seu corpo estivesse sufocando todo o meu corpo, meus ossos virando pó. Lembro que você pensou que doesse. Mas aquilo não era nada.

O corpo dele tremia; os braços por me conter com tanta força, as pernas por tentar se intrometer entre minhas coxas, tentar posicionar o corpo para fazer aquilo que mesmo então, naquele momento, eu ainda não acreditava que ele era capaz de fazer.

— Droga — rosnou em meu ouvido... no ouvido dela, no ouvido dela. — Fique quieta senão eu... merda, obedeça, senão eu... eu juro por Deus — murmurou.

Eu não me importava com o final daquelas frases, porque isso não pode estar acontecendo, não pode estar acontecendo, não pode estar acontecendo. Não é real. É outra coisa. Essa não sou eu. É outra pessoa. Tentei manter as pernas juntas. Eu realmente tentei — elas tremiam com o esforço —, mas, às 2h51, ele as separou.

O estrado da cama range como um balanço enferrujado oscilando para a frente e para trás. Geme como uma casa assombrada. E algo como vidro se despedaça. Quebra dentro de você, e as pequenas lascas daquela coisa horrível se estilhaçam e correm por suas veias, indo direto ao coração. Próxima parada: cérebro. Tentei pensar em qualquer coisa, qualquer coisa, a não ser que dói, dói, dói tanto.

Logo, porém, a dor se tornou secundária ao fato de que pensei que talvez eu realmente morresse. Não conseguia respirar. Nenhum som podia sair da minha boca e nenhum ar podia entrar. E o peso daquele corpo estava me esmagando a ponto de eu ter pensado que minhas costelas iriam se partir ao meio e perfurar um pulmão.

Ele usou uma das mãos — apenas uma — para segurar meus dois braços acima da minha cabeça, forçando os ossos do pulso. Ele manteve a outra mão em volta da minha garganta, apertando toda vez que eu emitia qualquer som. Os sons eram involuntários: gorgolejar e balbuciar — ruídos moribundos —, ruídos que o corpo só faz quando está à beira da morte. Ele tinha consciência de que estava me matando? Eu queria dizer a ele que estava prestes a morrer.

Em algum momento, acho que simplesmente parei de lutar. A coisa, ela estava acontecendo. Não importava mais. Apenas se finja de morta. Ele manteve o rosto enterrado no travesseiro, e toda vez que se movia, tão bruscamente, seus grunhidos e gemidos ocos e abafados reverberavam pelo enchimento de algodão e poliéster, percorrendo um caminho sinuoso que levava diretamente até meus ouvidos, mesclando-se aos ruídos das entranhas se partindo, as vozes em minha cabeça gritando, gritando, gritando.

Às 2h53, estava acabado. Ele soltou meus braços. Acabou, acabou, disse a mim mesma. Quando ele arrancou a camisola da minha boca, comecei a tossir e ofegar. Quase havia morrido sufocada, mas ele não podia nem me conceder isso, um simples reflexo corporal. Ele colocou com força a mão sobre minha boca. Ele estava ofegante, a boca quase tocando a minha, as palavras molhadas:

— Cale a boca. Calada. Me escute. Escute. — Ele imobilizou meu rosto com a mão, de maneira que não podia evitar encará-lo. Seus olhos eram os olhos que ele sempre teve, mas me queimavam agora, queimavam até a minha alma. — Shhshhshh — sussurrou, enquanto afastava mechas de cabelo encharcadas de lágrimas do meu rosto, prendendo-as atrás da orelha, tipo, com ternura, repetidas vezes, suas mãos em mim, como se isso fosse a coisa mais natural, como estivesse predestinado.

— Olhe para mim — continuou. — Ninguém nunca vai acreditar em você. Você sabe disso. Ninguém nunca vai acreditar.

Então ele se afastou, uma lufada de ar gelado se infiltrando entre nós enquanto se sentava. Ele estava indo embora e meu tormento finalmente acabaria. Eu não me importava com o que tinha acabado de acontecer, ou com o que iria acontecer em seguida, só me importava que acabasse logo, que ele fosse embora. Eu ficaria calada, ficaria imóvel, se fosse necessário. Fechei os olhos e esperei. E esperei. Mas ele não estava indo embora, estava ajoelhado entre minhas pernas, olhando para mim, para o meu corpo.

Em geral eu já me sentia muito feia antes. Mas nunca feia assim. Nunca tão insignificante, repulsiva e odiosa como ele me fez sentir então, com os olhos em mim. Tentei me cobrir com as mãos, mas ele as afastou com brusquidão e prendeu meus braços junto ao corpo, ele colocou as próprias mãos em mim em vez disso. Não acabou, ainda não. Isso ainda fazia parte. Agarro um punhado dos lençóis para obrigar meu corpo a ficar parado, como ele queria.

Ele nem estava me prendendo. Não fisicamente. Mas estava me prendendo de alguma outra maneira, uma maneira que parecia, de algum jeito, mais forte que músculos, braços e pernas. Eu nem conseguia mais sentir meu corpo, nem mesmo a dor, mas podia sentir aqueles olhos em mim, me mostrando todos os lugares em que era feia, todas as coisas que ele mais odiava em mim, todas as maneiras como eu não importava.

— Você vai ficar de boca fechada — sussurrou em minha boca. Eu não tinha certeza se era uma pergunta ou uma ordem. De todo jeito, só há uma resposta certa, eu sei. — Te fiz. A porra. De uma pergunta. — Gotas de saliva voam em meu rosto a cada palavra.

Eu o encaro. Tenho permissão para falar? Eu não devia ficar de boca fechada?

Ele agarra meu queixo e um punhado de cabelo, e balança minha cabeça para cima e para baixo.

— Sim? — sibila ele, assentindo lentamente. Concordo com um gesto feroz de cabeça. — Diga.

Minha voz não funciona direito; só consigo pronunciar o *m*.

— Diga — exige ele.

— Hmm. Sim, sim — eu me ouço choramingar.

— Ninguém... entendeu? Você não conta para ninguém — ordena ele, com a boca perto do meu rosto. — Ou eu juro por Deus. Juro por Deus, eu te mato, cacete!

Ouço minha voz, pouco mais alta que um sopro:

— Por favor, por favor, por favor. — E nem sei pelo que estou implorando. Que ele só acabe logo com isso e me mate, ou que ele me poupe.

Ele esfrega seus lábios na minha boca uma última vez, me olha como se eu fosse sua propriedade, e abre um sorriso. Ele se levanta. Então de novo está de cueca.

— Volte a dormir — sussurra, antes de fechar a porta do meu quarto atrás de si.

Coloquei as duas mãos sobre a boca, fechei os olhos o mais apertado possível e tentei programar meu cérebro para desacreditar em tudo que pensava e sentia e sabia ser verdade.

ABRO OS OLHOS. ESTOU ofegante. Em seguida, mal consigo respirar. Meu coração dispara. Então para por completo. Estou em meu quarto. Não antes, mas agora. E estou bem. Estou bem. Estou bem, repito em silêncio.

Eu me levanto.

Eu pego o telefone.

Eu ando pelo quarto.

Eu preciso de alguém. Realmente preciso de alguém. Preciso de alguém agora. Mas não tenho ninguém para quem ligar... ninguém. Não tenho absolutamente mais ninguém no mundo que se importaria com o que está acontecendo comigo neste momento.

Mas então tenho uma ideia. Uma ideia muito estúpida e masoquista, mas agora está em minha mente e é uma daquelas ideias que, depois de fincar raízes, não há nada que possa ser feito para que desapareça. Meus dedos pressionam os números, muito embora meu cérebro proíba, como se fosse há dois anos, como se o tempo não tivesse passado. A sequência de números está arraigada em meus ossos e músculos, eu digito.

Ensaio seu nome.

— Josh. Josh — sussurro.

Eu me odeio. Está tocando.

— Alô?

Abro a boca. Mas que palavras poderiam sequer, sequer apagar aquelas lembranças, que palavras poderiam sequer dizer o suficiente da verdade?

Eu desligo.

O que há de errado comigo?

Aperto para ligar de novo.

— Hã, alô?

Desligo.

Só mais uma vez...

— Alô?

Desligo novamente. Caramba.

Respiro.

Como algum tipo de drogado sem autocontrole, simplesmente não consigo me conter. Digito.

— Quem é? — exige ele.

Ai, Deus. A voz dele. Apenas o som da sua voz faz meu coração disparar.

— Alô? — Ele inspira. — Alô? — Ele expira.

Abro a boca. Mas então a voz de Vanessa chama:

— Edy? Edy, pode vir aqui, por favor?

Desligo depressa.

Na sala de estar, dou de cara com duas pessoas de aparência incrivelmente intimidante: um homem — um policial de uniforme — e uma mulher de terno de alfaiataria, que apresenta os dois.

— Olá, este é o oficial Mitchell e eu sou a detetive Dodgson. Estamos aqui para fazer algumas perguntas sobre Kevin Armstrong. Compreendemos que sua família, sr. e sra. McCrorey, é muito próxima do sr. Armstrong e família, correto?

Conner se atrapalha com o controle remoto enquanto tenta desligar a televisão. E Vanessa faz algo que jamais a vi fazer antes: ela pega na mão de Conner.

Caelin se levanta com um pulo, parecendo belicoso demais considerando o fato de que aquelas pessoas estão armadas.

— Já contei à polícia tudo o que sei, o que não é nada, porque nada aconteceu! — Caelin praticamente grita.

— Estamos cientes da declaração que você deu à polícia do campus semana passada, mas estamos aqui hoje para tratar de uma outra questão, relacionada, mas distinta — explica a mulher, detetive Dodgson. Sinto minha mão subir ao peito. Porque sei, imediatamente sei, que há outra pessoa, outra garota, alguém além da ex-namorada. Certo. Respiro fundo e prendo o fôlego; planto os pés no chão e me preparo para algo terrível.

— Do que se trata? — pergunta Conner, trêmulo, colocando o braço no ombro de Vanessa.

— Olhe, ele não fez nada com ela, eu sei! — insiste Caelin.

O oficial Mitchell, mais alto que o um metro e oitenta e dois de Caelin, dá um passo em sua direção. Ele nem precisa falar para intimidar.

— Gostaríamos de interrogar cada um de vocês, separadamente, sobre Kevin e Amanda Armstrong — continua a detetive Dodgson.

O fundo do meu estômago se abre e meu coração o atravessa.

Amanda.

É óbvio. Óbvio que seria ela. Tento desaparecer. Tento ficar imóvel e simplesmente me tornar invisível. Tento conjurar poder psíquico suficiente para me desintegrar, me desmaterializar bem ali, diante dos olhos de todos.

— O quê? — sussurra Caelin, embora esteja bem claro que sua intenção era gritar.

— Mandy? — diz Vanessa, mais para si mesma que para o detetive.

— Por que querem nos interrogar sobre ela? — pergunta Conner, e todos temos medo da resposta.

— Mas por quê? Por quê... o quê? — Vanessa não consegue formular uma frase.

— Estamos investigando uma denúncia de abuso, senhora — responde o oficial Mitchell.

A detetive Dodgson me encara de um jeito que me sinto nua. Mas ela não podia saber, porque ninguém sabe.

— O que... você... quer dizer, abuso? — gagueja Vanessa, incapaz de compreender o que está sendo dito para nós.

Caelin se senta no sofá e fica olhando para um ponto imaginário no tapete. Ele não fala nem pisca.

— Queremos falar com cada um de vocês — diz o oficial Mitchell. — Sr. McCrorey, quer vir comigo para a outra sala? — Ele se dirige até a sala de jantar e Conner o segue, parecendo desorientado, segurando o controle remoto como se sua vida dependesse disso.

A mulher me olha fixamente.

— Eden, certo?

Sem fôlego, dou meu melhor para responder.

— Sim.

— Podemos conversar em particular? Caelin, sra. McCrorey, o oficial Mitchell virá falar com vocês dois em breve.

Começo a caminhar até meu quarto, os passos da detetive atrás de mim.

— Posso me sentar? — pergunta ela, apontando para a cama.

Assinto. O coração está acelerado. As mãos tremem. A pele formiga. Ela se senta, e a cama range como se revelasse seus segredos aos quatro ventos.

— Gostaria de fazer algumas perguntas, se estiver tudo bem.

— Ok, mas realmente não sei de nada. — Muito sobressaltada, Edy. Calma.

— Tem certeza? — pergunta ela. — Porque você não pareceu nem um pouco surpresa quando o oficial Mitchell contou a sua família sobre as acusações contra o sr. Armstrong. — Mas não é uma pergunta. Não sei como eu deveria responder, então apenas a encaro. — Estou interessada em saber por quê.

— Por que o quê? — Bancar a estúpida, é isso.

— Eden, se tiver qualquer informação ou conhecimento sobre os Armstrong, agora seria a hora de nos contar.

— Mas não tenho. Eu juro. Eu não tinha ideia de que ele estava fazendo isso com ela.

— Fazendo o quê, Eden? — pergunta ela, fingindo estar intrigada.

— Não sei. O que quer que ele estivesse fazendo, o que quer que tenha feito, não sei. — Nossa, ela sabe que estou mentindo.

— Tudo bem. Então voltando à minha pergunta inicial?

— Por que não fiquei surpresa, você quer dizer?

— Então, você *não* ficou surpresa?

— Não, eu... eu fiquei. Fiquei surpresa... estou, sei lá, *estou* surpresa — balbucio.

— Não — diz ela, lentamente. — Sua mãe, seu pai e seu irmão ficaram surpresos, chocados, mas não você. Pode me dizer no que estava pensando?

— Nada, não sei. Não estava pensando em nada.

— Alguma coisa devia estar passando pela sua cabeça... — E ela me encara com aqueles olhos, aqueles olhos diretos, francos, sem-tolerância-para-qualquer-mentira. Ela me olha muito intimamente, como se pudesse enxergar tudo. Tudo o que sou, tudo o que não sou. Conto os segundos do escrutínio da minha alma: Um. Dois. Três. Quatro. Cin...

— Vou fazer outra pergunta, então. Você acha que essas alegações contra o sr. Armstrong são plausíveis... na sua opinião pessoal?

— Não sei. Como eu iria saber? Tipo, eu não saberia.

— Devo dizer que você parece agitada demais, Eden. Está escondendo alguma coisa porque acha que assim está protegendo o sr. Armstrong?

— Protegendo? Não. E não estou escondendo nada, é sério.

— Eden, vou ser franca com você — diz ela, cruzando as mãos cuidadosamente no colo. — Conversei pessoalmente com Amanda, e ela mencionou especificamente o seu nome. Me disse que eu deveria falar com você. — Com gentileza ela aponta o dedo para mim com as mãos entrelaçadas. — Você sabe por quê?

Balanço a cabeça com muita força de um lado para o outro, de um lado para o outro.

— Bem, ela parecia acreditar que você pode ter algum tipo de informação sobre o sr. Armstrong. Kevin — acrescenta, como se soubesse a centelha de raiva que o mero som do nome dele desencadeia dentro de mim.

Eu a observo estudando minhas mãos trêmulas. Cruzo os braços e enfio as mãos debaixo dos braços.

— Amanda me contou sobre um incidente que aconteceu na escola, no início desta semana. Ela disse que você ficou extremamente... abalada quando vocês discutiram...

— Não! Eu disse não. Não sei por que ela mencionou o meu nome. Eu não sei de nada. — Quero gritar, ser firme e forte, mas minha voz apenas sai em um gemido penetrante.

Ela me aprisiona naquele olhar impassível. Não consigo decifrá-la, afinal. Ela se levanta, atravessa o quarto. Acho que está indo embora, mas então fecha a porta, deixando apenas uma fresta.

— Eden — diz ela suavemente. — Eu vou te perguntar uma coisa e preciso que você seja muito honesta na sua resposta. — Ela abaixa a voz e fica parada como uma montanha que nunca poderei mover. — Eden, o Kevin já abusou ou agrediu você de alguma maneira, sexual ou não?

Sempre prometi a mim mesma que, se alguém perguntasse, se alguém simplesmente fizesse a pergunta certa, eu diria a verdade. E agora a oportunidade chegou. Tudo poderia acabar em uma sílaba. Abro a boca. Quero dizer. Sim. Sim. Tento emitir algum som. Sim. Diga! Mas minha boca parece tão seca que não consigo.

Respiro fundo e engasgo. Eu engasgo com a palavra. Na verdade estou sufocando. Eu me levanto da cadeira, como se isso fosse ajudar em alguma coisa. Começo a caminhar pelo quarto, rapidamente ficando sem ar. Estou tossindo tanto que ela precisa sair correndo do quarto para me trazer um copo d'água. Ainda estou tossindo quando ela volta. Bebo a água, mas engasgo ainda mais, vomitando por todo o tapete. Minha garganta parece em carne viva.

— Consegue respirar, Eden? — pergunta a detetive, em voz alta.

Assinto, embora na verdade não consiga. Não consigo respirar. É como se tivesse algo preso na garganta. Eu tusso e tusso, mas não adianta nada. Aperto meu pescoço. Há alguma coisa ali, posso sentir.

Sinto o gosto. Algo se alojou em minha garganta, algo familiar, algo seco como algodão, algo como... como a ponta daquela maldita camisola que foi direto para o lixo na manhã seguinte.

A esta altura, Vanessa e Conner já irromperam no quarto.

— Meu Deus! — exclama Vanessa.

— Faça alguma coisa! — grita Conner para ninguém em particular.

O quarto encolhe. Eu encolho. E agora volto àquela noite. Eu vejo a mim mesma por sobre os ombros dele, deitada na cama, e ele está em cima dela de novo. Eu o vejo enfiar a camisola em sua boca e ninguém faz merda nenhuma. Ela tenta bater nele uma, duas vezes, mas ele prende os braços dela novamente e... e ele...

Vanessa diz:

— Edy, beba a água!

E o detetive:

— Tudo bem, todos se acalmem, vamos dar a ela um pouco de espaço agora. Ela está bem. Você está bem, querida, você está bem.

Mas não estou bem. Ela não está bem.

Ele está fazendo aquilo, machucando-a, de novo e de novo e de novo, e ninguém se vira para olhar! Tento apontar, quero gritar: atrás de vocês, olhem, droga, percebam alguma coisa pelo menos dessa vez! Está logo ali, o que vocês precisam saber, ali mesmo, acontecendo... ainda...

— EDEN EDY EDY EDEN EDY EDY — gritam para mim todos de uma vez. Eu tento gritar em resposta. Mas nada. Suas vozes desaparecem ao fundo. Estática. Apenas um som perfura o véu desse som: *ninguém nunca vai acreditar em você ninguém nunca vai acreditar em você ninguém nunca vai acreditar em você.*

Acaba. Acaba. Eu pensei que tivesse acabado. Era para ter acabado.

Vozes subaquáticas e palavras borradas vêm à tona:

— Melhor... Ok... Edy... Eden... Ela está bem, olhe.

Meus olhos se abrem. Estou fitando o teto. Estou no chão. Vanessa de um lado, a detetive do outro. Eu me sinto como Dorothy, de *O Mágico de Oz*, despertando do sonho mais estranho, só que para uma realidade

ainda mais estranha. Caelin e Conner estão atrás das duas, debruçando-
-se sobre mim.

— O que aconteceu? — pergunto, minha voz áspera.

— Você desmaiou! — explica Vanessa, a voz esganiçada, lágrimas ameaçando transbordar do canto dos olhos.

— Caramba — gemo, tentando me sentar.

— Agora calma. Devagar. — A detetive Dodgson põe uma das mãos em minhas costas.

— Desculpe. Isso nunca aconteceu antes. Nossa, como eu sou estúpida. — Tento rir de mim mesma. Mas soa falso demais.

— Bem — começa a detetive, levantando-se. — Ainda tenho algumas perguntas para você, Eden, mas, por enquanto, por que simplesmente não descansa um pouco? Caso se lembre de alguma coisa, por favor, não pense duas vezes antes de ligar. Vou deixar meu cartão aqui para você. — Ela tira um cartão de visita de algum bolso invisível da jaqueta e o coloca no canto da mesa, batendo duas vezes com o dedo indicador.

EU ME SENTO À escrivaninha e estudo o cartão por um longo tempo. Depois de Vanessa me enfiar goela abaixo quase um litro de suco de laranja e biscoitos sem fim, fui autorizada a voltar para meu quarto sem supervisão. Corro o dedo pelas letras em relevo que soletram: Detetive Dorian Dodgson. Pego o celular.

Rolo a tela e encontro o número nas chamadas recentes.

— Alô? Alô?

Eu desligo. Eu ligo de novo.

— Alô... você está aí?

Eu desligo. Eu digito de novo.

— Alô? — responde ele, nervoso.

Desligo. Redigito.

— Eden, é você?

Meu coração se enterra no peito.

— Eden, se é você... só... oi?

Desligo. Merda. Então o celular começa a vibrar em minha mão. É ele. O telefone continua tocando. Eu o silencio. Merda, mas depois a ligação vai cair na caixa postal. Preciso atender. É o que faço. Não digo nada. Eu escuto. Ele respira.

— Eden? Eden! Pelo menos diga alguma coisa! Estou ouvindo sua respiração... Ok, me escute. — Sua voz soa incisiva, assim como naquele dia no banheiro, quando ele me largou.

Eu escuto. Escuto com atenção.

— Não sei o que você quer, por que está me ligando assim. Fala logo. Ou eu não atendo mais.

Ele hesita, mudo. Então desliga.

Minhas mãos tremem enquanto meus dedos digitam os números. Prendo a respiração. O telefone toca. Uma vez, duas vezes, três vezes. Eu devia desligar. Devia. Isto é loucura.

— O quê? — vocifera ele.

Não consigo falar.

— Eden, fala sério...

Não.

— Você precisa de ajuda?

Sim, sim.

— Tem alguma coisa acontecendo, tem alguma coisa errada?

Caramba, sim.

— Não vai dar! Você vai ter que dizer alguma coisa aqui!

Eu gostaria de poder.

— Eden... Eden, vai. Escuta, você está me perseguindo ou alguma coisa assim?

Perseguindo Josh?

— Existem leis, você sabe? — acrescenta ele. — Você precisa parar. Estou falando sério.

— Não — finalmente choramingo.

— O quê?

— Não. Não estou te perseguindo.

— Então o que você está fazendo? Porque isso... isso é assustador pra cacete, tá bom?

— Desculpa.

Silêncio.

Mais silêncio.

— Você está bem? — pergunta enfim.

— Não. — Verdade.

— O qu...

— Eu me importava! — deixo escapar.

— O quê?

— Eu me importava com você. Sempre me importei com você.

— Tudo bem — murmura Josh, como um dar de ombros verbal. Não sei dizer o que significa.

— Tudo bem?

— Bem, não sei o que dizer, Eden. Assim, não falo com você há anos. Isto é só... isso é muito estranho.

— Você sabia?

— Eu sabia o quê? — pergunta ele.

— Que eu me importava?

Ele hesita, com certeza tentando decidir se deve simplesmente desligar na minha cara. Ele suspira e posso dizer que também está revirando os olhos; consigo enxergá-lo com tanta nitidez em minha mente.

— Às vezes, sabia, eu acho.

— Eu menti para você. Bastante. Nossa, nem sei se você lembra. Lembra? Você ainda lembra de mim?

— Sim, é claro que lembro de você, Eden. Eu lembro de tudo.

— Queria que não lembrasse.

— Você não parece bem, Eden. Devo ligar para alguém para te ajudar?

— Você lembra do nome do meio que eu contei para você?

— Eden, por que você está me ligando? — exige ele, ignorando minha pergunta.

— Marie, né? Lembra?

— Sim, Marie, eu lembro.

— Isso também era mentira.

— O quê?

— É Anne.

— Você está bêbada?

— Por quê? Eu pareço bêbada?

— Sim, na verdade parece.

— Bem, não estou, mas, ei, provavelmente é uma boa ideia. Só... não sei, estou muito... fodida! — Solto uma risada. É engraçado. Isto.

313

Esta conversa... é ridícula. — Completamente fodida. — Solto outra risada. — Desculpe. Você pode mesmo desligar se quiser.

— Não, não quero desligar. Mas estou muito preocupado. Você não parece bem.

— Eu *não* estou bem. Não estou mesmo. Eu não estou bem. Sou toda errada. Tudo o que fiz na minha vida foi errado.

— Eden, não entendo o que você quer. Por que tudo isso?

— Eu adorava o jeito que você dizia meu nome, sabe? Antes de me odiar.

— Eu nunca te odiei. — Ele suspira.

— Sim, você odiava. Eu fiz você me odiar. Mas está tudo bem, todo mundo me odeia. Eu também me odiaria. Quer dizer, eu odeio. Eu me odeio. Sou uma pessoa horrível, horrível.

— Eden, por favor, só... Escuta, do que você precisa? Como eu posso ajudar?

— Você não pode! — grito. E então cubro a boca, porque não posso permitir que me escute chorando. — Olhe, vou te deixar em paz. Me desculpe. — Eu suspiro. — Eu não devia ter ligado. Eu só... — Fungo, lutando para tomar fôlego a fim de terminar essa conversa. — É que eu sinto muito a sua falta às vezes, e queria que você soubesse que eu me importava. De verdade. E não tinha mais ninguém. Nunca. Espero que você acredite em mim.

— Espere, Eden, não desligue... — Mas eu desligo.

Desligo o celular porque não quero saber se ele vai ligar, e mais ainda, não quero saber se ele não ligar. Só quero dormir. Só quero adormecer por muito tempo, para sempre, talvez.

Mas acordo às 5h45, como todas as manhãs. E, como todas as outras manhãs, tomo banho. Escovo os dentes. Faço a maquiagem, arrumo o cabelo, me visto, o de sempre. Arrumo a mochila, finjo estar me preparando para a escola. O tempo todo tento me convencer de que a noite passada não aconteceu. Droga, que todo o dia anterior não aconteceu. Não chorei nem rastejei ao telefone com Josh. Não desmaiei ao ser interrogada pela detetive Dorian Dodgson. Na verdade, nem conheço nenhuma Dorian Dodgson. Também não conheço nenhuma Amanda. Kevin Armstrong? Nunca ouvi falar. E estupro. Tudo o que sei sobre estupro é que é uma coisa terrível, uma coisa que acontece com outras pessoas. Não comigo.

Ando na ponta dos pés pela sala, passando por Caelin, adormecido no sofá.

— Estou indo — sussurro, muito baixo para que alguém, de fato, escute. E então é o que faço. Eu saio. São apenas seis e meia. Tento pensar em algum lugar para ir; a escola está fora de questão e a biblioteca só abre daqui a duas horas. As ruas estão vazias e silenciosas.

Uma nova camada de neve absorve todo o som do mundo.

Ligo meu celular. Quinze chamadas perdidas, nove recados novos.

23h10: Eden, é Josh. Por favor, me ligue de volta, ok?

23h27: Eden, e... eu não sei o que está acontecendo, mas, por favor, me ligue, só para me avisar que está tudo bem.

00h01: Eden...

00h22: Droga, estou muito preocupado...

00h34: (respirando)

00h45: Eden, só quero que você saiba que eu não te odeio. Eu nunca te odiei. Merda, você vai ligar? Por favor.

1h37: Estou começando a ficar com muito medo de que você faça alguma besteira, e não quero... Só, por favor, não faça nada assim, tá bom? É só me ligar e nós podemos conversar. Por favor.

1h56: Olha, não sei o que aconteceu, mas vai ficar tudo bem. Vai sim. Por favor, me ligue, estou perdendo a cabeça aqui.

2h31: Eden... se você não vai me ligar... foda-se, estou indo para aí.

Fim das mensagens.

Indo para aí? Aqui? Não, não, não, não. Telefono. Nem chega a tocar antes que ele atenda.

— Alô, Eden?

— Sim, sou eu.

— Meu Deus do céu, te liguei umas vinte vezes!

— Eu sei, desculpe, só agora ouvi seus recados. Só, por favor, não venha. Não vale a pena. Sério, não estou tão... Não é uma emergência nem nada. Me desculpe de verdade se te preocupei.

— Me preocupou? Sim, você me preocupou, cacete. Passei as últimas sete horas achando que você estava *morta*!

Essa palavra — *morta* — simplesmente corta. Como uma lâmina. Atravessa tudo.

— Não... — Mas mal consigo falar. — Não era minha intenção... eu não queria nada disso. Não queria que você se preocupasse, eu só estava... Minha nossa, eu não sei.

— Você estava o quê? Por que me ligou?

Sou obrigada a parar de caminhar enquanto tento pensar em uma resposta. Bem, talvez não *a* resposta, mas uma resposta.

— Eu só estava me sentindo... sozinha. Estou solitária, é isso. Desculpe. Sei que foi idiotice ligar. Nem sei por que fiz aquilo. Eu não devia ter envolvido você.

Silêncio.

— Eu me sinto uma imbecil — digo a ele.

Eu o ouço estalar a língua e então suspirar com simpatia.

— Não. Vamos, pare com isso. Não fala assim.

— Não, é verdade. Estou morta de vergonha.

— Estou vendo.

— O quê?

Mas ele desliga. Começo a ligar de volta, mas uma buzina rompe o silêncio gelado que cobre toda a vizinhança. Eu me viro para olhar. Um velho Ford surrado reduz a velocidade conforme estaciona atrás de mim. Paro de andar. Ele para de se mover também. Eu me curvo e olho para dentro pelo vidro embaçado do passageiro. É mesmo ele. Ele se estica e destranca a porta.

ooo

Encaramos um ao outro à mesa da lanchonete, na saída da autoestrada. Tenho a sensação de estar vendo um fantasma. Ele parece o mesmo, mas diferente; mais adulto, mais parecido consigo mesmo, de alguma maneira mais como deveria mesmo parecer. Ele bebe seu café — puro, sem açúcar. Realmente muito adulto.

Ao lado do porta-caldas para as panquecas, há um copo com vários lápis de cera quebrados. Não consigo desviar o olhar.

— Então...? — começa ele, e eu literalmente tenho de empurrar os lápis de cera para fora do campo de visão a fim de poder me concentrar em Josh.

— Simplesmente não acredito que estou sentada aqui com você — digo enfim, depois de o encarar por muito tempo.

— Eu sei. Também não estou acreditando. — Só que o jeito como ele diz isso é muito diferente de como eu disse.

— Você deve ter dirigido a noite toda?

— Não, só metade da noite. A outra metade eu passei ligando para você — responde, em tom incisivo.

— *Sinto muito.* Não quis parecer tão dramática. Acho que eu só estava chateada.

Josh não diz nada. Seu semblante é um misto de chateado, irritado e confuso.

E, porque não aguento essa expressão, minha boca fica dizendo as coisas mais estúpidas. Coisas como *Hmm, você parece muito bem* e *Então acho que este é finalmente um encontro, hein?*

Ele não responde, porém, só fica parado, com uma expressão de dor.

Felizmente, a garçonete vem ao meu socorro, com pratos cheios de panquecas.

— Me avisem se quiserem mais alguma coisa — diz ela. — Bom apetite, meninos.

Nós dois estendemos a mão para a calda de noz-pecã ao mesmo tempo. Nossos dedos se tocam.

— Eden, eu devia te contar uma coisa logo de cara, ok?

— Ok... — Parece importante; apoio meu garfo na borda do prato, faço questão de aparentar que estou prestando atenção.

— Estou com uma pessoa. Tenho uma namorada e é sério, então...

— Ah. — Levanto o garfo mais uma vez, apunhalo a panqueca, tento apagar a expressão devastada do rosto e soar o mais blasé possível. — Sim, sim, certo, claro. — Corto cuidadosamente um pedaço e o enfio na boca. É difícil engolir.

— Então... só quero que você saiba que não vim aqui para... O que eu quero dizer é que estou aqui só como amigo.

— Claro, sim, eu entendo. — Seja legal. Coma. Se comporte normalmente. E, pelo amor de Deus, não diga mais nada. — Será que ela sabe que você está aqui agora? — murmuro em minha caneca. As palavras fazem eco.

Ele assente, tomando um gole do próprio café.

— O que você falou para ela, que tinha que convencer alguma desequilibrada, mentirosa e assediadora a não pular da ponte? — Sorrio. Meu rosto se racha.

— Não. — Ele sorri, apenas ligeiramente desconfortável. — Não assim, pelo menos. Eu disse que você era uma ex-namorada, e eu sei, sei que não era assim que você enxergava as coisas entre nós, mas foi o que eu disse para ela, só para simplificar. E eu disse que pensei que você poderia estar com um problema sério, e que eu queria te ver para ter certeza de que estava bem.

— Uau! — exclamo. Não sei o que é mais difícil de acreditar: o fato de que ele realmente disse a ela a verdade, ou que, depois de lhe dizer a verdade, ela o deixou me encontrar mesmo assim. Se ele fosse meu, realmente meu, não o deixaria chegar perto de alguém como eu. — E ela aceitou tudo numa boa? — pergunto, incrédula.

— Sim. — Ele dá de ombros e finalmente começa a comer. Então ergue os olhos e me encara por apenas um segundo, e diz: — E aí, você *está*?

— Estou o quê?

— Com um problema sério?

Enquanto estou tentando descobrir como sequer começar a responder, a garçonete volta.

— Tudo bem, pessoal? — pergunta ela. — Precisam de mais calda?

— Isto é muito bom, hein? — digo, depois que ela se afasta, apontando para as panquecas com o garfo. — Ou só estou com muita fome?

— Eden, vai me contar ou não? — pergunta ele, com impaciência.

— Contar o quê?

— Não sei. — Ele gesticula em minha direção. — Me diga você. Seja lá o que for que você ligou para me contar, ninguém liga tantas vezes se não tiver alguma coisa para dizer.

Faço que sim com a cabeça. Tenho algo a dizer, muitas coisas a dizer. Coisas até demais.

— Acho que basicamente eu queria dizer o quanto eu sinto muito — admito. — Sei que não muda o que aconteceu. Sei que não muda nada, mas queria que você soubesse mesmo assim.

Ele corta um pedaço da panqueca. Mastiga com calma. E engole. E, quando parece que vai dizer alguma coisa, abocanha outro pedaço. Finalmente olha para mim, como se na dúvida entre dizer algo cruel e dizer algo agradável.

— Eden — começa, tomando fôlego. — Olha, eu sei que as coisas não eram exatamente como pareciam. Acho que meio que eu entendia que você tinha suas questões, ou o que quer que fosse. Não, é mentira — corrige na hora. — Na verdade, eu não entendia. De jeito nenhum. Não naquela época, pelo menos, mas agora eu entendo. — Ele me lança um sorriso triste antes de voltar a atenção para a comida. — Eu pensei muito em você, sabe? Me preocupei muito com você — confessa com a boca cheia, sem me encarar.

— Por quê? — sussurro, com medo de acordar desse sonho caso fale em voz alta.

— Porque você sempre foi assim... nunca pareceu realmente bem.

— Acho que eu não estava bem. — Faço nós na embalagem do canudo, sem parar. — Mas agora? — Solto uma risada. — Agora eu passei tanto do ponto de não estar bem que nem sei como cheguei aqui. Você deve pensar que estou louca. Talvez esteja.

— Você continua dizendo isso, por quê? Aconteceu alguma coisa? — pergunta Josh. Eu o observo enquanto ele analisa a minha agonia, e sei que não há como escapar agora, não sem realmente contar a ele. A verdade. Afinal, ele merece a verdade.

Por três anos esperei alguém, qualquer um, a quem dizer aquelas palavras mágicas. E já deixei passar a oportunidade uma vez — quando realmente importava —, não posso fazer o mesmo de novo. Todo o meu corpo parece formigar. Entro em pânico, com medo de desmaiar novamente.

E ouço minha voz, mais baixa que o normal:

— Sim. Aconteceu uma coisa muito ruim.

Ele está à espera, atento, parecendo cada vez mais preocupado a cada segundo que passa.

— O quê? — ele finalmente pergunta, abaixa o garfo e se inclina em minha direção.

Baixo o olhar para o prato, para a poça de calda, para as migalhas úmidas de panqueca. Minhas mãos tremem; eu as coloco no colo. Abro a boca.

— Eu fui...

— Sim? — encoraja ele.

Tento de novo. Mas nada sai.

— Eden, o quê?

Olho ao redor. Meus olhos se fixam mais uma vez naqueles lápis de cera. Em seguida se prendem a Josh, esperando que eu diga uma palavra que simplesmente não posso dizer.

— O quê? — repete ele.

Estendo a mão por cima da mesa e puxo o copo de giz de cera em minha direção. Escolho um giz vermelho, quebrado. Descasco o papel e arranco a beirada do meu jogo americano. Minha mão quer quebrar enquanto pressiono o lápis de cera no papel. E, começo a escrever com caligrafia caprichada, mas uma palavra feia não tem de parecer bonita. Meu s se torna uma serpente trêmula. O T sai irregular. U, P, R, A, D, A surgem velozes e furiosos. Olho a palavra ESTUPRADA por apenas um segundo antes de dobrar o papel ao meio e deslizá-lo para longe de mim, pela mesa, passando por meu prato e sua xícara de café. Tomo o cuidado para não deixar o bilhete tocar nas poucas gotas desperdiçadas de xarope de bordo, que escorreram pela lateral do frasco, então o movo em direção a Josh, junto com cada fragmento de confiança, fé e esperança que possuo. Ele arranca o pedacinho de papel debaixo dos meus dedos e tudo o que posso fazer é continuar sentada ali, olhar no colo, as mãos trêmulas cravadas na borda do assento.

Ele está com a palavra. Está dito. Ele sabe... o meu segredo. A verdade. Não posso voltar atrás agora. Não posso mentir. Fecho os olhos, espero que ele fale, diga a palavra, diga alguma coisa. Mas ele não o faz. Eu me forço a abrir os olhos e olho para ele, me observando. Não consigo ler seu rosto.

— Você... você foi... você... você contou para alguém, você foi ao médico, quer dizer... você está bem? — Seus olhos vão para todo lado, de maneira clínica, procurando lesões não visíveis.

— Não, nunca contei para ninguém, e também não fui ao médico. E não, não acho que estou bem. — Minha voz vacila. — Não acho de jeito nenhum.

Mas não, não posso chorar, não ali.

— Eden, eu levo você. Vamos. Podemos ir agora. — Ele pega as chaves e empurra a cadeira, como se estivesse prestes a se levantar.

— Não, não. — Estendo a mão por cima da mesa e agarro seu braço. — É... na verdade não acabou de acontecer — sussurro. — Foi há muito tempo.

— O quê? — Ele ajeita a cadeira para a frente de novo. — Quando?

— Há três anos, quase exatamente.

— Eden, o que você está me dizendo? — Josh começa a fazer as contas de cabeça, dá para notar. — Foi antes de nós... Como é que eu não soube de nada, Eden? Por que você nunca me contou?

Eu simplesmente balanço a cabeça. Sempre parecia haver tantos bons motivos — excelentes motivos, na verdade —, mas sentada aqui, a sua frente, não consigo pensar em nenhum.

Olho em volta. A Terra ainda está intacta. Ainda estou viva. O chão não se abriu e me engoliu inteira. Não entrei em combustão espontânea. Não sei o que pensei que aconteceria se eu contasse, se permitisse sequer a existência daquela palavra, mas não imaginei que nada mudaria. Tudo continua exatamente como antes. Nenhum meteoro gigante colidiu com o planeta e eliminou a raça humana inteira. O barulho de pratos ainda ecoa da cozinha, o rádio ainda transmite baixinho a estação de flashbacks em que está sintonizado, as pessoas ao nosso redor continuam suas conversas. Meu coração ainda bate, e meus pulmões, eu os testo, inspiro e expiro, sim, ainda estou respirando. E Josh, ele ainda está sentado a minha frente.

— Eden, quem... — começa ele.

— Ainda está tudo bem por aqui? — pergunta a garçonete, aparecendo de repente perto da nossa mesa.

— Tudo bem, hmm, pode só trazer a conta, por favor? — pede Josh.

— Claro. Querem levar para viagem? — oferece a garçonete, nos entreolhando.

— Não, obrigado. Estou satisfeito — responde Josh, empurrando o prato quase intocado para longe de si. A garçonete parece confusa com a expressão de nojo de Josh, em seguida se volta para mim, os olhos nos implorando para não reclamar da comida.

— Não, eu terminei também, obrigada. — Tento sorrir para ela. Não somos esse tipo de cliente, digo a ela em silêncio. Ela parece aliviada.

— Ótimo, bem, obrigada. — Ela procura no bolso do avental por alguns segundos antes de finalmente colocar o pedaço de papel em cima da mesa. — Ótimo dia para vocês.

— Quer ir embora? — ele me pergunta.

Assinto.

— Hmm, sim, é que... não trouxe dinheiro, desculpe.

— Por favor! — Ele faz um gesto de indiferença no ar entre nós. — Está tudo bem. — Suas mãos tremem quando ele puxa duas notas de vinte da carteira e as coloca em cima da mesa. Nem sei se ele se dá conta do que está fazendo. A garçonete vai ganhar uma gorjeta de dezoito dólares. Josh está abalado. Ao abrir caminho por entre as mesas, sua mão paira sobre meu ombro, sem fazer contato, como se tivesse medo de me tocar.

Ele caminha até a porta do lado do passageiro para me deixar entrar primeiro.

Ele a destranca, mas fica parado ali, olhando para o nada.

— Você está bem? — pergunto.

— Eden, sinto muito. Eu devia ter...

— Não tem nada que você poderia ter feito, eu juro. — Mas isso talvez também seja uma mentira. Ele fica parado ali, perto de mim, e parece não saber o que fazer. Com certeza, também desconheço o protocolo, mas dou um passo à frente e coloco os braços ao seu redor. Josh retribui meu abraço. Ficamos assim por muito tempo, sem dizer nada, e sinto que poderíamos ficar desse jeito para sempre e, ainda assim, nunca seria tempo o bastante.

— Vamos entrar — diz ele, finalmente me soltando. Ele abre a porta para mim e a fecha. Eu o vejo contornar o carro pela frente, e penso em como deve ser bom ser sua namorada. Namorada de verdade. Eles devem ser perfeitos juntos. Ela provavelmente é inteligente, engraçada e bonita, de uma forma saudável e natural. E ele provavelmente a ama e lhe dá presentes legais nos aniversários, e provavelmente conheceu os pais dela, que devem amar o Josh porque, bem, como poderiam não amar? E provavelmente os dois vão se casar quando se formarem, e tenho certeza de que não fazem joguinhos ou mentem um para o outro. Ela deve ser o completo oposto de mim.

Ele dá a partida e aumenta o aquecimento. O carro leva muito tempo para esquentar.

— Eden, você nunca contou a ninguém mesmo? — pergunta.

Faço que sim com a cabeça.

— Quem foi? Quer dizer, você conhecia o cara?

— Sim, eu sei quem foi.

— Quem?

Sinto as lágrimas subindo do fundo da minha alma.

— Não posso contar — respondo no automático.

— Por quê?

Puxo um fio de lã que está se soltando do meu cachecol.

— Por quê, Eden? — ele repete.

— Porque simplesmente não posso.

— Eu conheço, é por isso?

Meu cérebro luta contra o meu corpo. Eu o obrigo a ficar quieto, a não revelar nada, mas, caramba, ele não quer ouvir. Assinto. E as lágrimas rolam, caindo mais rapidamente do que sou capaz de enxugar. Não consigo fazer isso.

— Você consegue — argumenta ele, como se pudesse ouvir os pensamentos na minha cabeça. — De verdade, você consegue me dizer.

— Você não vai acreditar em mim. — Solto um soluço.

— Sim, eu vou — garante ele, suavemente. — Prometo.

— Sei que já menti sobre várias coisas, mas não mentiria sobre isso, e sei que todo mundo pensa que eu sou uma vagabunda, e provavelmente sou, mas isso aconteceu antes de tudo isso. Tipo, eu nunca nem tinha beijado... Você foi meu primeiro beijo de verdade, e com certeza nem sabia. Nunca segurei a mão de um menino; eu nunca tinha dado o número do meu celular! Eu era só uma criança... eu... eu... — Preciso de uma pausa, mal consigo respirar, estou chorando demais. Eu o encaro, mas tudo parece embaçado por entre minhas lágrimas.

— Eu sei. Eu sei. Aqui. — Ele me entrega um guardanapo do McDonald's que estava escondido em algum lugar do carro.

— Eu não devia ser essa pessoa. Eu era tão legal antes. Eu era uma pessoa legal, fofa e boa. E agora eu só... eu só... eu odeio. Eu o odeio. Eu o odeio tanto, Josh. De verdade.

324

— Eden. — Ele me vira em sua direção, afastando meu cabelo do rosto. — Olhe para mim. Respire, ok? — pede ele, com as mãos em meus ombros.

— Eu o odeio tanto que, às vezes, que... — Eu ofego, ofego, ofego. — Às vezes não consigo sentir mais nada. Só ódio. — Ofego de novo. — Ódio. É tudo o que há; está em todas as coisas. Minha vida inteira é só ódio. E eu não consigo... não consigo arrancar esse sentimento de dentro de mim. Não importa o que eu faça, está sempre lá, eu só... Não posso...

— Quem é? Só diga o nome, por favor, Eden. Me conte. — Josh segura meus braços com tanta força que está mesmo me machucando, e toda essa pressão aumenta dentro do meu peito, dentro da minha cabeça. — Qual é o n...?

— Kevin Armstrong! — grito. Finalmente. — Foi o Kevin! Foi o Kevin.

Suas mãos relaxam.

— Armstrong? — Ele me solta. Seu cérebro está ruminando algo, não sei dizer o quê. — Armstrong — repete. Não sei se o desdém em sua voz é porque ele pensa que estou mentindo ou porque acredita em mim. Abro a boca para perguntar, mas ele bate os punhos no volante. Com força. Em seguida, murmura algo indecifrável, e então: — ... Filho da puta do caralho! Desgraçado! — Ele balança a cabeça para a frente e para trás, e aperta as mãos no volante com tanta intensidade que acho que seria capaz de rasgar a coisa toda.

— Você acredita em mim, né? — pergunto, precisando desesperadamente de alguém ao meu lado.

Ele levanta a cabeça com brusquidão e diz:

— Cacete, eu vou matar esse cara, Eden, juro por Deus que vou matar esse cara.

— Você acredita em mim, não acredita? — pergunto novamente.

— Eden, é lógico que eu acredito em você, eu... eu só... — Ele inspira e expira lentamente, tentando se acalmar. — Eu só... Você podia ter me contado. Você devia ter me contado. Quando nós estávamos juntos. Por quê? Por que nunca falou nada? Eu também teria acreditado em você naquela época.

Caramba, eu quase queria que ele não tivesse acabado de me dizer isso. Queria que tivesse me dito que não teria acreditado em mim, porque então eu poderia me sentir legitimada por não contar a ele. Eu me limito a olhar para minhas mãos, balanço a cabeça.

— Tinha tanta coisa que nunca fez sentido. Sobre você, sobre o que aconteceu entre nós. Nossa, parece tão óbvio, eu devia ter percebido. Eden, eu andava com aquele cara todo dia. A gente jogava no mesmo time. Kevin Armstrong, eu...

Ele estende a mão e pega a minha. Apoio a cabeça no encosto e fecho os olhos. Respire. Apenas respire.

— Estou tão cansada — sussurro.

— Quer que eu te leve para casa?

— Não dá pra ficar lá agora — admito, minha voz muito baixa.

— Escola?

Abro os olhos.

— Tá de sacanagem?

Ele abre um sorriso igualmente exausto para mim.

— Acho que nós dois provavelmente precisamos de uma folga. Podíamos ir para minha casa. Meus pais já saíram para trabalhar. Só para dormir, eu juro — acrescenta. — Aí nós decidimos o que fazer, ok?

— **ESTOU VENDO QUE PINTARAM** seu quarto — comento, parada em meio a minha própria quinta dimensão. Eu me sento na beirada da cama e desamarro as botas.

— Ah, sim, esqueci que fizeram isso. Então... pode ficar com a cama. Vou dormir no sofá ou em outro lugar — avisa ele do vão da porta, inquieto.

— Ah. — Eu não deveria estar desapontada. Eu não deveria estar surpresa. — Sim, com certeza. — Mas estou.

— Não é que... É só que... então tudo bem?

— Não sei, eu estava pensando que você poderia ficar comigo, mas, se não se sentir confortável... Quer dizer, posso ficar no sofá também, se você preferir.

— Não, eu fico — diz ele, entrando no quarto com cautela.

Desajeitados, nos deitamos um ao lado do outro, nenhum dos dois ansioso para apontar a óbvia delicadeza da situação. Lado a lado, olhamos para o teto. A rachadura do raio ainda está lá, exatamente como eu me lembrava. Viro a cabeça para encará-lo, e meu corpo se move por conta própria, os músculos há muito tempo memorizaram essa rotina. Ele fica tenso quando coloco a mão em seu peito.

— Desculpa. Posso? — pergunto, percebendo que, enquanto em minha mente ainda estamos intactos, na realidade não tenho mais permissão para fazer isso, para tocá-lo. De jeito nenhum.

— Sim — sussurra. Observo sua garganta se mover enquanto ele engole em seco. Josh está nervoso. Com certeza está preocupado que eu vá tentar alguma coisa. Estou um pouco preocupada também.

Pouso minha cabeça no lugar onde ela costumava ficar.

E adormeço com facilidade, por algum motivo com muita facilidade.

OOO

Estou olhando para o outro lado quando acordo; Josh — Joshua Miller — abraçado a mim, por trás. Pressiono o rosto no travesseiro e inspiro. Cheira a limpeza, como ele, como seus lençóis, roupas e pele sempre cheiraram. Com seu corpo assim, colado ao meu, tenho a sensação de que seus braços são a única coisa que mantém unidos meus fragmentos. E não quero que ele me solte. Nunca mais.

Eu o sinto pressionar o rosto em meu cabelo e me beijar.

Fecho os olhos. Quero congelar este momento, quero simplesmente ficar assim, e nunca, nunca mesmo, ter que fazer ou pensar ou sentir ou ser qualquer outra coisa. Suas mãos parecem se mover de propósito. Eu não deveria virar a cabeça, não deveria virar o corpo a fim de encará-lo, mas eu o faço. E sua boca encontra a minha. O calor do seu corpo é algo de que eu jamais poderia me lembrar direito... É algo que precisa ser sentido, no presente.

— Sinto sua falta — sussurra ele, os lábios se movendo junto aos meus.

— Também sinto sua falta — repito.

— Eden, pode dar certo desta vez — diz ele, com suavidade, afastando o rosto para que possamos nos encarar, ajeitando meu cabelo atrás da orelha. — Eu sei que pode. A gente poderia fazer dar certo.

Começo a assentir. Começo a sorrir. Mas *desta vez... desta vez*, disse ele. Não quero que seja *desta vez*; apenas queria que fosse daquela vez. Só quero voltar. Quero recomeçar e não me tornar quem me tornei. *Desta vez...* essas duas palavras como um golpe duplo na boca do estômago.

— Sua namorada — lembro a ele. E a mim mesma.

— Eu sei, eu sei — murmura Josh, fechando os olhos como se doesse sequer pensar em magoá-la. — Mas eu te amo, ainda te amo — sussurra, se aproximando para me beijar de novo.

Sinto minhas mãos o empurrarem.

— Não posso. Você também não pode. Você iria se odiar por isso, e não quero ser a razão pela qual você se odeia. Não quero magoar ninguém. Não posso simplesmente continuar magoando as pessoas.

— Eu sei, mas... — Ele me abraça com mais força. Sinto que posso desmoronar se ele me soltar, se eu o obrigar a me soltar. — Tudo o que eu sempre quis foi que você me deixasse te conhecer. E agora você...

Seus braços e mãos podem manter temporariamente os cacos no lugar, talvez até por muito tempo, mas Josh jamais poderia, de fato, colá-los de volta. Não é obrigação dele. Ele não é o herói, ele não é o inimigo e ele não é um deus. É só um cara. E eu sou só uma garota, uma garota que precisa juntar os próprios pedaços e colar a si mesma.

Eu me sento. Longe dos seus braços, ainda estou de pé. Não virei pó. Apoio as costas na cabeceira da cama. Estudo minhas mãos — estes membros firmes e capazes, capazes de *fazer* muitas coisas. Tento descobrir por que tudo de repente parece diferente. Mais leve. Por que sinto que, pelo menos uma vez na vida, posso realmente ter algum controle sobre o que acontece em seguida. Sinto que coisas vão mesmo acontecer, em vez daquele perpétuo ciclo aterrorizante que parece ser a minha vida.

Ele se senta também e se aproxima de mim, esperando que eu diga alguma coisa. Esperando que eu explique o que afinal está acontecendo. Olho para ele e é como se fosse a primeira vez que o enxergo de verdade.

Ele parece confuso.

— Que foi?

— Sempre pensei que, de algum jeito, seria você aquele que me salvaria, sabe? Desde o início, mesmo durante todos esses anos. Acho que

329

foi por isso que te liguei. Talvez eu quisesse que isso acontecesse. Eu queria que você aparecesse e, sei lá, me salvasse ou algo assim.

— Então deixe eu te salvar — diz ele, como se fosse fácil, como se fosse possível.

— Mas você não pode. Ninguém pode.

— Não é verdade, Eden. — Ele pega minha mão e, estranhamente, também tenho a impressão de que é a primeira vez que me tocou. Parece novo esse formigar, quase elétrico. É como se fosse a primeira vez que alguém me tocou. O que de certa forma é verdade. Jamais fui essa pessoa antes.

— Não, só quero dizer que não consigo continuar pensando em mim como uma pessoa que precisa ser resgatada.

Ele abre a boca, mas hesita.

— Tudo bem, eu entendo. De verdade, mas só me deixe... não sei, me deixe te ajudar.

— Você já está ajudando.

— Mas eu posso fazer mais. Vou ficar com você, pra valer, se você deixar. Tem alguma coisa entre a gente, Eden. Tem, sim. Você não pode negar.

— Lembra daquele dia que você veio falar comigo? — pergunto a ele.

Ele me olha, impassível.

— Lembra? Eu estava sentada na grama, perto das quadras de tênis, e você tinha acabado de sair do treino e estava esperando sua mãe te buscar?

— Eu... — Ele olha fixamente para o teto, tentando se lembrar daquele momento que estava tão fresco em minha memória. — Acho que sim — conclui, incerto.

— Você ficou me falando sobre dentes-de-leão?

Ele pensa por um segundo.

— Ah, sim.

— Antes de ir embora, você me deu o intermediário, foi assim que chamou. Lembra?

— Ah, nossa, sim — diz ele, com uma risáda. — Foi uma parada bem idiota, né?

— Não, não foi. Eu guardei. Ainda tenho.

E agora ele também me olha como se fosse a primeira vez que realmente me visse.

— Achei muito fofo — continuo. — Mas lógico que não tive coragem de te dizer. Eu adorei... — Minha boca se fecha por hábito, não acostumada a falar palavras gentis, mas eu a abro outra vez, para a parte importante. — Quer dizer... eu te amei.

Ele assente, apenas uma vez.

— No passado — afirma Josh, com naturalidade, sem me encarar.

Ficamos sentados em silêncio, como dois estranhos.

— Eden, não vai rolar, né? Nós dois?

— Eu queria... eu queria de verdade, mas... — Balanço a cabeça suavemente. — Mas acho que você está certo. Tem alguma coisa entre a gente. Só não tenho certeza do quê.

Há um breve momento de silêncio pelo que perdemos. E, neste instante, chega ao fim. Finalmente. Nosso passado chega oficialmente ao fim.

— Eden, acho que sempre vou sentir alguma coisa por você. Você sabe disso, certo? Não sei se um dia os meus sentimentos vão sumir, mas... — Ele para. — Mas vou ser seu amigo. Quer dizer, eu quero ser seu amigo. Você acha que seria um problema?

— Não. Seria ótimo — respondo, com uma risada. — Seria muito, muito bom. Seria perfeito. Acho que é o que eu quero, mais que qualquer coisa no mundo inteiro.

— Tudo bem. Amigos. — Ele sorri e bate o ombro no meu.

— Amigos. — Eu sorrio. Tenho um amigo.

Ele sorri em resposta, mas apenas um sorriso rápido.

— Eden, eu sei que você não quer ouvir isso, mas, como seu amigo, como alguém que se importa com você, eu realmente acho que você precisa contar a alguém o que aconteceu. Tipo, alguém que não seja eu, alguém que pode fazer alguma coisa. Como a polícia.

E, de repente, a realidade de tudo desaba como uma tempestade dentro de mim. Parece que alguém está apertando meus órgãos internos e os retorcendo em desvairados animais de balão.

Acho que isso transparece em meu rosto, porque ele diz:

— Eu sei que vai ser difícil, mas é importante. — Ele aperta minha mão e diz a única coisa que, de fato, preciso ouvir: — Eles vão acreditar em você, não se preocupe.

Provavelmente há um milhão de coisas que eu deveria dizer a ele. Tenho certeza de que também há algumas coisas que ele gostaria de me dizer. Mas ficamos sentados lado a lado na cama, em silêncio. Continuamos assim por um tempo, apenas na companhia um do outro, sem nenhuma necessidade real de botar para fora todas as palavras não ditas, apenas resignados, cientes da verdade do que de fato significamos um para o outro. Não há linguagem que baste, afinal de contas, para esse tipo de coisa.

Josh beija minha bochecha quando estamos na porta da casa. Até a gata me acompanha para se despedir de mim. Ele se oferece para me levar de carro até a delegacia, depois se oferece para me levar de carro até minha casa, então se oferece para caminhar comigo, mas preciso ir sozinha. E há outra pessoa com quem preciso conversar antes de ir à polícia.

Dou um passo para fora da varanda e me viro. Ele está parado ali, com as mãos nos bolsos.

— Josh, você está bem? Digo, como estão as coisas? — Essa deveria ter sido minha primeira pergunta, não a última.

Ele sorri.

— Sim. Estou bem, na verdade.

— Ótimo. Fico feliz. Tudo bem na faculdade?

Ele assente.

— Tudo bem na faculdade, sim.

— E como está seu pai? Com o problema dele?

Ele força um sorriso, olha para algum lugar acima da minha cabeça, tentando encontrar as palavras.

— Ele está... você sabe, é só — seu olhar encontra meus olhos, e eu entendo — ... isso é o que é, certo?

Concordo com a cabeça. Fico parada por um segundo, inspiro fundo enquanto tento guardá-lo na memória, e enfim me afasto.

— Ei — chama ele quando estou no meio da calçada. Paro e me viro. — Você vai me ligar, né?

— Vou. — Jamais respondi a uma pergunta com tamanha honestidade na vida.

— E vai falar dessa vez, ok? — Ele sorri.

Eu sorrio.

— Vou.

Ele balança a cabeça, tira a mão do bolso e acena um adeus.

— **POR QUE VOCÊ NÃO** está na escola? — resmunga Caelin para mim, ainda deitado no sofá, onde o deixei horas antes. Não está dormindo, apenas olha para o nada. Ele não consegue desviar os olhos do nada nem mesmo para me encarar.

— Cae, preciso falar com você.

— Edy, por favor. Agora não, está bem?

Sinto pena dele, de verdade. Eu me sinto mal pelas coisas que descobriu do seu melhor amigo, pelas coisas que estou prestes a lhe contar. Tenho pena porque as coisas vão ficar bem piores.

— Quer alguma coisa? — pergunto.

Ele balança a cabeça e fecha os olhos.

Vou até a cozinha e sirvo um copo de água da geladeira.

— Aqui. — Eu me sento no chão ao lado do sofá com o copo.

Ele se levanta lentamente e toma um gole da água.

— Obrigado.

— É importante — tomo coragem de dizer, sentindo pela primeira vez que talvez seja mesmo importante, como se importasse. Como se *eu* importasse.

Ele leva alguns segundos para me ouvir. Pousa o copo na mesa de centro.

— Beleza — cede enfim, esfregando os olhos, parecendo totalmente desinteressado.

— Caelin, preciso te contar uma coisa e é importante que você me escute e não me interrompa.

— Tá bom, tá bom, estou ouvindo.

Inspiro fundo. Eu consigo.

— Tudo bem, isso é difícil, muito difícil. Não sei nem por onde começar.

— Pelo começo...? — oferece, sarcástico, sem saber que está sendo útil apesar de tudo.

— Isso. Vou começar pelo começo. Houve uma noite — começo. Paro. Recomeço: — Eu era caloura. E nunca contei a ninguém, mas naquela noite... Tudo bem, houve uma noite em que... todo mundo estava dormindo e... Kevin entrou no meu quarto...

— Pelo amor de Deus, Edy, você pode escolher só uma frase e terminar...

— Por favor. — Levanto a mão; o gesto o silencia, para variar. — Ele foi até o meu quarto no meio da noite e... — Não consigo encará-lo enquanto falo as palavras. Fecho os olhos e os cubro com as mãos, porque só assim vou ser capaz de admitir. — E ele deitou na minha cama. — Tomo fôlego. — Ele me estuprou. Ele fez isso, Caelin. E eu nunca contei a ninguém, porque Kevin disse que iria me matar se eu contasse. E eu acreditei nele. Então eu sei que o que estão dizendo é verdade, porque ele fez a mesma coisa comigo. E me desculpe, porque eu sei que você não quer ouvir, mas, se você não acredita em mim, Cae — suspiro para recuperar o fôlego —, então você não é mais meu irmão. — Eu respiro. E espero. E respiro. E espero.

Silêncio.

Devagar, descubro meus olhos, na expectativa de que ele esteja olhando para mim. Mas não está: suas mãos estão cobrindo os ouvidos, os olhos bem fechados. Ele está caído para a frente, em minha direção, o corpo dobrado sobre si mesmo. Não se move, nem o ouço respirar. Não sei o que dizer a seguir, então não digo nada. Eu o deixo em paz. Eu o deixo processar. Espero que ele acredite em mim, que me apoie. Espero.

— Eu... — começa, mas hesita. Eu olho para ele. — Eu... eu não estou entendendo o que você está dizendo, Edy — murmura em suas mãos. Então ele se levanta e olha para mim. — Não entendo como isso aconteceu. — Ele diz cada palavra, cada sílaba, devagar, de maneira precisa, com cuidado. Ele estuda meu rosto, minuciosamente, mas também não entendo.

Então ele se levanta de um pulo. E começa a caminhar, como se estivesse pensando em muitas coisas ao mesmo tempo.

— Não — eu o ouço murmurar enquanto caminha para fora do meu campo de visão ao virar no corredor na direção do seu quarto. Quase o chamo, mas, assim que abro a boca, ouço o que soa como uma caçamba de caminhão batendo na lateral da casa e Caelin gritando PORRA sem parar, de um jeito animalesco e gutural.

Meus pés não resistem e me levam até sua porta. Vejo o que ele fez, o que ainda está fazendo. Tudo o que estava em cima da cômoda — todas as relíquias da sua glória no ensino médio: troféus de basquete, medalhas, certificados, fotos e as miniaturas de carros que Kevin e ele passaram uma eternidade montando juntos — agora se resume a uma pilha de cacos de lembranças vomitada no chão. E ele está chutando a porta do armário repetidas vezes, com os pés descalços.

Ele sempre exerce um controle ferrenho sobre tudo. Por exemplo, já o vi irritado, óbvio, já o vi cruel algumas vezes, mas nunca assim. Ele dá meia-volta, mais uma vez diante da cômoda, e suas mãos seguram o tampo com muita força. Coloco a mão sobre a boca para conter um grito para que pare, porque sei o que ele está prestes a fazer. Caelin está prestes a jogar a cômoda no chão. A cômoda deve pesar mais do que nós dois juntos. É velha, antiquíssima, pertencia a nossos bisavós. Com certeza é valiosa também. Consigo imaginar a cômoda quebrando o piso e caindo no porão. Mas só fico parada ali, na expectativa, e observo enquanto o móvel oscila para a frente, as tábuas do assoalho rangendo sob seu peso.

E então tudo para. A cômoda repousa novamente sobre quatro pés, e Caelin para de gritar. Ele simplesmente fica ali, ofegante, bem na minha frente, e me encara como se me enxergasse, como se talvez finalmente compreendesse. Ele aperta a ponte do nariz enquanto seus olhos se enchem de água, e então pressiona os nós dos dedos nos olhos, na tentativa de conter as lágrimas.

— Não entendo — repete, exceto que agora as palavras não saem controladas, mas confusas e trêmulas. Porque ele entende.

Observo seu corpo escorregar até o chão, e começo a entender algo também. Que aquilo não tem a ver só comigo. Esta coisa afeta a todos.

MINHAS MÃOS ESTÃO TRÊMULAS quando seguro o cartão. Conforme o telefone toca, simplesmente leio o nome dela várias vezes.

Caelin me leva até o centro, até a delegacia. Roo as unhas até sangrar. Meu irmão continua a inspirar profundas lufadas de ar que parece não exalar. Mas nenhum de nós fala nada até subirmos os degraus enormes e aterrorizantes do prédio.

— Caelin, não precisa me acompanhar — digo a ele, querendo poupá-lo. Não creio que consiga suportar que meu irmão ouça os detalhes.

— Não, não vou deixar você aqui sozinha, Edy.

Somos obrigados a esvaziar os bolsos e passar por um detector de metais. Policiais em coletes à prova de balas balançam algo que parece uma varinha pelos nossos braços e pernas. E então seguimos os sinais que nos indicam um caminho sinuoso até o quarto andar. Lentamente, empurro as portas duplas e examino a grande sala — cheia de mesas, computadores, cadeiras, telefones tocando e pessoas correndo com pranchetas e expressões sérias —, à procura da detetive Dorian Dodgson.

— Eden, estou tão feliz que tenha conseguido chegar aqui tão rápido — diz ela, aparecendo ao nosso lado. — Caelin. Que bom ver você de novo. Que tal encontrarmos um lugar mais tranquilo para conversar?

— Detetive? — começo.

— Dorian, por favor — corrige ela.

— Está bem. Dorian. Caelin não precisa ficar, precisa?

— De forma alguma.

— Edy, eu vou ficar — insiste Caelin.

— Às vezes — argumenta Dorian, captando meu medo —, nesse tipo de conversa, quanto menos pessoas presentes, melhor. Você entende — conclui.

Ele assente, e acho que também está parcialmente aliviado.

— Eu entendo — responde. — Me ligue quando terminar, Edy, e eu venho te buscar. Vou estar naquele bar no fim da rua, aquele com o toldo verde e branco, então não estarei longe.

Ele estende a mão para apertar a de Dorian e acena com a cabeça, muito cavalheiresco.

— Obrigada por trazê-la, Caelin — agradece a detetive. — Fique bem.

Ela me leva até uma sala com uma janela, uma planta, um sofá e uma mesa de centro, nada parecida com aquelas salas de interrogatório que você vê na TV.

— Pode ser difícil lembrar de algumas coisas — adverte ela, enquanto coloca uma Coca zero na mesa a minha frente. — Mas tente, da melhor forma possível, descrever exatamente o que aconteceu.

Eu gostaria que fosse difícil lembrar.

— Ele entrou no meu quarto. Eram 2h48... Olhei para o relógio... Às 2h53 tudo já tinha acabado — digo a ela, mas essa não é toda a verdade.

Cinco minutos. Trezentos segundos, é só isso. Pode parecer um período de tempo curto ou longo, depende do que está acontecendo. Você aperta o botão de soneca e acorda cinco minutos depois — não passou tempo algum. Mas, se está apresentando um trabalho na sala de aula, com todos aqueles olhares em você, ou se está fazendo uma obturação, então cinco minutos podem parecer muito tempo. Ou digamos que você esteja sendo humilhada e torturada por alguém em quem confiava, alguém com quem cresceu, alguém que você até mesmo amou. Cinco minutos é uma eternidade. Cinco minutos é o resto da merda da sua vida idiota.

Mas não tem um jeito de realmente explicar aquela boca quase tocando a minha. Não tem um jeito de descrever o quanto me senti completamente sozinha, como se não houvesse ninguém no mundo inteiro que pudesse me ajudar ou impedi-lo. Jamais. Não tem um jeito de dizer o quanto realmente acreditei em Kevin quando ele disse que iria me matar. Inspiro fundo e olho Dorian direto nos olhos, e tento encontrar as palavras para explicar o que palavras nunca poderiam explicar.

Conto a ela, da melhor maneira que posso, todos os detalhes horríveis. Ela diz coisas como: *Aham, aham, entendi... de que jeito ele estava segurando seus braços? Você pode me mostrar? E ele te penetrou?* Caramba, essa palavra, *penetrar,* como ela conseguia pronunciar? *Quanta força? Você diria que era uma força excessiva? Isso foi antes ou depois? Você poderia gritar por ajuda naquele momento? Pode descrever, mais uma vez, exatamente como ele enfiou a camisola na sua boca? Você perdeu a consciência alguma vez? Em algum momento você temeu pela sua vida? E ele disse que te mataria se você contasse a alguém o que aconteceu?*

Leva horas. Tenho que repetir tudo um milhão de vezes por fim, e então ela me entrega minha própria prancheta e bloco de papel e uma caneta, e tenho de escrever tudo enquanto ela fica sentada, olhando. Minha mão fica com cãibra depois das primeiras páginas. Paro e a sacudo, esticando os dedos.

— Imagino que você ache horrível que eu nunca tenha contado a ninguém — comento.

— Como assim?

— Bem, se eu tivesse contado, então ele não teria... assim, talvez eu pudesse ter impedido que tudo isso acontecesse?

— Quando alguém ameaça a sua vida, essas palavras não são ditas em vão — afirma ela, sem rodeios.

— Mas e se...

— Não. Chega de *e se* — diz ela, com firmeza. — Você fez a coisa certa comparecendo à delegacia, Eden.

— Como você pode ter certeza do que é certo? — pergunto a ela, pensando em como tudo vai mudar agora.

Ela abre um sorriso singelo.

— É meu trabalho saber a diferença entre o certo e o errado. Isto é o certo.

Tento sorrir em resposta.

— Vamos pegar esse desgraçado — garante ela. — Eu tenho certeza. E ele não vai conseguir machucar mais ninguém, ok?

— Você sabe o que aconteceu com ele? — Eu pigarreio. — Quando ele era criança... com o tio?

— Sim — responde a detetive. Seu semblante não se altera, no entanto. Ela só continua olhando para mim, inabalável. — Foi uma coisa terrível realmente. Mas não é um passe livre. Não é desculpa.

Meu coração transborda, repleto de todas as emoções que já conheci, todas de uma só vez. Porque ela está certa. Não é desculpa. Não é um passe livre. Não para ele. Nem para mim. Assinto.

— Não vou mentir, Eden — diz ela. — Vai ficar mais difícil antes de ficar mais fácil, mas vai dar tudo certo, eu prometo.

Vai dar tudo certo sempre soa como uma frase genérica e inútil que as pessoas simplesmente dizem quando não há mais nada a ser dito em uma situação, mas essas palavras, saindo da boca da detetive, soam como a coisa mais profunda que alguém já disse na história da humanidade.

ooo

Do lado de fora, o sol se põe. Já é quase noite. Quase não consigo identificar o toldo branco e verde. Começo a descer as escadas, mas me sento em um dos degraus em vez disso. Inspiro fundo e o ar frio enche meus pulmões de uma nova esperança.

Pego meu celular e digito um número que havia memorizado anos antes. Ele toca.

— Alô? — A sra. Armstrong atende, parecendo exausta.

— Oi, sra. Armstrong. É Edy. A Amanda está?

— Querida, não tenho certeza se ela está com disposição para conversar agora. Espere... espere um segundo. — E ouço sua mão cobrir o receptor, suas palavras abafadas. Algo está acontecendo. Estática e movimento. Parece que muito tempo se passa.

Então finalmente:

— Oi — diz Amanda, baixinho. — Desculpe, tive de vir para o meu quarto. — E de repente soa como ela mesma novamente, a garota que eu conhecia antes.

— Oi — respondo, mas não sei mais o que dizer a ela.

— Eu tinha que contar — explica ela, sem perder tempo com conversa-fiada. — Simplesmente tinha.

— Amanda, me desculpe.

— Sinto muito também, sobre tudo, sinto muito pelas coisas que você nem sabe que deveria me desculpar, Edy — admite.

— Como você descobriu? — pergunto a ela.

— Eu simplesmente sabia. No outro dia, na escola. Eu consegui sentir... não sei.

— Ele te falou mesmo que nós transamos, como você disse?

Ela hesita.

— Eu sempre te admirei tanto quando a gente era mais nova, sabe? — ela diz então. — Não sei se você chegou a perceber. Ele sabia, pelo menos. E tentou me fazer acreditar que estava tudo bem. Normal. Que você... se você fez, se você quis, quer dizer... então, não sei, o que poderia ter de errado com isso? — Sua voz falha, enquanto se esforça para não chorar. — A parte mais doentia é que eu acreditei nele de verdade... sobre você... Acreditei em cada palavra. Até aquele dia.

— Eu nunca soube de nada, Amanda, eu juro.

— Eu te odiava. Muito. Por mais que eu devesse odiá-lo... eu, em vez disso, acabei odiando você. Não sei por quê. É tudo uma merda, né? — Ela ri ao mesmo tempo que chora.

— Sim. É tudo uma merda — concordo. — Mas acho que vai melhorar agora.

— Tem que melhorar — diz ela.

— E vai.

ooo

Enquanto caminho os dois quarteirões, o ar parece diferente, meus passos no chão parecem diferentes, o mundo — tudo — parece diferente.

Empurro a pesada porta de madeira do bar e sou atingida pelo cheiro de cerveja e de fumaça. Vejo Caelin imediatamente, lá no fundo, parecendo patético e amarrotado, os dedos em um aperto frouxo ao redor de um copo.

— Ei, ei, ei, você! Garota! — o barman grita comigo. — Identidade.

— Não, só vim encontrar meu irmão... ali — grito em resposta, apontando para Caelin.

O barman caminha por todo o bar e bate o nó dos dedos duas vezes no balcão de madeira brilhante na frente de Caelin. Meu irmão levanta a cabeça, devagar.

— Hora de ir embora, parceiro — diz o homem, com um gesto de cabeça em minha direção.

Caelin se vira para mim, cambaleando um pouco enquanto se levanta, se movendo lentamente enquanto pega a carteira.

— Edy, eu disse que ia te buscar — lembra ele, enquanto me conduz porta afora.

— Não era tão longe. Além disso, eu estava com vontade de andar um pouco.

— Não gosto de ver você lá dentro — murmura ele.

Caminhamos em silêncio até o estacionamento.

— Talvez seja melhor eu dirigir, hein? — pergunto, enquanto o observo oscilar para a frente e para trás.

— Aqui — diz ele, jogando as chaves do carro para mim.

Depois de ajustar o assento e o espelho, decido acender um cigarro. Chega de segredos. Ele olha para mim como se estivesse prestes a me repreender, sua irmã caçula, mas então se vira para a frente e diz:

— Descola um pra mim?

Eu percebo que sorrio quando entrego a ele o meu e acendo outro. Ele tenta sorrir em resposta. Voltamos para casa, terminando nossos cigarros em silêncio. Estaciono na rua.

— Edy, espere — pede, quando ameaço sair do carro.

— Sim?

Pouco confortável, ele faz um dos seus habituais gestos meio-dar--de-ombros-com-sacodida-de-cabeça e abre a boca, as palavras demoram alguns segundos para sair.

— Não sei. Desculpe. Sinto muito, Edy. — Ele me olha nos olhos. — Sou seu irmão. E eu te amo. Isso é tudo. Não sei mais o que dizer.

Acho que é realmente tudo o que sempre quis ouvir de Caelin.

— Você vai ficar comigo quando eu contar para mamãe e papai?

Ele assente.

— Sim.

ᴏᴏᴏ

Ele segura minha mão enquanto atravessamos a entrada da garagem. Parece que está a um milhão de quilômetros de distância, como se tivesse levado um milhão de anos para finalmente chegar ali. Mas isso me dá uma chance de pensar. E penso: talvez eu explique a situação para algumas pessoas. Talvez Mara. Talvez eu peça desculpas a algumas pessoas. Talvez a Steve. Talvez eu tente um relacionamento real algum dia, um relacionamento sem mentiras e joguinhos. Talvez eu vá para a faculdade até, e talvez acabe descobrindo que sou, de fato, boa em alguma coisa. Talvez ele tenha o que merece. Talvez não. Talvez eu nunca encontre forças para perdoá-lo. E talvez não haja nada de errado com isso também. Todos os talvez pairando na minha mente me fazem pensar que, quem sabe, *talvez* seja apenas outra palavra para esperança.

Nota da autora

Embora este livro seja uma obra de ficção, reconheço os milhões de adolescentes da vida real que, de alguma forma, compartilharam a experiência de Eden. Infelizmente suas histórias não são novas, mas são aquelas que precisam desesperadamente ser contadas. De novo e de novo e de novo.

Se você precisa falar com alguém, há pessoas dispostas a ouvir. Tem gente que vai ajudar. Suportes seguros, gratuitos e confidenciais: para serviço de proteção de crianças e adolescentes vítimas de violência sexual, disque 100; para central de atendimento à mulher vítima de violência sexual, disque 180.

Agradecimentos

Preciso reconhecer a tenacidade, a paixão e o trabalho extraordinário de Jessica Regel, que ajudou a moldar este livro de maneiras que superaram muito qualquer expectativa que eu jamais poderia ter alimentado em relação a uma agente — obrigada, Jess, por acreditar neste livro e por lutar tanto para garantir que fosse publicado!

Meus sinceros agradecimentos também a minha editora, Ruta Rimas, por ser uma parceira tão incrível nesta jornada, por acreditar em uma autora nova e, acima de tudo, por seu trabalho sensível, ponderado e perspicaz neste livro — obrigada por ser uma daquelas pessoas raras que simplesmente entendem.

E um grande alô a todas as maravilhosas, dedicadas e talentosas pessoas da equipe da Margaret K. McElderry Books, Simon & Schuster e Foundry Literary + Media, que ajudaram a transformar o que já foi um sonho em realidade.

Sou infinitamente grata a minha família, a meus inspiradores e solidários amigos e a Holly, minha melhor amiga e a alma corajosa que graciosamente serviu como primeira leitora deste livro na época.

Por fim, sou grata pelos muitos mentores e guias da vida, pelos bons e maus momentos, pelos altos e baixos.

Impresso no Brasil pelo Sistema Cameron da Divisão Gráfica da
DISTRIBUIDORA RECORD DE SERVIÇOS DE IMPRENSA S.A.